Sándor Márai
Ein Hund mit Charakter

SERIE PIPER

Zu diesem Buch

Es wird weiße Weihnachten geben. Seufzend beschließt der Herr, das Fichtenbäumchen, das dieses Jahr noch dürftiger ausgefallen ist, mit den schon etwas zerschlissenen Sternen und den abgeplatzten Kugeln zu schmücken. Denn die Dame des Hauses besteht auf dem zarten Duft nach Nadeln und Wachs, der Festlichkeit verheißt. Entgegen der Abmachung begibt sich der Herr dann doch noch am Nachmittag mit seinen letzten hundert Pengö in der Tasche in die verschneite Stadt geradewegs in den Zoo. Und am Hundezwinger sieht er sich plötzlich einem hinreißenden, zotteligen schwarzen Stück Fell auf vier tolpatschigen Beinen gegenüber, das sein Leben und das der Dame von Grund auf verändern wird. In seinem charmant-selbstkritischen Vorwort sinniert Sándor Márai darüber nach, wie ausgerechnet er der Versuchung erliegen konnte, einen veritablen Hunderoman zu schreiben. Ein Fest – nicht nur für Liebhaber von Vierbeinern.

Sándor Márai, 1900 in Kaschau (Košice, heute Slowakei) geboren, lebte und studierte in verschiedenen europäischen Ländern, ehe er 1928 als Journalist nach Budapest zurückkehrte. Er verließ Ungarn 1948 aus politischen Gründen und ging 1952 in die USA, wo er, abgesehen von seinen Jahren in Italien, bis zu seinem Freitod 1989 lebte. Mit der Neuübersetzung des Romans »Die Glut« (1999) wurde Márai als einer der großen Schriftsteller des 20. Jahrhunderts wiederentdeckt. Zuletzt erschienen auf deutsch in Neuausgaben »Die Gräfin von Parma« und »Wandlungen einer Ehe«.

Sándor Márai

Ein Hund mit Charakter

Roman

Aus dem Ungarischen von
Ernö Zeltner

Piper München Zürich

Von Sándor Márai liegen in der Serie Piper vor:
Bekenntnisse eines Bürgers (3081)
Tagebücher 1984–1989 (3183)
Land, Land (3184)
Die Glut (3313)
Der Wind kommt vom Westen (3406)
Das Vermächtnis der Eszter (3511)
Himmel und Erde (3714)
Die jungen Rebellen (3898)
Ein Hund mit Charakter (4009)
Die Gräfin von Parma (4040)

Über Sándor Márai:
Ernő Zeltner, Sándor Márai. Ein Leben in Bildern

Ungekürzte Taschenbuchausgabe
1. Auflage Dezember 2003
2. Auflage Juni 2004

Titel der ungarischen Originalausgabe:
»Csutora«, Budapest 1931

Umschlag/Bildredaktion: Büro Hamburg
Isabel Bünermann, Julia Martinez/
Charlotte Wippermann, Kathrin Hilse
Foto Umschlagvorderseite: ZEFA/A.Icdag (oben) und
Thurston Hopkins/Getty Images (unten)
Satz: Uwe Steffen, München
Druck und Bindung: Clausen & Bosse, Leck
Printed in Germany ISBN 3-492-24009-7

www.piper.de

Cave canem!

Achtung, werter Leser! Hier folgt eine Hundegeschichte. Eigentlich müßte man in Erfahrung bringen, welche Art von Schwäche es ist, die Schriftsteller, selbst die anspruchsvollsten unter ihnen, im Laufe ihres Schaffens gelegentlich dazu verleitet, dem Menschen, ihrem ewigen und erhabenen Modell, den Rücken zu kehren und die Aufmerksamkeit den weiter unten angesiedelten Statisten der Schöpfung zuzuwenden. Solche Lektüre fällt im Ton immer ein klein wenig herablassend aus. Der Dichter schaut gnädig und mit Wohlwollen hinab in die niederen Sphären des Lebens, vielleicht auch betroffen oder ernüchtert vom tragischen Spiel, das ihm in Augenhöhe von den zweibeinigen Geschöpfen geboten wird – doch auf jeden Fall blickt er huldvoll und mit Nachsicht in die Niederungen, wo von einer der unteren Rangstufen der kreatürlichen Welt dieser harmlose, primitive und ferne Verwandte, das Tier, mit wachen Augen zu ihm aufschaut. Ach ja, der

Hund! ... denkt er gönnerhaft. Läßt einen Pfiff ertönen und macht sich zu einem Spaziergang mit ihm auf.

Unterwegs, während der minderwertige Freund voraus- und zurückläuft, mit gesträubtem Fell, gespitzten Ohren und schwanzwedelnd, auf jeden Fall mit unbeschreiblichem Eifer und erregt, Umschau hält in der Welt, an einigen ihm vertrauten Baumstämmen feuchte Botschaften deponiert, da und dort an einer Mauerecke die Tagesnachrichten überfliegt, keimt im Schriftsteller der Verdacht auf, daß nun offenbar auch in seinem Leben der kritische Moment gekommen ist, die Versuchung, einen Hunderoman zu schreiben.

Der Schriftsteller – im bürgerlichen Dasein Journalist –, der sich diesen erhabenen Titel allenfalls in gewissen Augenblicken der Überheblichkeit zugesteht, registriert die Versuchung mit ungutem Gefühl und versucht sie zu verdrängen. Aha, der Hunderoman! ... – denkt er wieder. Und dann: Es scheint, etwas stimmt nicht mit dir, wenn du tatsächlich einen Hunderoman schreiben willst. So gehen sie, der Hund und der Schriftsteller, gedankenversunken hinunter zur Generalswiese. Am Rand der achtstufigen Treppe – ebendort, wo der erlösende Moment eintritt, der Schriftsteller den Hund von der Leine läßt und dieser sich, einem Selbstmörder gleich, explosionsartig und mit einem einzigen Irrsinnssprung in die Tiefe stürzt, wie von einer Rakete getragen dem Rausch und der Verzückung der Bewegung hingegeben – bleibt der Schriftsteller stehen, schaut dem minderwertigen Freund hinterher, der sich von der Leidenschaft so sehr hat mitreißen lassen, steckt sich eine Zigarette an und schüttelt das Haupt. Jetzt ist ihm klar, der Moment ist da, und es ist unausweichlich, er muß einen Hunderoman schreiben. Das behagt ihm nicht. Eigentlich schlimm, für Menschliches bist du also zu feige – denkt er. Ja, das ist der Augenblick, ein geradezu historischer dazu – denkt er weiter –, wenn ein nicht gerade bedeutender Schriftsteller gar nichts anderes mehr, eben nur noch einen Hunderoman schreiben kann. Er fühlt, das ist die Krise. Bisher war er stets bemüht, redlich zu sein, sinnt er, ist den Menschen treu geblieben. Und jetzt hat er zum ersten Mal keine Lust, redlich zu sein und den Menschen treu zu bleiben.

Hm, einen Hunderoman, warum eigentlich nicht? ... – sagt er sich, nun schon leichteren Herzens, als wäre ihm der Grund für eine neue fixe Idee jetzt klar geworden, schwingt sein Stöckchen und zieht die herbfeuchte Luft, die dumpf über der großen Wiese hängt, tief in die Lungen ein. Klassische Hunderomane, hochliterarische Beispiele gehen ihm durch den Kopf, und das dämpft seine erste Begeisterung etwas. Vielleicht ist es Pflichtvergessenheit, über einen Hund zu schreiben – sinnt er weiter –, wo doch so viel Pressierendes, Unaufschiebbares zu sagen wäre, das den Menschen betrifft ... Doch dann sucht er Entschuldigungen, Gründe – das fällt ja nie schwer –, stellt die Sache so hin, daß bei dem Unterfangen nichts Genierliches, daß der Hunderoman in der Laufbahn des Schriftstellers gleichsam der Sonntag ist, wenn der Kreative ausruht, in seine Pantoffeln schlüpft und sich der leichten Unterhaltung hingibt, zum Beispiel Radio hört – oder einen Hunderoman schreibt. Der Schriftsteller kann nicht, weder im privaten Leben noch in seinem Metier, ständig in der Toga herumlaufen und tragische Gesten produzieren. Es ist so leicht und billig, derartiges zu behaupten, Begründungen zu suchen ...

Doch jetzt, da er schon so weit gekommen ist, auch seine Zigarette fast zu Ende geraucht hat und der Hund irgendwo in der Ferne gerade noch als physische Vorstellung vorhanden ist, sozusagen als Verkörperung der Bewegung an sich, wird er auf einmal unruhig. Man schreibt nicht ohne Grund und nicht eines billigen Vorwands wegen einen Hunderoman – denkt er trotzig. In der Welt gehen düster dreinblickende Propheten um, die den Schriftsteller heutzutage zu anderen Pflichten als zum Schreiben von Hunderomanen nötigen. Daran muß er denken. Aber im selben Augenblick geniert er sich bereits, denn dem Wort der Propheten fühlt er sich ja auch sonst nicht verpflichtet; und mit einemmal verspürt er wider alle Propheten jene Solidarität mit dem Hund, die er ihm vorhin aus politischer Feigheit schon so gut wie verweigert hatte. Er fühlt solidarisch mit dem Hund... Und weil es ihm gelungen ist, sich das so schön zurechtzulegen, bläst er erleichtert, wenn auch nicht ohne eine gewisse Erregung, einen Seufzer in den diesigen Äther, holt tief Luft und macht sich auf, hin zu seinem Hund. Er empfindet diese eigenartige Erregung wie vor einem Examen, eine Mischung aus Bauchgrimmen und innerer Unruhe, wie sie jeder Autor verspürt, wenn er sich entschlossen hat, das Leben anzugehen, und nicht nur den Willen, sondern auch den Mut hat, von ihm – unmittelbar und frei von Politik – etwas zu erfahren, und sei es durch einen Hund... Diese Mischung aus Bauchschmerz und Aufgeregtheit, die der Schriftsteller vor der Arbeit spürt, das ist die Inspiration. Aber vielleicht schickt es sich gar nicht, darüber zu reden.

Jetzt ist ihm schon klar, daß irgendwo hinter dem Entschluß auch etwas Beschämendes mit im Spiel ist, und er weiß, dem kann er nicht ausweichen; er spürt, es ist nicht allein der Einfall, der ihn mitreißt, denn seine Absicht ist auch von Neugier und innerer Erregung beflügelt – der Neugier nämlich, die sich einzustellen pflegt, wenn er eine Möglichkeit sieht, jenseits des Alltags einen Blick in einen anderen Bereich des Lebens zu werfen, in das undurchdringliche Gewirr der dämmrigen Nacht. Nein, nur über die Idylle von Hund und Mensch zu referieren, das ist in der Tat eine wenig aufregende Angelegenheit ... Aber wenn er sein Augenmerk ganz besonders auf den Hund richtet, erfährt er vielleicht auch etwas über den Menschen. Und die Propheten werden dann schon erklären, was das Kleinbürgerliche daran ist, daß in einem historischen Augenblick, in dem der Mensch ein Hundeschicksal hat, jemand hoffen kann, über den Hund etwas von der augenblicklichen Lage der Menschen in der Welt zu erfahren.

Er hebt den Arm und winkt dem Hund, und zwar mit entschlossener Gebärde, wie einer, der sich entschieden hat. Dieser eigenartige Zwang und die Kraft, die den Vierbeiner in den kurzen Minuten der Freiheit gleichsam zu einer physikalischen Masse mit zunehmender Beschleunigung machte, beginnen sich unter der Wirkung seiner Handbewegung abzubauen, das Tempo der Bewegungen dieser kreisenden Materie nimmt ab, und der zwingenden Anziehung nachgebend unterwirft sie sich – zwar schwer und widerwillig, aber schließlich doch – diesem geheimnisvollen, magnetisch wirkenden Befehl. Naß und verdreckt, und ganz so, als wären bei jedem Schritt schmerzhafte Widerstände zu überwinden, nähert sich der Hund und bleibt hechelnd, aufgewühlt zwei Schritte vom Schriftsteller entfernt stehen. Kommt dann, trunken vom Herumjagen, unsicheren Schrittes zu ihm. Der Schriftsteller legt ihm die Leine an, zuckt die Achseln. Ja, daraus wird ein Hunderoman.

Sie beobachten sich noch einige Tage gegenseitig. Ihre Beziehung ist nicht mehr ganz redlich, der Schriftsteller bemüht sich, alles Persönliche im Verhältnis zu seinem Modell zu unterdrücken; der Hund ist lustlos und voller Argwohn. Ich muß ihn so beschreiben, denkt der Schriftsteller ohne Mitleid und Leidenschaft, wie alles andere, was ich in der Welt beobachtet habe, wie einen Richter, eine Frau, einen Pfarrer oder einen Soldaten. Indessen stellt er überrascht fest, daß er im Lauf der Jahre schon eine ganze Menge klinisches Beobachtungsmaterial über Hunde gesammelt hat. Nichts spricht dagegen, eines Tages den Telephonhörer abzunehmen und dem Verleger einen Hunderoman anzutragen, worauf dieser höflich in die Leitung nickt. Die Propheten werden ihren Spaß haben, denkt der Schriftsteller, als er den Hörer einhängt, legt sich Papier und Stifte zurecht und schreibt, während der Hund es sich zu seinen Füßen bequem macht, den Titel hin: *Cave canem!* Und aus lauter Redlichkeit fügt er noch hinzu: *Achtung, werter Leser! Hier folgt eine Hundegeschichte.*

Es schneit

Also, wenn er nun schon einmal angefangen hat, so wird er jetzt auch nicht weiter nachsinnen, sondern ist entschlossen, dieses Unterfangen nach allen Regeln des Metiers und in epischer Gemächlichkeit, ja sogar in der Art eines Romans und mit Zwischenüberschriften, ganz so wie es sich eben ziemt, hinter sich zu bringen. Es schneit also, wir haben Weihnachten, zehn Jahre nach dem großen Krieg, und es ist kein Geld im Haus.

Die Dame und der Herr, die besagtes Haus bewohnen, verlassen nach Tisch das Speisezimmer und begeben sich in den Nachbarraum, wo den Schreibtisch des Herrn – es ist Heiliger Abend – bereits ein hageres und ein wenig zerzaustes Fichtenbäumchen mit Beschlag belegt hat, das mit seinem armseligen Schmuck samt dem kaum wahrnehmbaren Waldgeruch dazu bestimmt ist, festliche Stimmung zu verbreiten. Die Maße des Baums sind so bescheiden, die über Jahre angefallenen Sternchen und Kugeln so angeschlagen und abgegriffen, daß dieser seiner Aufgabe nur bedingt gerecht zu werden vermag. Der Herr stellt sich davor und betrachtet das Bäumchen nicht ohne Mitleid. Im Zimmer ist es leicht dämmrig, denn am Morgen hat sich milderes Wetter eingestellt, und es schneit. In diesem Halbdunkel funkelt der Christbaumschmuck des rachitischen Gehölzes etwas verschämt; dazu hat der ganze Aufbau auch noch eine Schieflage, steht nach vorn geneigt, wie alle Weihnachtsbäume, die kinderlose Ehepaare ungeschickt, weil wissentlich unberechtigt, für sich aufstellen. Die Wohnung ist übrigens gegen Feuer versichert.

Doch die unmoralische Hoffnung auf letztere Möglichkeit verscheucht der Herr sogleich wieder. Er geht um den Baum herum und zuckt die Achseln. Das aufgeputzte Gewächs wirkt für ihn lächerlich, erinnert an Tante Gisella, die ein glitzerndes Kleid besaß, das wahrscheinlich aus Engelhaar gewebt und mit glimmernden Schuppen besetzt war und in dem sie zu allen großen Familienfesten zu erscheinen pflegte: blutarm, rachitisch, aber zurechtgemacht und eben wie ein Weihnachtsbaum funkelnd und behängt. Genau wie Tante Gisella, denkt er mißvergnügt. Voller Unbehagen blickt er auf das festliche Requisit, und dabei wird ihm klar, daß die Verachtung gar nicht dem Bäumchen und den naiven Accessoires des Festes gilt, sondern seiner eigenen Feigheit, die ihn davon abhält, sich auf die feierliche Stimmung der Festtage einzulassen. Dem Baum fehlt irgend etwas, denkt er noch, wagt aber nicht, sich dies laut einzugestehen. Wie er sich auch schon seit Jahren nicht mehr traut, vorzuschlagen, daß sie am Heiligen Abend statt dem Klingeling mit Kerzenlicht, dem üppigen Abendschmaus und den bescheidenen Geschenken doch vielleicht lieber in eines der wenigen Kaffeehäuser gehen sollten, die aus Gründen profaner Zweckmäßigkeit auch am Abend dieses Familienfestes offenhalten. Er wagt es nicht, dies zu empfehlen, traut sich auch nicht, etwas gegen das Bäumchen und den ganzen Klimbim zu äußern, weil die Dame und sogar das Dienstmädchen, das eben den Mokka hereingebracht hat, so ganz von freudiger Erregung durchdrungen sind; auch bereden sie gerade letzte Details zum abendlichen Programm, zum Festessen, es geht um die traditionellen Zutaten für den Mohnstrudel und den Nußstrudel, um die Sauce zum Fisch. Das alles vermittelt den Eindruck, als ginge es aufs Ganze, denkt der Herr mit aufrichtiger Verwunderung. Er stellt sich ans Fenster, betrachtet die tänzelnden Schneeflocken und hört den geflüsterten Verhandlungen der Dame mit dem Dienstmädchen zu. Auch eine Erinnerung, daß vor Weihnachten alles als Überraschung gehandelt wird – sogar vor sich selbst handhabt man alles und jedes irgendwie geheimnisvoller, etwa die Frage, wie viele Eier das Mädchen für die Mayonnaise einkaufen soll –, weil sie die Wiederkehr des Wunders und Mysteriums erwarten, das längst Vergangenheit ist. Als wäre tatsächlich und allen Ernstes Weihnachten, sinnt der Herr verblüfft, als handele es sich hier um eine ernstzunehmende Wohnung und eine ernstzunehmende Familie, ein ernsthaftes Weihnachtsfest mit feierlichen Gefühlen und tannenduftender Erwartung des Mysteriums ... Über dergleichen muß er sich seit jeher wundern.

Er steht, betrachtet die fallenden Schneeflokken, hört aber nicht das Singen und Klingen von einst. Vom Mysterium keine Spur. Das ganze Fest ist eher unangenehm, als gäbe jemand in besserer Gesellschaft peinlich sentimentale Gemeinplätze von sich. Aber reden darf man darüber natürlich nicht. Seit Tagen ist die ganze Wohnung von Geheimnissen erfüllt, die Schubladen des Sekretärs sind verschlossen; am Tag zuvor kam um die Mittagszeit ein näselnder Mensch mit einem großen Paket und stiftete diskrete Verwirrung im Haus, indem er trotz energischer Beschwichtigungen des Mädchens in der Diele mit unangenehmer Stimme mehrmals wiederholte, daß er nur gegen sofortige Begleichung der Rechnung ... Die Dame, die die Wohnung schon in den frühen Morgenstunden verlassen hatte, seither in der Stadt herumrannte und erst zum Mittagessen müde und nervös heimkam, will die historische These nicht akzeptieren: daß sich nämlich, sobald eine überholte Gesellschaftsordnung von einer anderen, neuen abgelöst wird, bei jenen, die von diesem historischen Prozeß betroffen sind, die passende Gemütsverfassung für dieses gnadenreiche Fest einfach nicht einstellen will. Dem Herrn will scheinen, er verfüge über nichts, das für ein Fest geeignet sein könnte, und er denkt dabei nicht nur an seine Taschen, die leer sind. Überhaupt ist alles leer. Doch wo findet sich ein Scharfrichter, der es wagen würde, der Dame das zu sagen? Sie besteht auf einem Fest – einem Fest mit Baum und Engelhaar, mit dem Duft brennender Wachskerzen und frischer Tannenzweige, einem mit kleinen Opfern und allerlei Geheimnissen behangenen Christbaum, einem richtigen, runden Fest. Wer wagt es, ihr zu sagen, daß das Fest keinerlei Geheimnis birgt, wenn nicht einmal er sich dies einzugestehen traut? Dem Herrn fehlt die Kraft dazu.

»Es schneit«, sagt er lieber. Und fügt stereotyp hinzu, was er schon tausendmal gehört hat. »Wir werden weiße Weihnachten haben.«

Sie trinken den Mokka und versichern sich gegenseitig noch einmal, sicher das zehnte Mal, mit Ehrenwort, daß es in diesem Jahr keine Geschenke gibt. Letztes Jahr haben sie es sich ebenso versichert, auch im vorletzten, vor acht und neun Jahren, es gibt keinen Grund, es in diesem Jahr nicht genauso zu halten. Dieses Ehrenwort, das nicht zu brechen eine Schmach wäre, geben sie sich also. Der Herr weiß, daß die Dame, die sich in den letzten Wochen, übrigens nach neun Jahren zum ersten Mal, mit ungewöhnlicher Neugier nach seiner neuen Kragenweite erkundigt hat, ihre Vormittage in der Innenstadt verbringt, gelegentlich auch nachmittags mit gedämpfter Stimme telephoniert und sich nach dem Schnittmuster der für eine wildfremde Person in Auftrag gegebenen Hemden erkundigt. Die Dame weiß, daß der Herr kein Geld hat, er also Schulden machen wird, denn ohne Grund kann er nicht gefragt haben, übrigens seit neun Jahren zum ersten Mal, welches Parfum die Dame in letzter Zeit verwendet. Wie jedes Jahr versichern sie sich auch jetzt wieder, »es wäre doch lächerlich, wenn man sich in völlig überflüssige Unkosten stürzen würde«. Der Herr, der noch vor kurzem, und zwar in einfacheren und weniger verantwortungsvollen Zeiten, gern betont hat, es lohne nicht, sich in überflüssige Kosten zu stürzen, neigt in den letzten Monaten viel seltener zu aphoristischen Äußerungen und zieht zustimmendes Schweigen vor. Das Gelübde des »diesmal gar nichts, für niemand«, das jetzt wirklich nicht schwer mit triftigen Gründen zu untermauern wäre, haben sie ohnehin schon gebrochen, weil es im letzten Augenblick ja doch ganz unmöglich schien, daß der brave und bescheidene Josef, der den Prozeß gegen das verantwortungslose Wochenblatt so uneigennützig und erfolgreich geführt hat, das lederne Zigarrenetui mit Silbermonogramm nicht bekommt – soll es doch eher als bescheidener Ehrenlohn denn als bloße Aufmerksamkeit dienen. Und ein feiner Herr, ein Leser aus der Provinz, dieser echte *literary gentleman* und Vertreter einer im Aussterben begriffenen Rasse, hat am Vormittag per Postpaket sechs Flaschen alten Tokajer geschickt: Zum Glück trinkt der Hausarzt, dieser Intimfreund, der die seelischen Unpäßlichkeiten der Familie mit größerer Hingabe und Neugier als die körperlichen Wehwehchen aufspürt und kuriert, nur Süßwein; so kann die Sendung, mit einigen Tannenzweiglein aufgewertet, gleich an ihn weitergereicht werden. Bleiben noch ein paar Cousinen, die von einem kleinen Flakon französischen Parfums vermutlich auch angenehm berührt sein werden, dank der weisen Voraussicht der Dame sind von der letzten Parisreise noch einige vorrätig, und Theres, das Dienstmädchen. Aber Theres bekommt Geld, sie schätzt eher das Materielle.

»Also diesmal gar nichts für niemand«, sagt die Dame und steckt sich die einzige Zigarette an, die sie tagsüber zu rauchen pflegt. »Ehrenwort. Nicht daß ich dann am Abend mit nichts dastehe und mich schämen muß.«

Der Herr gibt ihr die Hand darauf. »Und jetzt sag einen Wunsch«, fährt die Dame ohne Übergang fort. So geht es jedes Mal. Der Herr denkt nach und stellt verblüfft fest, daß er gänzlich wunschlos ist. Weder an einem silbernen Feuerzeug noch an einem Seidentuch ist er interessiert, ja nicht einmal an einem neuen Automobil oder einem Urlaub an der Riviera, selbst die sechzehnbändige Kunstgeschichte, die ihn vor einigen Monaten noch so brennend interessiert hat, wünscht er sich gar nicht. Umgehend beendet er auch die Aufzählung von nicht erwünschten Geschenken, es führt doch zu nichts. Tatsache ist, daß er keine Wünsche hat. Und dies gibt er auch zu. Verkündet ohne Genugtuung oder Anmaßung, daß er damit niemanden strafen möchte, aber es ist nun einmal so: Er ist wirklich wunschlos. Das setzt ihn selbst in Erstaunen. Ein schlechtes Zeichen, bemerkt er ohne Nachdruck, aber laut. Denn es ist noch nicht lange her, daß er sich zornig und zähneknirschend nach etwas sehnen konnte, gar nicht so sehr nach etwas Bestimmtem, sondern eher nach der ganzen Welt. Das einzige Verlangen, welches er im Augenblick bei sich zu registrieren vermag, ist, daß er auch dieses Weihnachtsfest schon gern hinter sich hätte wie die gehabten, wenn möglich ohne größeres Mißgeschick – das ist jetzt sein einziger Wunsch, aber der ist heiß und mächtig.

Jetzt klingelt es: Alarmzeichen für neues Ungemach, denn ein aufmerksamer Herr hat der Dame Blumen geschickt, was man gezwungenermaßen augenblicklich mit einer Aufmerksamkeit erwidern muß, und zwar innerhalb von Minuten, damit es nicht nach Revanche aussieht und der Schein der gegenseitigen Aufmerksamkeit gewahrt bleibt.

Aus diesem Grund und auch, weil es bereits langsam zu dämmern beginnt und in ein, zwei Stunden die Geschäfte schließen, drückt der Herr eilends seine Zigarette aus und begibt sich auf den schweren Weg. In der Tür wendet er sich noch einmal um: »Sag einen Wunsch.«

»Oh«, sagt die Dame mit einer Handbewegung, die bedeuten soll, daß auch sie wunschlos ist; verteilt mit der Handfläche den Rauch in der Luft und bemerkt mit dieser typischen sanften Geringschätzung in der Stimme, wie sie eben doch nur eine Frau den Dingen der Welt gegenüber empfinden kann: »Also, wenn es unbedingt sein muß... Irgendein Firlefänzchen.«

Der dafür verwendete ungarische Ausdruck »Schnorka« existiert nur im privaten Slang der Familie, ist wohl von »schnorren« abgeleitet und bezeichnet ein so belangloses Geschenk, daß sich der Schenkende fast schämen muß und der Beschenkte beleidigt sein könnte. Das also wünscht sich, zehn Jahre nach dem großen Krieg, die Dame vom Herrn als Weihnachtsgeschenk. Aber eben durch die Erfahrung der zehn Jahre klug geworden, blickt der Herr etwas ratlos vor sich hin, er kennt sich nämlich in den symbolischen Untiefen des Wortschatzes der Dame einigermaßen aus, und nur ein Tiefenpsychologe vermöchte auf die Schnelle herauszufinden, ob das »Firlefänzchen« für eine Villa mit Dachgarten, für ein Sümmchen Bares in fremder Valuta, ein Collier, ein Pariser Modellkleid oder für ein modernes Sportcoupé steht. Der Herr weiß, daß es ganz zwecklos wäre, an dieser Stelle nachzubohren, und macht sich stillschweigend auf den Weg. Im Weggehen hört er gerade noch, wie die Dame, die ans Fenster getreten ist und die dichter fallenden Schneeflocken betrachtet, mit feierlicher Rührung in der Stimme sagt: »Es schneit. Wie schön für die armen Leute.«

Firlefänzchen

Wie schön für die armen Leute, klingt es dem Herrn noch in den Ohren, während er durch den Schnee langsam in die Stadt hinunterstapft. Sie dürfen jetzt am Weihnachtsabend schaufeln und fegen, und das ist schön und gut für sie. Er geht zu Fuß über die Donaubrücke. Die Stadt gibt sich in dieser Stunde gehoben feierlich. Er schreitet an den erleuchteten Schaufenstern vorüber und fühlt diese Angst und Betroffenheit, die ihn bei jedem Einkauf und Geschäftsabschluß überfällt. Kaufen ist für ihn gleichbedeutend mit Akzeptieren, Einwilligen: Man muß dieses ganze System akzeptieren, den Einzelhandel vor allem, diesen peinlichen Nahkampf, zu dem es unweigerlich kommt, sobald er ein Geschäft betritt; und im nächsten Augenblick, während er in gedämpftem Ton mit dem Kaufmann redet, der anbietet, empfiehlt, indes er höflich auswählt, dämmert ihm die Vision, daß sich hier zwei wilde Bestien mit fürchterlichen Tatzen gegenseitig an die Kehlen gehen in diesem elektrisch illuminierten Urwald, dieser Wüste aus Beton, sich im Ringen um den fetten Happen zerfleischen, auf Leben und Tod. Er weiß, er wird in diesem Kampf auf jeden Fall der Unterlegene sein, denn der Geschäftsmann wirft sein ganzes Wesen, seine Existenz in den Kampf, er dagegen nur sein Geld, von dem er ohnehin immer nur so wenig hat, daß es eine ernsthafte Verteidigung gar nicht lohnt.

Wie jedes Jahr hat er den Weihnachtseinkauf bis zum letzten Tag, bis zur letzten Stunde aufgeschoben, denkt er zerknirscht. Alljährlich wieder erlebt er die Qual der Geschenkauswahl gleich abgehetzt, schlecht gelaunt und nervös, und jedes Jahr nimmt er sich fest vor, nächstes Jahr schon Wochen vor dem Weihnachtsfest einen Nachmittag lang seine ganze Aufmerksamkeit auf die Auswahl der Geschenke zu richten – und steht doch wieder im letzten Augenblick vor den Auslagen, fühlt sich bedrängt und angeekelt, da ihm der Mut und die Lust zu dieser Prozedur fehlen. Schenken ist etwas Wunderbares, doch wenig und einfallslos zu schenken ist lieblos und beschämend.

Er weiß, daß sich der nur mit größtem Energieaufwand beschaffte Hundert-Pengö-Schein in seinen Händen spurlos auflösen wird, sobald er das Geschäft betritt, und daß als Erinnerung an ihn allenfalls ein kleines, überflüssiges Päckchen bleibt, dessen Inhalt nach den Festtagen unwiderruflich umgetauscht werden muß. Dabei gibt es Menschen, in deren Fingern das Geld eine geradezu magnetische Kraft gewinnt, sie können noch mit Molekülen kleinster Summen beachtliche Objekte, Gegenwerte von Gewicht an sich ziehen; Menschen, die mit einem Hundert-Pengö-Schein das prachtvollste Weihnachtsfest für einen Vier-Personen-Haushalt auszurichten in der Lage sind: Aus einem unsichtbaren Zylinder zaubern sie Geschenke hervor – praktische, lustige, unnütze –, arrangieren für Freunde ein opulentes Mahl und behalten am Ende auch noch sechsundzwanzig Pengö übrig, die sie aufs Sparbuch einzahlen. Der Herr ist kein solcherart begnadeter Mensch. Er spürt vielmehr, daß dieser Hunderter in Sekundenschnelle fort sein wird und statt dessen nur ein kleines Ridikül bleibt, welches später gegen eine Armbanduhr oder einen Parfumflakon umgetauscht werden muß, den man seinerseits für einen Damenhut umtauscht. Das Ganze ist ermüdend, eintönig, ja bedrückend.

Und doch spielt sich all das seit zehn Jahren in schöner Regelmäßigkeit vor den kleinen und großen Festen, vor allgemeinen und familiären Feiertagen in dieser Form ab; aus ebendiesem Grund macht er sich, die Hände in der Tasche und in stillem Einverständnis angesichts der spiegelnden, gleißenden Auslagenflut, jetzt auf, um sich gleich der ersten größeren Versuchung, die vom Fenster eines raffinierten Kundenfängers ausgeht, vorbehaltlos zu stellen.

Er flaniert über die schmale Einkaufsmeile in der inneren Stadt, eine enge Straße von ethnographischer Relevanz, da sie scharf und sicher Orient und Okzident voneinander scheidet. Hier ist die Grenze – empfindet er jedesmal, wenn er das elegante und ansehnliche Revier durchmißt. Er bewegt sich vorsichtig, will keinen Fußbreit von seinem Saum abgleiten, und wieder einmal kommt es ihm vor, als finge schon ein paar Zentimeter weiter links der Osten an, während wenige Schritte weiter rechts noch der Westen prangt. Diese schmale Straße ist der äußerste, noch ganz westliche Millimeter dieses Kontinents, einer der letzten Boulevards des untergehenden Abendlandes, mit seinen Auslagen nach Art des Bauhauses hinter den Schaufensterscheiben, das ganze soeben erst aus der Mode gekommene Warensortiment, das die westliche Welt entbehren kann, im Angebot. In dichtem Flockenwirbel fällt der Schnee, die Passanten streben drängelnd, wie aneinandergeklebt, vorwärts, ergriffen von der Vorfeiertagsatmosphäre dieser profanen Prozession. Die etwas zugeschneiten und grell gleißenden Auslagen preisen in verwirrender Fülle alles an, was im Westen gerade noch letzter Schrei war: das neueste Werk von Valéry, eine Delikatesse und Novität, die in Paris noch im vergangenen Frühling Tagesgespräch der noblen und eingeweihten Gesellschaftskreise gewesen ist, das Parfüm »Mysterium des Sommers«, dessen eigenwilliger Duft voll gedämpfter Erotik während der Saison in den Wandelgängen der exklusiven Badeorte Europas hing. Das berühmte Skizzenalbum von George Grosz, das vorige Weihnachten mit dem Makel der Gotteslästerung vor den Berliner Staatsanwalt gezerrt wurde; nach dem Freispruch kam es als eine Art Ramschartikel auch hierher, wo es die hiesige Staatsgewalt noch nicht aufgespürt hat. Reizende Dinge für die Dame, verführerische Schönheitsmittelchen: alles »höchst modern« oder, wie man in dieser Gegend zu sagen pflegt: »up to date«, denn der Kundschaft, die hier kauft, ist es ein Herzensanliegen, im Gleichschritt mit den Neuigkeiten des Westens zu gehen; bei jedem feilgebotenen Artikel ahnt man allenfalls die Distanz einer Stunde, die möglicherweise nichts anderes ist als die Differenz zwischen mitteleuropäischer und westeuropäischer Zeit.

Diese verschneite und vornehme Straße ist absolut noch Europa, nur führt man hier im Rahmen der europäischen Modenschau die Versatzstücke und Einfälle der westlichen Welt als letzte vor, kurz bevor sie in der Abstellkammer und auf dem Balkan landen. Vor einer Buchhandlung hält der Herr inne, unterzieht die europäische Literatur einer Inspektion. Auf den ersten Blick und nach dem Reichtum der Auslage zu urteilen, scheint alles in Ordnung zu sein, die europäische Literatur erfreut sich offenbar üppigster Blüte. Auf den Schutzumschlägen der stattlichen Prachtbände liest er zahlreiche vertraute, bekannte Namen, nimmt nicht ohne Skepsis die verdächtige Gelegenheits- und Festtagsproduktivität mancher Kollegen von europäischem Rang in Augenschein, besieht sich voller Sehnsucht eine tadellose Ausgabe der *Encyclopaedia Britannica* und wagt nicht einmal zu denken, daß er den Fuß auf die Schwelle des Ladens setzen könnte: würde doch die Dame jedwedes Buchgeschenk des Herrn mit größtem Argwohn betrachten, sogar die *Encyclopaedia Britannica*, und nicht ganz grundlos davon ausgehen, daß er damit vor allem sich selbst eine Freude bereiten wollte. Aber davon kann keine Rede sein. Er muß etwas ausgesprochen Damenhaftes finden, denkt sich der Herr, und die *Encyclopaedia Britannica* ist doch nur mit ganz viel gutem Willen als ein weibliches Geschenk anzusehen. Und sie wird es ohnedies umtauschen oder zum Färben bringen ...

Es soll etwas sein, das zugleich ein wenig praktisch und ein klein bißchen überflüssig, eine Spur luxuriös, aber doch strapazierfähig ist, nach Möglichkeit warm, vielleicht aus Leder oder schön bunt, es muß jedenfalls etwas hermachen, dazu aber auch schlicht und geschmackvoll sein, alles in allem: ein Firlefänzchen. Etwas, worüber sie sich freut. Natürlich, das ist das Wichtigste. Etwas, womit sie spielen oder sich schön machen kann. Das Gescheiteste wäre vielleicht ein größeres Spielzeug, eine Puppe mit echtem Haar, die ihre Augen auf- und zumachen und »Mama« sagen kann – oder eine Eisenbahn mit Schienen und Semaphor... Ach nein, auf keinen Fall, die wünsche ich mir ja seit langem selbst, gesteht er sich beschämt ein. Aber was dann? Irgend etwas, das nicht gleich wieder in der Rumpelkammer des Lebens landet, das den Moment des Schenkens überlebt, wenn auch nur für einen Augenblick, etwas, von dem sie glauben kann, man hätte es im Atelier der Welt eigens für sie gefertigt... Viel hat sie sowieso nie geschenkt bekommen, überlegt er, und das verdirbt ihm die Laune.

Mitten auf der Straße hält er inne, ringsum Lederartikel, modische Hüte, unbezahlbare Juwelen und zum Tragen untaugliche Schmuckimitationen, und er blickt mit dem schlechten Gewissen eines Habenichts um sich. Alles, was er hier kaufen könnte, verrät und unterstreicht nur seine Mittellosigkeit: im Endergebnis also ein Scheitern, das Eingeständnis, in geschäftlichen Transaktionen des Lebens nicht geschickt und flink, nicht vif und begabt genug gewesen zu sein. Irgendeinen Schmarren, ein Firlefänzchen, sagt er zu sich und winkt eine Taxe herbei.

»Zum Zoo«, ruft er mit Nachdruck und setzt sich in den Fond. Der Fahrer mustert ihn voll Verwunderung.

Der Wagen schlittert auf der glatten Schneefahrbahn, das Stadtwäldchen zerfließt im Nebel, eine einsame Dame an der Zookasse, die in einem

Roman liest, empfängt ihn mit ungläubigem Staunen, auch der Wärter sieht ihm argwöhnisch nach. Schwer zu begreifen, daß sich am Nachmittag vor dem Heiligen Abend jemand für die Nilpferde interessiert. Allein der Auerochs harrt im Freien aus, schneebedeckt; ein paar Kleintiere und ein Trupp Ziegen stehen zitternd unter der Felswand. Der Herr hätte nicht übel Lust, zu einem kurzen Höflichkeitsbesuch im Elefantenpavillon einzukehren; doch Eile ist geboten, schließlich dämmert es bereits. Weder Mensch noch Tier zeigt sich auf den verschneiten Wegen. Hinter den dikken Mauern der Winterquartiere hört man die großen Tiere brüllen. Irgendwo in der Dunkelheit leiert aus einem sinnlosen und unsichtbaren Lautsprecher Radiomusik. Mit aller Entschlossenheit umrundet der Herr den aus Versatzstücken errichteten künstlichen Berg, er beschleunigt seine Schritte auf eine Weise, als fürchte er, unterwegs mutlos und anderen Sinnes zu werden. Der Braunbär bettelt im Freien, vis-à-vis vom Hundezwinger, auch hier nicht die Spur eines Besuchers, als ob die Tiere heute abend sich selbst überlassen ihr rätselhaftes Gefangenendasein lebten. Nur beim Zwinger der Hunde empfängt ihn wildes Gekläff.

Zwei zottelige Hirtenhunde, riesige Komondors, schlagen an, ein paar Kuvasz werfen sich schäumend vor Wut gegen das Käfiggitter. Der Herr bleibt stehen und redet beruhigend auf sie ein. Mißtrauische Stille begegnet ihm. Sie trotten zu ihren Hütten zurück. Doch dahinter treten jetzt die Ungarischen Vizsla in Aktion, gefolgt vom schrillen Gebell der Pumis. Der Herr läßt einen durchdringenden Pfiff ertönen. Er war schon früher einmal hier und kennt das verzweifelte Konzert, das die Tiere auf dieses Signal hin anstimmen. Die Pumis übernehmen die tragende Stimme und jaulen im Sopran. Die Kuvasz mit ihrem Tenor können das Geheul kaum übertönen, aber der dunkle Baß des Komondors untermalt diesen zweistimmigen Gesang auf eindringliche Weise. Es dauert nur ein paar Minuten, bis diese höllische Kakophonie einen Menschen auf die Bildfläche lockt. Hinter dem Vorhang aus rieselnden Schneeflocken, von wo der Hundechor herübertönt und wo auch die Hütte steht, durch deren Fenster ein Lichtschein dringt, tritt gemächlich ein Wärter heraus. Er brüllt Kommandos und flucht, trägt einen Schafspelz und die Dienstmütze. Mit tief in die Taschen versenkten Händen steht er da inmitten des wütenden Gekläffs, und seine Stimme übertönt den Lärm: »Ein Hund gefällig?« fragt er mit erstaunlichem Scharfsinn.

»Ungarischer Puli«, schreit der Herr zurück.

»Da wäre einer«, brüllt der Wärter zurück, die Hände wie ein Sprachrohr an den Mund gelegt. »Ein braver, kleiner Puli.«

Der Held tritt auf

Ein paar Augenblicke noch, und der einzige Held dieser Geschichte hat seinen ersten Auftritt. Holen wir tief Luft, und atmen wir durch! Der Herr ist aufgeregt und tut es auch. Durch das Gedränge der nun fast beruhigten Meute folgt er dem Wärter, beide betreten sie seine Bude, in der ein Petroleumofen wohlige Wärme ausstrahlt und den Besucher eine scharfe, aggressive Duftwolke empfängt: Gestank nach Petroleum, Hunden und dazu ein muffiger Menschengeruch. Der Wärter hat hier auf einem Diwan geschlafen, auf dem ungehobelten Tisch gammeln in einer Schüssel Essensreste, daneben eine halbe Flasche Wein; und in diesem Geruchs- und Dunstgemisch breitet sich die Atmosphäre menschlichen Lebens aus – auch so kann man leben, überlegt sich der Herr, inmitten von Hunden, dem Bärengehege gegenüber, in einen Schafspelz gehüllt, Jahr für Jahr, allein und mit Pensionsberechtigung. So etwas setzt ihn immer wieder in Erstaunen. Zu seinen fixen Ideen gehört es, in allem ein Geheimnis zu wittern. Der Wärter, seinerseits ein Mann mittleren Alters, wittert dagegen ein Geschäft.

»Heute waren schon mehrere Leute aus der Stadt hier«, berichtet er umständlich, bedankt sich salutierend für die Zigarette, die ihm der Herr angetragen hat, und steckt sie sich hinters Ohr. »Sie haben einen Pumi und einen Komondorwelpen mitgenommen, letzteren ein Herr vom Ministerium.« Dies soll beweisen, welch ausgezeichnetes Renommee die Züchtungen des Zoozwingers haben; doch der Herr stellt mit Unbehagen fest, daß ihn diese Mitteilung gar nicht angenehm berührt ... Während der Wärter weiter seine seltsame Ware anpreist, versucht der Herr auf der Stelle und mit aller Disziplin zu ergründen, warum ihm plötzlich die Lust an dem Vorhaben abhanden gekommen ist, schließlich hat er Übung in der Selbstanalyse: Also auch andere hatten schon diesen Einfall, auch andere haben kein Geld, auch anderen ist es nicht wohl dabei, ein Firlefänzchen zu kaufen, und auch sie sind der Meinung, daß ein Hund einerseits ein praktisches, andererseits ein überflüssiges Geschenk darstellt, etwas, das zugleich Luxus, aber auch strapazierfähig und zudem für Frauen bestens geeignet ist, also in Leder und mit weichem Fell, das wärmt und vor allem als etwas Originelles gilt, jedenfalls Eindruck auf die Beschenkte macht und doch preislich nicht aus dem Rahmen fällt ... Innerhalb von

Sekunden hat er dies konstatiert, und zwar mit derselben Gnadenlosigkeit, die ihn darauf bedacht sein läßt, sich alle seine Angelegenheiten und Aktionen bewußt zu machen.

»Haben also auch andere diese Idee gehabt am Weihnachtsabend?« fragt er den Wärter.

»Sicher, natürlich«, gibt der sogleich zurück, »vor Weihnachten haben wir hier immer großen Hundemarkt, in dieser Woche sind schon vier aus dem neuen Wurf weggegangen, Welpen sind überhaupt keine mehr da. Einen Pumi hätten wir noch, knapp ein Jahr alt, ein Weibchen, wäre eine gute Zuchthündin. Jeder Hund, den wir weggeben, bekommt bei uns ein Dokument von der Direktion, einen Adelsbrief mit Stammbaum.«

»Vier Welpen haben Sie also in den letzten Tagen abgegeben?« fragt der Herr beharrlich.

»Ja, junge Pulis, die sind jetzt in Mode. Den einen hat sich eine Schauspielerin geholt, den anderen einer von der Polizei, auch ein Herr, der für Zeitungen schreibt, nahm sich einen, und einer ist …«

»Der für Zeitungen schreibt …?« fragt der Herr immer mißlauniger. »Und alle wollten einen Puli? Pulis sind jetzt Mode? Also auch noch ein Modeartikel?« will er mit wachsender Resignation wissen. Sein anfänglicher Enthusiasmus hat sich längst gelegt. Zum einen vergeht ihm immer die Lust, wenn er feststellen muß, daß auch andere den gleichen Einfall hatten wie er, und das kommt in letzter Zeit bedenklich oft vor; zum anderen wird ihm angst und bange, wenn er daran denkt, er könnte sich in der Theaterzeitung wiederfinden, als ungarischer Autor im trauten Heim, seinen Lieblingspuli auf dem Schoß, im Hausmantel, inmitten seiner Lieblingsbücher und der Familie... Nein, ganz so hat er sich seinen Werdegang nicht gedacht und auch nicht den des Hundes. Aber wenn heutzutage schon Schauspielerinnen und Herren aus dem Ministerium sich Hunde als Weihnachtspräsent holen, zudem noch Pulis, so ist wohl auch er Opfer eines Modegags geworden. Wahrscheinlich ist der Puli so etwas wie Bridgespielen oder die Gewohnheit in bürgerlichen Salons, abends um Viertel nach zehn Radio Moskau zu hören... Und er verstummt. Schade, denkt er.

»Kleine Bären haben Sie nicht im Angebot?« erkundigt er sich noch. »Und was wäre an Bartgeiern vorrätig?« fährt er mit erhobener Stimme fort. »Nein, wenn alle Pulis kaufen«, konstatiert er hochnäsig, »so nehme ich wohl besser... Wäre nicht eine junge Giraffe zu haben?« stößt er hastig hervor. Der Wärter sieht ihn ratlos an.

Doch, wie das Leben so spielt, justament jetzt, in diesem Augenblick, in dem Moment der Krise und des Zweifels, rührt sich etwas unter dem Diwan, krabbelt hervor und hält genau in dem hellen Fleck inne, den der Lichtschein der Lampe auf den Lehmboden fallen läßt. Dies ist der Augenblick, da der Held seinen Auftritt hat. Die literarische Terminologie fordert hier die gehobene Wortwahl: Könnte man sonst das Hervorkriechen und Winseln einer Handvoll Fell als »Auftritt« bezeichnen? Wie ein krauser Fellhandschuh, den irgendwer verloren hat, ein Fäustling, wie ihn die Männer vom Schneeräumkommando bei großer Kälte tragen, genauso kullert die Kreatur auf dem Boden herum und wimmert.

»Ist das ein Hund?« erkundigt sich der Herr.

Statt einer Antwort bückt sich der Wärter, packt das Wollknäuel mit zwei Fingern und hebt es hoch. Tatsächlich, da sind vier Beine und viel zuviel Fell. Auch ein Schwänzchen ist auszumachen, und dann strahlt aus dem Haarwuschel ein dunkelblaues Augenpaar hervor, glänzt in merkwürdig leuchtendem Strahlen, als der Lichtschein der Lampe darauf fällt. Der Wärter packt die Kreatur aus Dreck, Stroh und faltigem Fell mit zwei Fingern am Genick und schwenkt sie wie eine tote Ratte.

»Ein wirklicher Hund?« fragt der Herr mit ungläubigem Staunen.

»Ein echter Puli, vier Wochen alt. Und er verspricht ein Prachtkerl zu werden«, gibt der Wärter mit einer gewissen fachmännischen Zärtlichkeit Auskunft.

Eigentlich könnte man über diese Prognose nur lachen, denn keine Phantasie der Welt würde ausreichen, um in diesem Knäuel aus Fell, Schmutz und Stroh etwas Prächtiges zu entdecken – als wäre er zwischen den Ställen und Zwingern zusammengekehrt worden ...

»Fehlt nur noch ein kurzer Stiel, und er würde als Klobürste durchgehen«, stellt der Herr fest. Dann zieht er die Handschuhe aus und greift nach dem struppigen Häufchen Fell.

Das Fellknäuel ist warm, und mittendrin schlägt ein Herz. Es klopft so fieberhaft, als wäre unter dem Haarklumpen nichts weiter als ein geheimnisvoller Zweitaktmotor, der in jede Materie Leben hineinzupusten vermag, sogar in dieses winselnde Wuscheltier. Das Pulsieren der großen Aorta ist durchs Fell spürbar, und unter dem Fell tastet man allerlei verdächtige, halbfertige Organe, ein zerbrechliches Rückgrat, das eigroße Köpfchen, ungewöhnlich zarte, knorpelige Gelenke.

Inmitten von Strohhalmen und schwarzen Haarbüscheln, dort, wo man die Brust vermuten kann, zeigt sich ein muttermalartiges weißes Schüppelchen Haar, ein Kennzeichen, an dem das kleine Geschöpf zu identifizieren sein wird, falls es irgendwann einmal in die Welt hinauskommt. Vorläufig dient der helle Fleck noch zur Unterscheidung von anderen Bürsten und allen haarigen Gebilden auf Erden: Er macht seine Individualität aus, ist seine Visitenkarte, der Grund, warum er eine gewisse Aufmerksamkeit für sich beanspruchen kann. Die Handvoll Lebewesen zittert und zuckt. Der Herr hebt es hoch, hält es dem Lampenschein entgegen und stellt mit Erleichterung fest, daß das Bündelchen männlichen Geschlechts ist, was ihn irgendwie beruhigt. Wie einer, der mit der Weiblichkeit im weitesten Sinn meist genierliche Erfahrungen gesammelt hat, nutzt der Herr, da er nun schon einmal nach Belieben seine Wahl unter den Kreaturen treffen kann, flugs die Gelegenheit, sein häusliches Umfeld durch ein maskulines Wesen zu erweitern. Maskulin – sicher auch nur so ein Wort, das nichts zu bedeuten hat! Die Natur liefert damit allenfalls irgendeinen vagen Hinweis. Das Hundewesen ist jedenfalls – so stellt der Wärter aufmunternd fest, als sei dies ein überzeugendes Argument für den Kauf – derzeit erst ganze vier Wochen alt.

Solange es klein ist, denkt der Herr bei sich, ist alles artig und liebreizend, und er setzt das Fellbündel vorsichtig auf den Lehmboden zurück. Klein ist sogar der Teufel süß. Was aber, wenn das Bürschchen heranwächst? Der Wärter spürt, jetzt ist der psychologisch richtige Augenblick gekommen, da er sich einschalten muß: Mit unvermuteter Beredsamkeit und kaufmännischem Geschick beginnt er, dem Herrn zuzureden, bückt sich zwischendurch mehrmals nach der Ware und preist die Anmut des Fellknäuels, sperrt mit dem Finger das Schnäuzchen auf und drängt den Herrn, dem Tier ins rosa Mäulchen zu schauen, um sich durch Augenschein davon zu überzeugen, daß Rachen und Nase des Kaufobjekts *schwarz* sind. Er trägt das nun schon kläglich jaulende Objekt unter die

Lampe, und der Herr kann sich davon überzeugen, daß Rachen und Nase des Tierchens doch rosa sind. Der Wärter lenkt seine Aufmerksamkeit auf die noble und stramme Form der Beinchen: Es sei nur schwer vorstellbar, erwidert der Herr unschlüssig, was an den vier ausgewrungenen Pinseln stramm und nobel sein solle. Und erst der Körperbau! bringt der Wärter sein letztes Verkaufsargument ins Spiel. Der zierliche und doch so vorteilhaft proportionierte Brustkasten, das kernige Hinterteil, dieser Schwanz, der schon jetzt das Schönste verheißt, und der gesamte rassetypische, kräftige und gedrungene Rumpf, der einen Puli so augenfällig von allen anderen Hunderassen unterscheidet, die gescheiten Augen, die schön zur Seite fallenden Ohren und zu all dem der gesunde Appetit dieses außergewöhnlich wohlgestalteten Prachtstücks: Lobend preist er jedes Detail, vergißt auch nicht zu erwähnen, daß er selten ein so prächtiges Puli-Baby aus der Hand gegeben hat. Und das Ganze zum Preis von sechzig Pengö.

Der Käufer runzelt die Stirn. Sonderbar, daß so etwas einen Preis haben kann. Sechzig Pengö, nicht mehr und nicht weniger, dies ist der offizielle Preis... Das Handelsobjekt wendet sich zielstrebig der Tür zu, behend und locker rollt es auf die Schwelle, nimmt die Schnauze und das kräftige und gedrungene Hinterteil zu Hilfe, die der Wärter so trefflich beschrieben hat, stößt geschickt die nur angelehnte Tür auf, legt dabei eine Entschlußkraft und Zielsicherheit an den Tag, die beide Männer staunen lassen.

Schon seit Minuten kämpft der Herr mit sich, spürt, wie ihn der kleine Hund für sich einnimmt. Zwar ist er nicht absolut sicher, daß dieser Puli ein Musterexemplar unter allen denkbaren Puli-Kreuzungen ist, Statur kann er vorläufig noch nicht an ihm entdecken, auch vermeint er sich zu erinnern, daß ein Puli-Kopf nicht so länglich sein sollte; doch der Hauch von Wärme, der beim Anfassen des Fellbündels seine Hand berührt hat, wiegt schwerer als die Werbesprüche des Anbieters. Eine solche Wärme hat er schon lange nicht gespürt: weder beim Händedruck noch bei anderer körperlicher Berührung.

Plötzlich schlägt eisiger Wind durch die halboffen stehende Tür herein. Der Lichtschein und der Geruch von Menschen reizen die Hunde und regen sie zu wütendem Gebell an. Wie ein dichter Schleier fällt der Schnee herab. Das Verkaufsobjekt verharrt auf der Schwelle, streckt die Zunge heraus und fängt an, sich die Schneeflocken von der rosa Nase zu lecken. Dann strafft es den Rücken, richtet sich zu voller Größe auf, das Bündel wächst und wird zu einem richtigen Tier, erst jetzt erkennt man, daß es tatsächlich vier Beine, einen vielverheißenden Schwanz und wirklich einen gedrungenen Körperbau besitzt – in diesem Moment sieht es in der Tat wie ein Hund aus. Und es beginnt so durchdringend zu bellen, daß man sich fragt, wo in diesem winzigen Körper eine solche Schreckensstimme Platz findet. Der kleine Hund kläfft, antwortet der Meute, als wollte er Meldung machen, daß er einen Käufer gefunden hat, oder vielleicht auch nur, daß er geboren wurde, auf der Welt und schon vier Wochen alt ist, bereits Reize wahrnimmt, daß er den Schnee, die Dunkelheit und die ganze Welt aufregend findet. Dies alles findet auch der Herr aufregend. Das Handelsobjekt bellt vergnügt ins Schneegestöber hinaus; mit väterlicher Schamhaftigkeit senkt der Wärter den Blick, sagt wohlwollend und nicht ohne Genugtuung: »Das wird ein guter Hund. Man braucht nur diese Stimme zu hören.«

Sollte es wirklich so einfach sein, einen Hund zu kaufen? fragt sich der Herr. Er zählt die Geldscheine hin und steckt den Hund in die Tasche. Ohne aufzumucken läßt sich der in der tiefen Wintermanteltasche versenken. Er braucht wirklich nicht mehr Platz als ein paar dicke Handschuhe. Eine Handvoll Ratschläge für die Erziehung des Hundes fallen noch ab, dann hängt sich der Wärter den Schafspelz um und begleitet den Herrn, vorbei am Chor der in ein Trauergeheul ausbrechenden Hundemeute, die er, wie Orpheus die Bestien, mit melodischem Pfeifen zu beruhigen sucht.

Das alles vollbringt er in unziemlicher Eile und mit verdächtiger Beflissenheit, aber das wird dem Käufer erst im nachhinein bewußt, nach ein paar Monaten, als es längst zu spät ist. Aber so geht es immer im Leben des Käufers, alles wird auf diese Weise abgewickelt und erledigt, in unüberlegter Hast, nicht nur der Hundekauf.

Es müßte ihm doch auffallen, daß der Wärter nicht mit ihm ins Büro gegangen ist und daß man für den Hund keinen Adelsbrief mit Stammbaum ausgestellt hat... Beide haben es instinktiv, aber auch verdächtig eilig.

Um den Direktionstrakt macht der Wärter einen Bogen und lenkt den Herrn, das Verkaufsobjekt überschwenglich lobend, in Richtung Zooausgang. Auch der Herr hat ein Gefühl, als wäre er auf nicht ganz legitime Weise Besitzer eines Lebewesens geworden, denn er hat ja nur Geld dafür gegeben.

»Sie werden sehen, der wird ein prächtiger Kerl«, sagt der Wärter gedämpft, als sie schon außerhalb der Umzäunung sind, und schlägt hastig hinter dem Käufer die Tür des Taxis zu.

Durch die beschlagene Scheibe sieht der Herr ihn noch einen Moment in seinem verschneiten Schafspelz am Straßenrand stehen, einem Hirten gleich, der in Bethlehem Dringendes zu erledigen hat. Die Dunkelheit verschluckt ihn schon fast, als dem Herrn noch eine wichtige Frage durch den Kopf schießt. Mit beiden Händen klopft er an die Innenscheibe, das Taxi bleibt mit einem Ruck stehen, ungestüm macht der Herr die Tür auf und brüllt der durch den Schnee stapfenden Gestalt nach: »Hallo, Sie... wie heißt er denn?«

»Tschutora...!« brüllt der Mann zurück. Und das hört sich an wie Gelächter.

»Sonderbarer Name für einen Hund, wenn ich richtig verstanden habe«, sinnt der Herr während der Fahrt.

Das Fest

»Und was nun?« – Während das Taxi auf die Lichter der Innenstadt zuschlittert, melden sich beim Herrn berechtigte Zweifel, die solchen überhasteten und unwiderruflichen Aktionen auf dem Fuße folgen. Wie mag die Dame es aufnehmen? Sie wird sich freuen, macht er sich selbst Mut, dem Hund ein Halsband umlegen und ihn zu einem Spaziergang ausführen. Doch wie wird Theres reagieren? Der sowieso nicht ganz unproblematische Vertrag, der das Mädchen mit der Familie verbindet, betrifft nur den Dienst am Menschen. Was mag Theres zu diesem herumwuselnden Mop sagen, der zwar als Geschenk niedlich sein mag – er hat Augen, die glänzen, Ohren, die hängen und flattern, ein prächtiges Schwänzchen, und man muß dieses Spielzeug nicht einmal aufziehen, weil das ganze Gebilde von einem Zweitaktmotor angetrieben wird –, doch abgesehen davon besitzt er auch Magen und Därme, die in Funktion sind, und er ist gerade mal vier Wochen alt? …

Ja, was wird Theres sagen, die vom Leben in der Stadt so völlig verbürgerlicht wurde: Wenn man sie zum Zigarettenholen um die Ecke schickt, setzt sie sich erst mal einen Hut auf, sie geht bevorzugt ins Nationaltheater und stellt am Abend »Radio Japan« ein – ja, wie wird sie reagieren, wenn man ihr zu dem gehobenen städtischen Tätigkeitsfeld jetzt zusätzlich Stallarbeit aufbürdet? Es ist ja gerade erst vier Wochen her, daß dieses neue Spielzeug die geheimnisvolle und diffizile Werkstatt, in der solche Gelegenheits-Geschenkartikel produziert werden, verlassen hat; aus reicher Erfahrung folgert der Herr, daß die Wohnung in den kommenden vier Monaten wie ein Stall aussehen wird, doch daran ist nun nichts mehr zu ändern. Die raffiniertesten Erziehungstheorien erweisen sich in den ersten fünf Monaten als untauglich, auch bei einem so reinrassigen Puli, um den es sich bei diesem Exemplar, das er in seiner Manteltasche birgt, ja unverkennbar handelt.

Auf peinlichste Überraschungen gefaßt, greift er mit der entblößten Hand in seine Tasche. So warm, als stände darin ein japanisches Taschenöfchen unter Feuer, berührt es seine Finger, das Mantelfutter fühlt sich trocken an, und das Tierchen ist auffallend friedlich. Er holt es heraus und legt es sich aufs Knie; die dunkelblauen Augen strahlen auch in der Dämmerung, eine kalte, feuchte Hundeschnauze schnuppert an seiner Hand, das Wesen bellt nicht, sieht sich vielmehr interessiert um, benimmt sich korrekt und beruhigend. Erleichtert seufzt der Herr und denkt hoffnungsfroh, daß es vielleicht doch Wunder gibt. Möglicherweise sind manche Hunde bereits mit vier Wochen von Natur aus stubenrein.

Doch solche Wunder gibt es nicht, die Natur hält sich an ihr Schema und weicht nicht davon ab. Bereits in dem Geschäft für Galanteriewaren, in das sich Herr und Hund begeben, um eine Hundeleine und ein Halsband zu erstehen, wird solcher Wunderglaube erstmals – wenn auch geringfügig – widerlegt. Doch kann dem winzigen Lebewesen deswegen wirklich niemand böse sein, da er einem richtigen Hund noch nicht ähnlicher ist als, sagen wir, die erste Miniaturskizze dem vollendeten Kunstwerk; amüsiert und zärtlich wie eine Säuglingsschwester nimmt die Verkäuferin die Bescherung zur Kenntnis, Verständnis und Sympathie umgeben die kleine Kreatur, die nun ihre ersten Schritte in die Zivilisation wagt. Diese ersten Schritte werden auf der Theke des eleganten Geschäftes getan; da spaziert sie unvoreingenommen auf und ab, schnuppert und geht den streichelnden Berührungen gelassen aus dem Weg. »Noch etwas scheu, der Kleine«, stellt der abgewiesene Geschäftsinhaber indigniert fest. Als dann der Herr zur Kasse geht, um die Leine zu bezahlen, hat das Hündchen für alle eine Überraschung parat: Mit lautem Gebell rennt es dem Herrn hinterher, man muß es am Rand der Ladentheke auffangen, denn ohne Zögern wäre es in die Tiefe gestürzt, hätte sein Herr es nicht schnell in die Manteltasche gesteckt.

Von solcherlei Dingen läßt man sich stets beeinflussen, denkt der frischgebackene Hundebesitzer später im Taxi, und auch, als er in der Redaktion angekommen ist, wo er samt Hund noch schnell vorbeischauen muß, bevor er sich nach Hause begibt. In dem lieblos und spartanisch mit ein paar Möbeln ausgestatteten Zimmer, in dem zwar Berge alter Zeitungen auf einem Tisch herumliegen, darüber hinaus jedoch nichts an die vorgeblich geistige Tätigkeit erinnert, der der Herr an diesem Platz nachzugehen pflegt, hier also darf das Hündchen herumlaufen, und erstmals sieht er es bei heller elektrischer Beleuchtung. Verblüffend, einfach entwaffnend, sinnt er weiter, daß es mich schon nach so kurzem Beisammensein angenommen hat und hinter mir her wollte. »Komm, Tschutora«, ruft er zufrieden.

Für beide ist es der erste persönliche Dialog ihres Lebens. Die seltsame Beziehung, die sich mit mysteriöser Gesetzmäßigkeit zwischen Mensch und Hund entwickelt, nimmt von diesem Moment an ihren Lauf. Der am Boden herumsuchende kleine Hund bleibt stehen und lauscht dem Klang dieser Stimme: Sie dringt von oben zu ihm hinab, ergibt für ihn noch keinen Sinn, ist aber doch sein Schicksal, die Stimme, die fortan über Wohl und Wehe der Kreatur befindet. Vorläufig nimmt sie davon noch keine Notiz. Eifrig, als hätte sie schrecklich viel zu tun, krabbelt sie im Zimmer umher, beschnuppert alle Ecken, den Garderobenständer, die Stöße von Makulatur, vergißt sich zwischendurch zweimal, locker und fröhlich, denn jetzt zweifelt keiner mehr daran: Wunder gibt es nicht. Besucher kommen, die man anbellen muß. Höflich, aber doch herablassend nehmen sie von der Anwesenheit des kleinen Hundes Kenntnis, fragen nach Rasse, Geschlecht und womöglich auch nach der Religionszugehörigkeit, so wie es eben Brauch ist in einer Welt, in der allerlei Zwangsvorstellungen und Vorurteile die gesellschaftliche Situation einer Kreatur bestimmen. Über das beiläufige Begrüßungsgebell hinaus zeigt das Hündchen seinerseits an Geschlecht, Rasse oder Konfession der Eintretenden nicht das geringste Interesse. Der rohe, ranzige Geruch der Makulatur, die eine nicht zu bezwingende Faszination auf das Tier ausübt, nimmt es vollständig gefangen. Mit Gleichmut läßt es die gönnerhaft albernen Kosewörter der Besucher über sich ergehen, und wenn man überlegt, daß es erstmals in einer Redaktion weilt, muß man feststellen, es legt ein ziemlich unbekümmertes und souveränes Verhalten an den Tag.

»Wau-wau, Kleiner«, sagen die Besucher in gedankenlosem Entzücken, denn an einem jungen Hund kann und darf sich jeder selbstlos freuen. Gewöhnlich ist er auch etwas Nettes, Niedliches.

Und von kleinen Hündchen versteht doch jeder was. Bei ihrem Anblick hellen sich selbst trübsinnigste Mienen auf. Es kostet ja auch nichts, wenn man nett zu einem Hündchen ist. Und weil es die Hundebesitzer immer freut, daß von dem Lebewesen, welches sie ausgewählt haben, lobend gesprochen wird, weil kleine Freundlichkeiten der Freundschaft dienlich und dazu noch besonders billig sind, ist der erste Auftritt eines jungen Hundes auf der Weltbühne stets von warmem Applaus begleitet. Die Premiere war ein Erfolg. Renommierte und professionelle Theaterkritiker rühmen anerkennend sein Debüt, die Art seines Spiels und die lockeren Bewegungen, wissen seine Stimme zu loben … Man könnte auch sagen: Tschutora hat eine gute Presse.

Die Stunde des Festes rückt näher, zu dem sich Feinde die Hände reichen, Freunde wohlmeinende Wünsche austauschen und die Welt sich für einen Augenblick den Anschein gibt, als wäre sie tatsächlich friedfertig und von gutgesinnten Menschen bevölkert. Der Herr schmuggelt den Hund in seiner Manteltasche in die Wohnung, schließt das Arbeitszimmer hinter sich ab und versteckt das Geschenk im Papierkorb, aus dem es nicht herauskrabbeln kann; es ist verdutzt, verhält sich aber ruhig, fühlt sich offenbar wohl inmitten des vielen Zeitungspapiers, scheint – anders als sein Herr – geradezu eine Schwäche dafür zu haben.

Während sein Herr in Eile die Kleider wechselt, quengelt der Hund nur gelegentlich leise, weil er sich langweilt, doch schon ein Zuruf, ein beschwichtigendes Wort bringt ihn zur Ruhe. Aber dann arbeitet er sich doch nach oben, legt die Vorderpfoten auf den Rand des Papierkorbs und schaut hinaus in die Welt. Alles an diesem Kerlchen ist so winzig, so zu Herzen gehend tapsig, daß es vielleicht auch bei Theres Gnade finden wird, denkt sich der Herr. Um diese Stunde erfüllt die Wohnung bereits eine gedämpfte, süßliche Festfreude.

Nebenan läutet das Telephon, und es ist auch jemand gekommen, Theres trifft Verfügungen und nimmt Pakete entgegen, das Bad ist seit längerer Zeit von der Dame okkupiert, sie bleibt für die anderthalb Stunden des Umkleidens unsichtbar und unnahbar.

»Jetzt bist du still, Tschutora!« murmelt der Herr leise und sehr vertraulich, »zehn Minuten bleibst du noch da und bist brav, Freundchen.« Tupft mit den Fingerspitzen auf das mit weichem Seidenfell bedeckte Köpfchen des Geschenks. Der Hund streckt dem Herrn die Pfote entgegen, als wollte er ihm die Hand reichen. »Ja, ich wünsch dir, daß du dich wohl fühlst bei uns!« nimmt der Herr dieses Zeichen auf und gibt ihm die Hand. Sie blicken sich in die Augen. Tschutora aber kann dem Blick nicht standhalten, zwinkert und dreht sein Köpfchen zur Seite.

Inzwischen hat die Wohnung für diesen festlichen Abend die ganze ihren bürgerlichen Möglichkeiten entsprechende Pracht entfaltet. Alles steht ordentlich an dem ihm zugedachten Platz, wie im Museum, und während der Herr so durch die Zimmer eilt, überwältigt ihn für einen Augenblick erneut dieses gelegentlich wie ein Schwindel auftretende Staunen, das er über seine Art zu leben empfindet: so als zeige man ihm weit, weit hinten in ferner Vergangenheit etwas, eine Wohnung aus dem Jahr 1928, als würde ihm vorgeführt, wie Menschen früher gelebt haben, umgeben von Gebrauchsgegenständen, deren Alltagsfunktion komplizierte Formen und Schnörkel verdekken, von Stühlen, deren Beine sonderbarerweise in Löwentatzen enden, unter Lampen, die ihr Licht sinnlos nach oben werfen und den Raum im Dämmerlicht lassen, wo doch darunter Menschen leben und sehen möchten, inmitten von Bräuchen, starren Gewohnheiten und Ritualen, die mit unbezwingbarer Hartnäckigkeit auftreten und auch den Alltag zu einer Art kompliziertem Ritual machen. Manchmal hat er den Eindruck, man zeige ihm all das als kulturgeschichtliche Kuriosität dreißig oder vierzig Jahre später im Film. Das eigensinnige Fortbestehen dieser Lebensart kommt ihm vor, als beobachte er das Weiterwachsen von Haaren und Fingernägeln an einem herausgeputzten Leichnam. Und weil ihm der Glaube an die kalendergerecht eintreffende Revolution fehlt, macht er sich eher darauf gefaßt, daß eines Tages bei einer unbedachten Berührung dies alles zu Staub zerfällt, weil doch der Lebensinhalt solcher Formen bereits völlig vertrocknet ist, der Irrglaube einer Kultur sich in Luft aufgelöst hat und das Übriggebliebene nichts anderes ist als ein naives Tabu und lächerlicher Fetisch.

Das ist nur ein Gefühl, ein Aufblitzen, und er denkt es nicht zu Ende, wenn er jetzt die Zimmer durchquert; vielmehr fragt er sich, ob man wohl den Wein gebracht hat. Und da ist ja auch schon der brave Josef, im knapp gewordenen Abendanzug steht er etwas förmlich, mit biederer Feierlichkeit an der Wand, putzt sich die Brille und zeigt dieses verlegene Lächeln eines Menschen unter der Nase, der nie ganz sicher sein kann, daß die Welt wirklich so beschaffen ist, wie man es ihm gesagt hat, und ob er nicht doch ständig betrogen wird. Dem Herrn gefällt dieses Lächeln an Josef. Rund um das karge Bäumchen, das gern schöner sein möchte, als es ist, und nun, im Schmuck der Kerzen, Tante Gisella zum Verwechseln ähnlich sieht, liegen in Seidenpapier verpackte kleinere und größere Schachteln – jede von ihnen ein mit Goldband umwundenes und mit einem Zweiglein geziertes gebrochenes Ehrenwort. Der Herr wendet seinen Blick von den Päckchen ab und fängt an zu hantieren; in der nächsten Viertelstunde sind alle seine Gesten und Worte von der Erinnerung bestimmt, hält ihn ein Zwang aus Kinderjahren gefangen, wie nach einer eingeübten Liturgie legt er Hand an und arrangiert – zieht das Grammophon auf, legt die Schallplatte auf den Plattenteller, die anstelle der nicht vorhandenen Kinder mit mechanischer Andacht den Weihnachtschoral abspielen wird, holt nun seinerseits aus verschlossenen Schubladen allerlei kleine Päckchen hervor, schreibt Widmungszeilen in Bücher und steckt Banknoten in ein Kuvert, das für Theres bestimmt ist, die in diesem Jahr auch noch Tischtücher für ihre späte Aussteuer bekommt, da es »nicht ausgeschlossen ist, daß sie sich doch noch entschließt«, wie sie seit letztem Frühling mit verschämter Anzüglichkeit öfter verlauten läßt. Die lieben Cousinen in ihren selbstgeschneiderten festlichen Kleidern sind ebenfalls schon eingetroffen, und Theres, die bereits den ganzen Nachmittag von der Atmosphäre prickelnder Feierlichkeit wie berauscht ist, nimmt sie, stellvertretend für die Dame des Hauses, laut und familiär in Empfang.

Während die Familienmitglieder im Eßzimmer das Gläschen Wermut schlürfen und sich unterhalten, knipst der Herr die Lampen aus und zündet am festlichen Bäumchen die Kerzen an. So hat es schon der Vater getan und der Großvater auch, dieser Vorbereitungsritus lebt unter seinen Händen fort, so wie eine Generation auch in Geschmack und Ausdrucksweise die Familienrituale weiterführt – denn was sonst sind Religion und Kultur, sinnt er verstimmt und kratzt sich einen heißen

Tropfen Wachs von der Schulter seines abgewetzten Smokings, als die kleinen, längst Gewohnheit gewordenen Liturgien der Erinnerung, diese ungeschriebenen Traditionen von Familien oder kleinen Gruppen, Traditionen des Speisens und Trinkens, der Umgangsformen, der Garderobe und Verdrängung von Gefühlen –, natürlich nur, wo es sich um eine richtige Familie handelt, setzt er in Gedanken noch schnell hinzu. Die Kerzen brennen und verbreiten den betörend süßen Duft, die fast betäubende Festlichkeit, die der Herr unwillkürlich mit der frösteln machenden Erinnerung an Unausgeschlafenheit, an Frühmessen und Ministrantendienst assoziiert. Nun, Dominus vobiscum! – fällt ihm ein, und er prüft noch schnell, ob er auch nichts vergessen hat.

Das beklemmende Gefühl, sich sputen zu müssen – und nicht nur in diesem Moment, sondern überhaupt, weil doch von einem Augenblick zum nächsten das alles hier ein Ende haben kann, diese bürgerlichen Formen und Sitten –, das Gefühl treibt ihn auch jetzt an: Man muß sich beeilen mit dieser Weihnachtsfeier, denn gleich könnte das Telephon klingeln, oder jemand steht im Entree oder meldet von außen, daß die Feier zu Ende ist, zumindest für die nächste Zeit. Er hat die Hand schon tastend an der empfindlichen Membrane des Grammophons, will gerade die Nadel auf den Rand der schwarzen Scheibe setzen, als sein Blick dem einer ganz vergessenen Kreatur begegnet.

Der Clou des Festes! Der Höhepunkt! Tschutora stützt sich auf den Rand des Papierkorbs, seine winzigen Pfötchen klammern sich fast mit menschlicher Gebärde fest. Stumm, um nicht zu sagen wortlos, verfolgt er die Vorbereitungen.

»Ja, Freundchen, so sieht sie aus, die Welt«, sagt der Herr gedämpft und vertraulich und beschreibt mit der Hand einen Kreis. »Da staunst du! In der trüben, grauenhaften Werkstatt, in der du gemacht wurdest, hast du dir das nicht träumen lassen! Dies ist das Herrenzimmer einer bürgerlichen Behausung. Das ist der Weihnachtsbaum. Hier sind Wachskerzen und dort die Geschenke, angeblich Zeichen des größten und delikatesten Mysteriums, das es im Leben gibt: Symbole der Liebe. Du selbst bist jetzt so ein Symbol. Komisch, nicht? Also komm her.«

Das Symbol begleitet diese Ansprache mit leisem Gewinsel, dreht das Köpfchen von einer Seite zur anderen und bäumt sich auf. Dann sitzt es zitternd und sichtlich nervös mit gesträubtem Fell auf der Hand seines Herrn, duldet, daß ihm ein Tannenzweiglein ins Halsband gesteckt, daß es in Seidenpapier gepackt und mit einem Tuch abgedeckt zu den Geschenken für die Dame unter dem Weihnachtsbaum gesetzt wird. Reglos und ohne aufzubegehren findet das Päckchen zwischen den anderen in Seidenpapier gewickelten Symbolen der Liebe seinen Platz. Was mag in ihm vorgehen? fragt sich der Herr ein wenig unbehaglich, als er das Grammophon in Gang setzt und nachzuempfinden versucht, welche Wirkung wohl die ersten Töne des Palestrina-Chores auf die fein verpackte Kreatur haben. Er öffnet die Tür ganz weit, tritt in die dunklere Ecke des Zimmers zurück und zündet sich eine Zigarette an. Jetzt beginnen diese heiklen zehn Minuten, in denen jeder der Anwesenden geräuschvoll und ohne Scheu die zärtliche Zuneigung seiner Mitmenschen zur Kenntnis nimmt. Die Teilnehmer an der festlichen Stunde treten näher, langsam, zögernden Schrittes und verhalten plaudernd, streben irgendwie en passant auf das kümmerlich gewachsene Bäumchen zu, das in zartem Licht erstrahlt. Auf halbem Weg bleiben sie stehen, abrupt verstummt das Gemurmel.

Als hätte sie eine plötzliche Erscheinung berührt: Erinnerung und Sehnsucht machen diese Erscheinung aus. Sie schauen in die Kerzenflämmchen und verharren im Halbdunkel, eine entwaffnend harmlose kleine Truppe, die nur durch das Blut und andere, kompliziertere, kaum kontrollierbare Bande zusammengehalten wird. »Friede!« dröhnt der Palestrina-Chor aufwühlend, und es ist wirklich schwer zu begreifen, was in diesem Moment die Hausbesorgerin, die erst seit zwei Wochen ihren Dienst tut, und ein junger Handwerker, angeblich Monteur in der Rohamgasse, der die Absicht haben soll, im kommenden Frühjahr Theres' Schwester zu ehelichen, hier verloren haben. Wie der vierte Stand in Person stehen sie mit triumphierendem Grinsen, angeführt von Theres, im Türrahmen und verweisen durch ihr bloßes Dasein darauf, daß irgendwann einmal die Zeit kommt, da *eine* Herde und *ein* Hirte sein wird. Es mag ja angehen, daß sich der Hausmeister, Herr Zsombolya, samt Töchterchen zur Bescherung eingestellt hat – dieser brave Mann, der unter Depressionen und seltsamen Gedankenverbindungen leidet und an dem nichts weiter auszusetzen ist, als daß er allabendlich vergißt, Petroleum in die Lampe des Stiegenhauses zu füllen. Auch die Dame des Hauses steht in der Tür, beinahe zwischen den dienstbaren Geistern, gerade nur ein wenig von der Truppe abgesetzt. Sie lehnt mit verschränkten Armen am Türrahmen und blickt unverwandt mit angestrengter Liebenswürdigkeit in die Flämmchen, vielleicht sogar mit etwas übertriebener Aufmerksamkeit. »Noch ein Augenblick, und sie wird sehr müde sein!« geht es dem Herrn, der dieses starre, sehr aufmerksame Lächeln an ihr kennt, durch den Sinn. Er wendet den Blick ab und schaut aus dem Fenster. An der Straßenecke steht ein Polizist im Schnee, ein dunkler, vermutlich zufriedener Trupp von Männern mit Hacken und Schneeschaufeln zieht schnaufend die steile Taborstraße hinauf. Die Sozialordnung ist intakt. »... und den Menschen auf Erden ein Wohlgefallen!« säuselt noch der Palestrina-Chor. Dann tritt Stille ein.

Doch bevor die Anwesenden aus diesem tranceähnlichen Zustand zu sich kommen, das Händeschütteln und Staunen, der freudig erregte Austausch sowie das Auspacken der Liebessymbole beginnen, das Lächeln und Grinsen, das Hand- und Wangenküssen, die Verbeugungen, das Zum-Ausdruck-Bringen tiefer Empfindungen und andere seltsame Gewohnheiten ihren Anfang nehmen – die Ausländer, etwa europareisende Japaner, vermutlich höchst gewissenhaft aufgezeichnet und sicher als beachtenswerte Bräuche und Sitten unseres Kontinents wahrgenommen hätten –, bevor man also zum zwangloseren und fröhlicheren Teil des Heiligen Abends übergeht, zum Speisen, zum Bewerten der Geschenke, zu schüchternem Protest und den überschwenglichen Danktiraden, unterbricht ein langgezogener, peinlicher Ton die augenblicklich eintretende verlegene Stille. Eines der unter dem Weihnachtsbaum liegenden Päckchen hat sich selbständig gemacht und kullert auf den Teppich hinunter. Die vor dem verhexten Paket wie gebannt dastehenden Cousinen kommen nicht einmal dazu, einen Schreckensschrei auszustoßen, als die Dame sich auch schon hinkniet und aufgeregt an dem geheimnisvollen Päckchen nestelt. Sie allein bewahrt die Contenance in dem allgemeinen Getöse der Freude und des Staunens, das nun anhebt. Vorsichtig befreit sie das mit einem Tannenzweiglein geschmückte Symbol aus seiner Verpackung und hebt es mit beiden Händen hoch. Es läßt vor Schreck Schwanz und Ohren hängen, sträubt das Fell und jault erbärmlich. Die Dame hält es empor, um es allen Anwesenden zu zeigen, drückt es dann an ihre Brust und spricht leise und beruhigend auf die kleine Kreatur ein. Den ganzen Abend behält sie das Tier in ihrer Nähe.

Innerhalb von Minuten haben alle den Namen Tschutora verinnerlicht, und bald darauf kennt ihn, da sich die Hausbesorgerin sowie der unbekannte Handwerker und Bräutigamsaspirant bald entfernt haben, bereits das ganze Haus. Alle nehmen mit herablassender Liebenswürdigkeit und wohlwollender Nachsicht Namen, Alter und Abstammung der Kreatur zur Kenntnis, nur die Dame interessiert dies alles nicht, für sie scheint es zweitrangig zu sein. Vermutlich ist ihr allein die Tatsache wichtig und bewegend, daß dieses Liebessymbol lebt. Die Kreatur hat inzwischen Zeit gehabt, zu sich zu kommen. Sie kuschelt sich an den Arm der Dame, macht von hier aus ihre Beobachtungen, spitzt die Ohren, bestaunt die Lichter, bäumt sich auf, quengelt und bricht dann gar in ein zorniges, sichtlich angriffslustiges Bellen aus. Die durchdringende Stimme übertönt den übrigen Lärm und die Gespräche. Tschutora muß den Lüster anbellen, den Baum mit den brennenden Kerzen, an dem wieder einmal ein mit Salonzuckerln, diesem traditionellen zuckersüßen Schmuck ungarischer Weihnachtsbäume, übervoll behangener Ast bereits Feuer fängt; wie schon im letzten Jahr hat man es der Aufmerksamkeit des geschickten Josef zu danken, daß eine Ausbreitung der Flammen verhindert wird. Tschutora kläfft in Richtung der Cousinen, die ihm süßlich lächelnd aus sicherer Entfernung Koseworte zuwerfen und für keinen Schatz der Welt dieses verschmutzte Fellknäuel anfassen würden, das die Dame ans Dekolleté ihres Abendkleides preßt.

Auch Theres hat ihre Meinung schon kundgetan und sich zwar reserviert, aber doch billigend geäußert, was den Herrn sichtlich erleichtert. In ihrer breiten südungarischen Ausdrucksweise verständnisvoll und wie jemand, der Bescheid weiß, meint sie: »Wir werden schon miteinander auskommen.« Treffender ließe sich die Beziehung zwischen Lebewesen gar nicht charakterisieren, will es dem Herrn scheinen. Man muß miteinander auskommen, denkt er und nickt zustimmend. Dann schreitet man zu Tisch.

Während die für den Heiligen Abend obligatorische Speisenfolge aufgetragen und genossen wird, deren Düfte den auf dem Schoß der Dame liegenden Tschutora offenbar außerordentlich interessieren würden – nämlich die Weinsuppe, die kalte Fischvorspeise, der traditionelle Truthahn und die Nuß- und Mohnstrudel –, während dieser ganzen Zeit stellt der Herr, der am unteren Tischende zwischen Tante Etelka und einer der Cousinen Platz gefunden hat, immer mal wieder mit forschendem

Blick fest, daß die Dame bereits plaudert, jemandem zuprostet und sogar speist, allerdings nur einhändig, weil die andere Hand unbewegt auf dem Bäuchlein des Tieres ruht.

Tschutora benimmt sich auf dem Schoß der Dame wahrhaft mustergültig, und wenn man all die immer neuen, betörenden und außergewöhnlichen Wolken von Wohlgerüchen in Betracht zieht, die mit jedem weiteren Gang auf seine Geruchsorgane einstürmen, kann man über solch schamhafte Beherrschtheit und Zurückhaltung nur staunen, Tschutora unterläßt jedwede aufdringliche Bettelei ebenso wie Meinungsäußerungen aller Art. Ohne Zweifel ist er bäuerlicher Herkunft und bezieht daraus – wie spätere Verhaltensweisen noch bekunden werden – eine wohl ererbte, eigenartige Würde und Distanz. Keine Sekunde lang geht ihm, solange er auf dem Schoß der Dame ruht, die Selbstbeherrschung aus. Man muß diese Disziplin um so mehr würdigen, weil er, wie sich bald erweist, schon eine ganze Weile einem dringenden, keinen Aufschub duldenden Bedürfnis hätte nachgeben müssen. Das wird in dem Moment offenbar, da die Tafel aufgehoben ist und die Dame den Hund auf den Boden setzt. »Eure schöne, gepflegte Wohnung!« bedauert die feine Tante Etelka in leiser Verzweiflung, den Blick zum Plafond erhoben. Der brave Josef stellt in der ihm eigenen diskreten und taktvollen Art die eher prinzipielle Erwägung in den Raum, ob man in einer Stadtwohnung überhaupt einen jungen Hund heranziehen kann. Die Cousinen zweifeln keinen Augenblick daran, daß dies unmöglich ist. Sodann schlürfen die Gäste ihren kleinen Schwarzen und schicken sich zur Verabschiedung an.

Sie gehen in die verschiedensten Richtungen auseinander, schließlich ist die Familie groß, immerzu läutet das Telephon, und es schickt sich einfach, daß die Dame und der Herr noch vor Mitternacht auch bei der anderen Linie der Familie zu einem Kurzbesuch erscheinen. Bei jenem Teil der Verwandtschaft, mit dem diese Linie in ihrer Gesamtheit keinerlei Kontakt pflegt. Warum man nicht miteinander verkehrt? Weil bei der Hochzeitsfeier von Elemér im Jahre 1923 Aranka etwas über Ilonka geäußert haben soll. An den Wortlaut der Bemerkung kann sich natürlich keiner mehr so genau erinnern, doch sitzt die Kränkung bei allen so tief, daß sie ihre verzweifelte Neugier und die tiefe Sehnsucht, die unstillbar in ihnen lebt, verleugnen und es ihnen sogar bei so seltenen Anlässen widerstrebt, die Feier der verfeindeten Linie aufzusuchen. Das mag verstehen, wer will. Tante Etelka wird gewiß Gelegenheit nehmen, morgen um die Mittagszeit das Telephon, das ihr eigentlich zuwider ist, zu ergreifen, um von der Dame in allen Einzelheiten zu erfragen, was es bei denen drüben in der Csabagasse, auf der anderen Seite der Generalswiese, zum Abendessen gegeben hat, wie das Kleid aussah, das Aranka trug, ob Gergely diesmal großzügiger den Familienmitgliedern gegenüber war und was die Dienstboten bekommen haben. Dies und vieles andere wird sie erkunden und die Neuigkeiten sogleich weiterleiten, nicht ohne dabei sonst noch allerlei in den Stromkreis des Tratsches für die andere Linie einzuspeisen, wo man jedes spärliche Rinnsal von Neuigkeiten dankbar entgegennimmt. Und dennoch hält die Tante in diesem Augenblick mit so eisiger Miene der Dame die Stirn zum Abschiedskuß hin, als könnte sie den großen Vertrauensbruch, der an den zwei Fronten der Familie, sowohl von der Dame als auch von dem Herrn, so verbissen begangen wird, nicht mit dem Verstand fassen und schon gar nicht im Herzen nachempfinden. »Vielleicht nehmt ihr auch das kleine Tier mit hin«, rät sie zum Abschied, während sie sich das Pelzcape um ihre fürstliche Gestalt legen läßt; und wirft dabei den Cousinen einen vielsagenden Blick zu, die in ihre hochgeschlagenen Pelzkrägen kichern, weil sie wissen, daß Gergely Hunde haßt und Aranka schon aus der Fassung gerät, wenn ein Gast etwas Zigarettenasche auf den Teppich rieseln läßt. Das kleine Tier steht neben dem Herrn im Türrahmen und wittert mit gespitzten Ohren und erhobener Schnauze dem Grüppchen der Verwandten hinterher, das die Treppe hinunterhastet. Aufgeweckt und offenbar interessiert scheint es die Frage zu stellen: »Wer sind denn die?« – »Das, Tschutora, sind die Verwandten«, gibt der Herr zur Antwort, während sie durch die Diele in die Wohnung zurückkehren, »und damit du weißt, woran du bist, mußt du auch erfahren, daß 1923, bei der Hochzeitsfeier von Elemér, Aranka etwas geäußert hat... doch wer soll dir das plausibel machen? Kurz und gut, das ist die Familie.«

In Schichten und dick wie Vaseline liegt der Dunst all der Überreste des Festes und des Essens auf der Wohnung. Die Dame rückt sich bereits den Hut zurecht, Theres greift zum Hörer und bestellt einen Wagen. »Nehmen wir ihn mit?« fragt der Herr unsicher und lenkt seinen besorgten Blick auf Tschutora, der sich bereits mit der plötzlichen Müdigkeit eines Säuglings vor dem Ofen zusammengerollt hat und auf der Stelle eingeschlafen ist. Sie sprechen unwillkürlich leiser. Als sich Theres ohne Zögern bereit erklärt, das Tierchen für diese Nacht mit in ihr Bett zu nehmen, weist die Dame das Angebot in einer plötzlichen Aufwallung von Eifersucht sofort zurück. Nun hat er dieses Wesen niederer Ordnung erst vor ein paar Stunden zu sich genommen, und seither muß man sich pausenlos um diesen winzigen Ankömmling kümmern, stellt der Herr indigniert fest – wie jede Kreatur, die wir in unser Leben einbeziehen, verlangt selbst dieses Bündelchen, diese Handvoll Hund bereits einen Menschen für sich, ununterbrochene Aufmerksamkeit, absolute Zuwendung, alles und immer, kurz: das Ganze. Wie soll das werden, sinnt er ein wenig beklommen. Es ist schon seltsam, nichts, aber auch gar nichts kann man nur so nebenbei tun ... Und sie verspüren sogar schon Eifersucht, weil sie ihn gern haben. Und das wird jetzt sicher auch so bleiben, weil es ein Naturgesetz ist. Ein Gesetz, das schmerzt und zudem lästig ist, denkt er, schüttelt den Kopf und macht dem schlafenden Tschutora aus Zeitungen ein Lager im Papierkorb zurecht, denn das ist zunächst die einzig mögliche und einigermaßen hygienische Lösung.

Der Wagen fährt sie durch verschneite Straßen und bringt sie später auch wieder heim, auf der Rückfahrt ist die Dame tatsächlich schon sehr erschöpft, vor allem von Arankas bohrenden Fragen; ganz beiläufig wollte sie wissen, ob Etelka heute abend die schwarze Emailnadel mit der weißen Einlegearbeit angesteckt hatte, die sie bei der Soiree 1923 trug. Müde und wortlos sitzen sie im Fond des Wagens, der durch die stillen Gassen mit den zu beiden Seiten hoch aufgetürmten Schneewällen gleitet; denn die armen Leute haben gut gearbeitet in der Nacht, die Fahrbahn ist sauber geräumt. Die Dame wischt mit der behandschuhten Hand über die reifbedeckte Scheibe, beugt sich vor und lugt hinaus, als gäbe es dort noch irgend etwas Festliches zu entdecken; sie ist neugierig, denn eigentlich bedauert sie, daß das komplizierte, strapaziöse und feierliche, an Sticheleien und toten Erinnerungen so reiche, aber doch so anrührende Fest schon wieder Vergangenheit ist ...

»Das Merkwürdige ist«, bemerkt sie, als der Wagen vor dem Haus zum Stehen kommt, »daß es lebt.«

Sie hat an das Geschenk gedacht, das nun ihrer harrt, oben in dem noch unaufgeräumten Zimmer mit abgestandener Luft und all den Requisiten des Festes. Welche Gedankenassoziation hat ihr wohl diesen Satz eingegeben, denkt der Herr müde, während er die Taxirechnung begleicht. Als sie im finsteren Stiegenhaus angekommen sind, in dem Zsombolya, der melancholische Hausmeister, auch in dieser Nacht vergessen hat, die Laterne anzuzünden, sind beide so erschöpft und schläfrig, daß sie, sich aneinander klammernd, nach oben stolpern und der Herr keine Lust mehr verspürt, dieses psychologische Phänomen zu besprechen.

Leben in der Welt

Ein quälendes Unterfangen, das Leben in dieser Welt! Alle wollen sie etwas von der Kreatur, fordern und mäkeln den ganzen Tag in einer fremden Sprache an ihr herum – wenn man nur wüßte, was sie eigentlich wollen! Der Tag vergeht so schnell, und so viel hat Tschutora zu tun: Immerfort passiert etwas, jedesmal eine Offenbarung, jeder Tag erinnert an die Erschaffung der Welt, aus dem Nichts tauchen allerlei Erscheinungen auf und verschwinden wieder, bevor er ihren Sinn begreifen kann. Tschutora leidet, ist ständig in fiebriger Erregung. Die Dame, neben deren Bett er schläft, immer noch im Papierkorb, berichtet, daß er meist schon bei Tagesanbruch erwacht, unter leisem Rascheln aus dem Zeitungspapier krabbelt, sich zum Rand des Korbes hinaufarbeitet und, mit seinen verklebten Augen zwinkernd, ohne zu quengeln darauf wartet, daß ihn jemand anredet. Anders als zum Beispiel die Vögel, die ihr eigenes Nest bekleckern, achtet Tschutora sorgsam darauf, daß der Papierkorb unbefleckt bleibt. In anderen Dingen ist er natürlich weniger penibel. So zurückhaltend er sich in der Morgenstunde gebärdet, wenn er, gestützt auf seine Vorderpfoten, in stummer Diskretion wartet, bis die Dame erwacht – was für ihn Sonnenaufgang ist –, so wenig Taktgefühl verrät er im weiteren Verlauf des Tages. Von morgens bis abends folgt ihm Theres auf dem Fuße, mit finsterer Miene, den Wischlappen und die Kehrschaufel in der Hand, betet sie ihm pausenlos eindringliche und mahnende Aufklärungsworte vor. Der Herr, der schon ein paar Hunde aufgezogen hat und weiß, daß kein Hundekind früher als mit vier Monaten stubenrein wird, hört diesen Ermahnungen mit schlechtem Gewissen zu. Wenn es sich gerade ergibt, greift auch er zu Lappen und Kehrschaufel; die Flasche Salmiakgeist steht für alle im Haus griffbereit, um die tristen Spuren von Boden und Teppichen zu tilgen – doch alle Mühe, Demut, ergebene Sorgfalt sind umsonst, denn Tschutoras Stoffwechsel funktioniert einwandfrei. »Da kann man nur auf Holz klopfen«, sagt die Dame täglich mehrmals und eilt um Schaufel, Wischlappen und Salmiak. In den folgenden Tagen sind sämtliche Mitglieder des Haushalts mit nichts anderem beschäftigt, als Tschutoras Hinterlassenschaften aufzuwischen.

Ein gravierenderes Problem ist, daß Tschutora vorläufig ihr ganzes Denken und all ihre Zeit ausfüllt. Das Fest ist vorbei, jeder hat sich wieder in seinen Alltag zurückbegeben; da stellen sie bestürzt fest, daß der vier Wochen alte Hund die gesamte Ordnung ihres Haushalts auf den Kopf gestellt hat, pausenlos muß sich einer um ihn kümmern, ihm zu fressen geben, hinter ihm herputzen, ihn ausführen oder seinen Schlaf bewachen. »Übertrieben«, meint der Herr. Er würde gern wieder zu seinem eingefahrenen Tageslauf zurückkehren; auf Außenstehende wirkt diese seine Ordnung vielleicht disziplinlos und chaotisch, doch die Mitglieder ihres Haushalts kommen mit der seltsamen Einteilung des Tages zurecht, sie sagt ihnen zu, nur auf diese Weise können sie leben. So entspricht es eben ihrer »Hausordnung«, wenn sie mittags um zwölf das Frühstück einnehmen und nachts um vier Uhr zu Abend essen: Alles, was dazwischen liegt, ist für sie wie militärischer Drill, erscheint ihnen als minutiös geplante Stundeneinteilung, an die sie sich strikt halten. Der Nichteingeweihte versteht das natürlich nicht. Es wäre ja auch kaum begreiflich zu machen, worin die Disziplin liegt, wenn einer vier bis fünf Stunden des Tages mit ruhelosem Warten im Nichtstun verbringt: aufsteht, von einem Raum in den nächsten wandelt, sich irgendwo niederläßt, die Überschriften der Zeitung studiert, genüßlich ein Bad nimmt, zu einem Buch greift, ein paar Seiten liest, das Telephon abschaltet, die Arbeitszimmertür hinter sich verriegelt und fürchterlichen Krach schlägt, wenn ein Besuch ihn »stört«. Schwer zu begreifen, bei was man ihn stört ... In der Zwischenzeit ernährt er sich, ruht sich aus, schreckt auf, eilt hektisch zum Telephon und schaltet es wieder ein, verfaßt einen Brief, steht am Fenster und starrt lange hinaus. Er blickt auf die Gasse hinunter, wo freie und sorglose Menschen flanieren, die nichts und niemand zwingt, ihre Tage in solchem Kasernendrill zu verbringen; voller Sehnsucht betrachtet er den Autobus, den Himmel, das Haus vis-à-vis, nimmt wieder am Schreibtisch Platz, schreibt noch einen Brief, den er eine halbe Stunde später wieder zerreißt, und er kocht und trinkt ständig Kaffee, für den er die Bohnen selbst mahlt – denn diesbezüglich verweigern die Mitglieder des Haushalts seit langem den Gehorsam –, weil er ja auch sonst keinem vertraut. So lebt er und verbringt seine Tage, dreht sich minütlich eine Zigarette und raucht sie auch – um sich dann nach den vier, fünf sinnlos vertanen Stunden, die er mit Abwarten, Widerstreben und Nichtstun verbracht hat, erneut und mit bestürztem Gesichtsausdruck zum Schreibtisch zu begeben – inzwischen ist es nachmittags um sechs oder vier Uhr früh – und mit weiterer Zeitverschwendung von zwei Stunden erfolgreich eine oder bestenfalls anderthalb Seiten vollzuschreiben. Dann kleidet er sich an und stürmt davon, glücklich und gelöst, als ob er eine Kerkerstrafe verbüßt und nun für die nächsten Stunden Ausgang bekommen hätte.

Was soll an diesem Zaudern, Herumlungern, Widerstreben eigentlich »Disziplin« sein? Er selbst könnte darauf keine Antwort geben. Aber er glaubt, diese Form der Disziplin sei für ihn dennoch die einzig mögliche Art zu leben; und er ist auch dann zutiefst davon überzeugt, wenn bei all dieser Disziplin und Warterei eines so quälenden Tages nichts weiter herauskommt, als daß er morgens um vier zerreißt, was er abends um sechs mit großer Zufriedenheit beendet hat, oder wenn er am Abend gegen sechs alles, was er morgens um vier zu Papier gebracht hat, von der ersten bis zur letzten Zeile umschreibt. Dieses ganze Herumkramen und Herumlungern, Kaffeekochen, Bücherauf- und -zuschlagen, Telephonabschalten soll Disziplin sein? Ja. Sicher, er schätzt dies alles gar nicht besonders hoch ein; oft hat er das Gefühl, dieses lockere System sei nur Teil seines Kampfes gegen eine fixe Idee, und er weiß auch, daß er mit dieser Annahme nicht sehr weit von der Wahrheit entfernt ist. Manchmal ist das Resultat der vielen, bestimmt nicht vergnüglichen Stunden allein eine diffuse, unbehagliche Scham, die ihn am folgenden Tag quält, wenn er sich scheut, die Zeitungsseite aufzuschlagen, auf der er, gezeichnet mit seinem Namen, den Spuren dieser Stunden wiederbegegnen würde, oder wenn er sich nicht überwinden kann – selbst nach Jahren nicht –, in ein Buch hineinzublättern, welches das Ergebnis der »disziplinierten« Stunden von Jahren bewahrt, die angefüllt sind mit solcherart »disziplinierten« Tagen. Möglicherweise ist es die Disziplin des Irrsinns; doch er hat sich nun einmal daran gewöhnt und kann gar nicht anders. Auch alle, die mit und um ihn herum leben, haben sich, jeder auf seine Art, daran gewöhnt. Und nun kommt Tschutora und stellt diese heikle und militärisch straffe Disziplin auf den Kopf.

Nicht daß er irgendeine bevorzugte Behandlung oder besondere Zuwendung beanspruchen würde; nein, allein durch sein Dasein gerät alles durcheinander. Still oder leise quengelnd lebt er unter ihnen, und es könnte sein, daß er die Mitglieder des Haushalts, die ihn ihrerseits als eine durchaus materielle Existenz erleben, vielleicht als mythische Erscheinungen empfindet. Er inkommodiert sie, vor allem den Herrn, der meint, er müsse bei dem Störenfried einen Widerstand überwinden, bevor zwischen ihnen eine Freundschaft möglich sei. Dieser Widerstand hat nichts mit dem Charakter oder der Rasse des Hündchens zu tun; für ihn bedeutet eher die Tatsache, daß er einem Hund sein Vertrauen schenken muß, eine gewisse Demütigung. Er findet, die an Tiere vergeudete Zärtlichkeit sei auf gewisse Weise unredlich. Er ringt mit sich, findet es irgendwie unter seiner Würde, sich dem Tier zu ergeben. Für sein Empfinden liegt etwas Unbefriedigendes in einer Liebe, die der Mensch gegenüber Kreaturen an den Tag legt, welche keine Menschen sind. Bekanntermaßen verlieren vorwiegend ältere Fräulein und eingefleischte Junggesellen unter den pensionierten Beamten ihr Herz an Kanarienvögel und Hunde. Zwar akzeptiert er die Mutmaßung, daß, wer Tiere liebt, kein böser Mensch sein kann, doch hegt er zugleich den Verdacht, daß manche es einfach bequemer und billiger finden, ein Tier statt eines Menschen zu lieben. Ihm erscheint es als Ausflucht, etwa so, als versuche jemand, sein gewaltiges Liebesdefizit Menschen gegenüber mit Trinkgeld oder aus der Portokasse zu begleichen.

»Tiere lieben ...«, sinnt er weiter, auch das ist nur so eine Floskel. Am Ende liegt ihm gar nichts an Tieren, normalerweise jedenfalls. Wenn er an Rinder, Kaninchen oder Hunde, an ihr Schicksal im allgemeinen denkt, so rührt ihn das nicht sonderlich. Ihm ist stets und in allem nur am Individuum gelegen, er liebt auch nicht »die Menschheit«, sondern pflegt Beziehungen ausschließlich und allenfalls mit gewissen von ihm selbst gewählten Menschen. Jedes allgemeine Gefühl, jeder kategorische Enthusiasmus erfüllt ihn mit Argwohn; hat er doch die Erfahrung gemacht, daß diejenigen, die für »die Menschheit« oder für »die Tierwelt« insgesamt und bedingungslos ein großes Herz haben, oft einen Josef oder einen herrenlosen Hund, der sie anbettelt, mit einem Achselzucken verrecken lassen. Es fällt ihm dennoch schwer, den Widerstand aufzugeben; die Scham, die ihn überkommt, wenn er sich um ein Tier kümmert, wohl wissend, daß jetzt gerade hundert Millionen Menschen auf der Erde … – doch wie soll er sich mit hundert Millionen Menschen abgeben? Wie soll er sie alle lieben? Wie kann er etwas für sie tun, wenn er keinen einzigen von ihnen kennt? Vielleicht sollte man die Welt doch einfach da anpacken, wo sie einem am nächsten ist, wo man sie zu fassen bekommt? Und was für eine schockierende und deprimierende Entdeckung ist für ihn auch die Tatsache, daß Leben auf dieser Welt immer zugleich Leben gegen andere ist, vor allem wenn man anfängt, mit wachsender Hingabe für jemanden zu leben. Die Welt ist voll von rachitischen Kindern, krebskranken Greisen, unbegabten Autoren, mißverstandenen Genies, unansehnlichen Frauen und Ringern mit Leistenbruch: Ihm ist bewußt, daß seine vornehmste Aufgabe darin bestände, diesen zu helfen, möglichst allen und nachhaltig – und dann, wenn all das erledigt ist und er immer noch einen kleinen Überschuß an Gefühlen, Hingabe und Eifer hat, dann darf er diesen zum Beispiel auch an einen Hund verschwenden … Doch eine solche Lösung, die zugleich mit einer umfassenden Erlösung der Welt verbunden ist, wird, wie er befürchtet, nicht leicht zu erreichen sein. Der Herr bleibt an der Tür stehen, kratzt sich den Kopf und blickt auf den Hund hinab, der ihn kaum beachtet; er hat nämlich damit zu tun, aus dem Spalt neben dem Ofen ein Bröckchen Kohle herauszukratzen und es zu zerbeißen; denn neben anderen wichtigen Aufgaben muß er an diesem Vormittag auch noch herausfinden, was Kohle ist und wofür sie zu gebrauchen wäre…

Dem Herrn kommt es so vor, als sei aus dem Lächeln, mit dem zum Beispiel Bekannte registrieren, daß er sich jetzt einen Hund hält, eine verborgene, fast unbewußte Abschätzigkeit herauszulesen – und zwar vor allem bei denen, die permanent für eine schönere und bessere Zukunft der Menschheit in Harnisch geraten. Natürlich, scheinen sie zu sagen: das ist nun wirklich kein Kunststück! Aber es ist nicht so leicht, denkt er ärgerlich. Zuallererst dieser Widerstand, der überwunden werden muß – ewig dieses Widerstreben, bevor wir jemanden an uns heranlassen, uns zu ihm bekennen, was ja weitgehend mit einer Art Selbstaufgabe gleichzusetzen ist. Außerdem dieses kindische, absurde und nicht sehr geschmackvolle Spiel mit der subalternen Kreatur: Komm, mein Hundchen, na komm schön, dein Fressi, hm, fein. Mag er nicht? Ist doch fein! Ach herzig, diese lustigen Beinchen! Das schwarze, feuchte Näschen! Ja, natürlich, mach nur schön, muß ja auch sein. Gut! Schön fest…

Verdammt noch mal, denkt er, stürmt in sein Zimmer, zurück in die eiserne »Disziplin«, dreht den Schlüssel um und fängt an, tiefsinnig darüber zu grübeln, ein wie kompliziertes und schwieriges Unterfangen das Leben in dieser Welt doch ist.

Was aber den Herrn immer wieder anrührt, ist, daß das Bürschchen dieses Unterfangen offenbar gar nicht so kompliziert und peinlich findet. Tschutora wird auf übermenschliche Weise, ja geradezu tierisch gefordert. Mit dem Augenblick, da er von der Dame aus seinem Nachtasyl befreit wird, macht er sich voll Eifer auf zur Entdeckung der Welt, die erst beendet ist, wenn man ihn abends in den Papierkorb setzt. Pausenlos muß er wittern, schnuppern, herumscharren, Ausschau halten und sich hochrecken. Es ist ja auf niemanden Verlaß; er hat Beschaffenheit und Natur aller Erscheinungen persönlich zu ergründen. Besonderen Argwohn hegt er gegenüber Tönen und Lichtern. Aber auch verschiedene Objekte wecken sein Mißtrauen. Ständig läuft er hinter der Dame her, das Streicheln durch andere duldet er mit kühler Gelassenheit oder wehrt es ab. Er hat sich noch nicht entschieden, bisher keinen festen Standpunkt in seiner Einstellung zur Welt gefunden oder zumindest nicht zum Ausdruck gebracht, nichts Programmatisches verlauten lassen; vorgefaßte Meinungen sind ihm jedenfalls nicht vorzuwerfen. Auch verbotene Plätze kennt er nicht, überhaupt sind ihm Verbote gänzlich unverständlich und unbekannt. Er bewegt sich mit der Unbekümmertheit eines Urwesens in seiner kleinen Welt, die ihm Zuhause, Kontinent, Universum ist, eine Welt mit eigenem Klima, eigener Flora und Fauna: in den drei Zimmern sowie den dazugehörigen Nebenräumen, unter denen von der Küche die größten und unwiderstehlichsten Reize ausgehen, so als wäre sie der Garten Eden, ein geheimnisvolles Paradies, aus dem man ihn als Buße für irgendeine Erbsünde schon im Augenblick seiner Geburt verbannt hat. Nichts nimmt er als gegeben hin. Hemmungen plagen ihn noch nicht. Er hat die Welt zu entdecken, mit größter Sorgfalt und möglichst vom Morgen bis zum Sonnenuntergang, muß mit dem Wesen und dem Charakter aller Erscheinungen ins reine kommen. Und der Herr kann nicht anders, wundert sich mit ihm. Auch ihn drängt es ja von früh bis spät, der Natur der Erscheinungen auf den Grund zu gehen. Die Phänomene des Lichts und der Töne, der Objekte und Personen, die innerhalb dieser kleinen Welt zu ergründen sind, findet er um nichts weniger aufregend als Tschutora. Und, sagen wir es offen: Auch er begreift sie nicht. Doch während der Hund die Sache praktisch und systematisch angeht, nichts ausläßt oder geringschätzt, den winzigsten Details ebenso ungeteilte Aufmerksamkeit schenkt wie den großen, erbaulichen und bedrückenden Offenbarungen der Natur, dem Tag und der Nacht, der Wärme und Kälte, hat der Herr die Methode der praktischen Erforschung längst hinter sich, erwartet sich die Entschlüsselung der Geheimnisse längst nicht mehr von bestimmten substantiellen Eigenschaften. Er wird nicht müde, sich zusammen mit Tschutora zu erregen. Das dumpfe Schnurren der Klingel löst bei ihm die gleiche unerträgliche Erregung aus wie bei dem Hund; denn wer kann schon wissen, welche Überraschung der nächste Augenblick bringt. Aber er hat schon einen Standpunkt gegenüber der Erwartung. Tschutora wartet einstweilen nur, hegt weder Hoffnung noch Zweifel. Das Telephon reizt den Herrn genauso, doch traut er sich nicht, seinen Unmut zu äußern, wie dies Tschutora tut. So nimmt er halt den Hörer ab und knurrt mit verbissener Miene: »Natürlich, mein Bester, bitte sehr.« Die alltäglichen Mysterien der kleinen Welt begreift auch er nicht ganz; doch nagen an ihm bereits Zweifel, er erwartet keine Wunder, setzt auch auf keinerlei Mythos, zu pausenlosem Beobachten hat er keine Lust mehr, er ist müde, hat es satt. Komme, was will, grübelt er. Doch warum ist dieser Hund so neugierig? …

Bei den Zweifeln ist Tschutora noch nicht angelangt. Wenn man überlegt, daß er eigentlich ein Baby ist, noch keine vier Wochen alt, und viel zu früh entwöhnt wurde, kann man seine verblüffende Selbständigkeit, die Unerschrockenheit und den Mut, die er im Kampf ums Dasein an den Tag legt, nur staunend zur Kenntnis nehmen. Seine Welt, sein Mythos beginnt sich ja erst zu entwikkeln, formt sich aus den verworrenen Elementen der ihn umgebenden eng begrenzten Welt. Die Klingel und die Türklinke, der Geruch, den Theres' Schürze verbreitet, der Geschmack von abgeleckten Ledersesseln, eine Lampe, die mal an- und dann wieder ausgeht, der Zigarettenrauch, die quälend unbegreifliche Skala von Stimmen, die riesigen Gebilde und vor allem die Naturerscheinungen, etwa der Wasserfall in der Badewanne oder das Donnern eines Bergsturzes in der Kohlenkiste: Alle diese Erfahrungen der ersten Tage ergeben den Hundemythos. Mittendrin wird Tschutora müde und schläft ein. Da wird er bemitleidet. Die Welt und das Leben in der Welt müssen doch ein schreckliches und anstrengendes Erlebnis für ihn sein. Er ist ja noch ein Baby. Alle reden leise, keiner will ihn aus seinen Kinderträumen wecken.

»Doch warum interessiert mich dieser Mythos eigentlich so sehr?« fragt der Herr eines Abends nach dem Essen die Dame, als Tschutora bereits schlafen gegangen ist. »Ich weiß doch schon, was es mit den Dingen auf sich hat, weiß, was hinter dem Klingeln und den Telephonanrufen steckt – sicher, da wirken mysteriöse Kräfte, aber am Ende sind es doch nur Rechnungen und andere böse Absichten von irgendwelchen Menschen. Ich habe doch auch früher schon Hunde erzogen. So wie er hat mich noch keiner beschäftigt. Aber jetzt, jede Regung dieses kleinen Kerls macht mich neugierig. Als erlebte ich mit, wie sich sein Bild von der Welt entwickelt... Er läßt mich nicht zur Ruhe kommen. Die Disziplin ist beim Teufel. Ist dir aufgefallen, daß ich seit zwei Wochen noch schlechter schreibe als sonst? So ist es immer, wenn mir ein Erlebnis dazwischenkommt ... ja, natürlich. Beides gleichzeitig geht einfach nicht: Entweder schreiben oder einen Hund aufziehen. Entweder man widmet sich einer Sache richtig, oder man schreibt. Na ja ... Aber wie schafft es dieses kümmerliche Hündchen, mich so aus dem Konzept zu bringen? Etwa weil er so gründlich ist und noch keine Hemmungen hat ... Er schläft, jault und staunt, wenn ihm gerade danach ist ... Seinerzeit, bei den anderen Hunden, ist mir das nicht aufgefallen. Möglich, daß ich damals selbst noch keine richtige Disziplin hatte ... Doch was würde aus der menschlichen Gesellschaft, wenn alle ... Nicht auszudenken ... Denn immerhin, die Zivilisation, die Französische Revolution, die Menschenrechte – keine Kleinigkeiten ... Er wird sie schon noch begreifen, die Rechte der Menschen ... Und bis es soweit ist? ... Aber warum bewegt mich dieses banale Phänomen so sehr? Vielleicht, weil ich allmählich die Menschenrechte viel zu gut kenne und gelten lasse? ... Viel zu sehr, unerträglich? ... Beneide ich ihn etwa, bin ich eifersüchtig auf ein Tier? ... Oder ist es noch etwas anderes? ... Möglicherweise reagiere ich jetzt sensibler, vielleicht stecke ich in einer Krise, wenn mir die ersten Schritte eines Hundes in der Welt mindestens so nahegehen und genauso bemerkenswert erscheinen wie Napoleon oder Lenin ... Früher war das anders bei mir ... Es gibt eine sonderbare Form sinnlichen Erlebens ... Es reagiert nur auf Reales,

Wunschvorstellungen vermögen es nicht mehr zu bewegen ...«

Er schweigt, und mit gespannter Aufmerksamkeit wartet er auf die Antwort.

»Man muß ihm ein Mäntelchen nähen«, meint die Dame versonnen, die inzwischen mit ihren Gedanken ganz woanders war. »Nichts Feines natürlich. Etwas aus derbem Stoff, das ist das Richtige für den Hund eines ungarischen Schriftstellers. Ich habe einen dicken, geringelten alten Strumpf, daraus ließe sich etwas machen. Den streift man ihm einfach über den Kopf. Dann sieht er aus wie ein ungarischer Schriftsteller, der gegen das Pressegesetz verstoßen hat, im Sträflingsdrillich. Das genügt vollständig für diesen Winter, für sein Leben in der Welt. Sagtest du etwas? ...«

Geschlecht und Charakter

Gleich in den ersten Tagen kommt es zu dieser infernalischen Szene mit der Hundeleine. Wir müssen den werten Leser allerdings um Nachsicht bitten, wenn wir bei unseren Aufzeichnungen einen Bogen um die großen allgemeinen Fragen der Zeit machen und uns statt dessen mit so belanglosen Details beschäftigen. Denn wir beabsichtigen im Rahmen dieser Arbeit weder »das Verhältnis Tier–Mensch« noch andere existentielle Probleme von ähnlich allgemeinem Charakter zu klären, verzichten auch auf das Recht, Urteile zu fällen und Schlußfolgerungen zu ziehen. Wir gestehen, daß wir nichts wissen. Ziel und Zweck der Erörterungen ist lediglich, das eine oder andere anschaulich zu machen.

Die Katastrophe mit der Leine ereignet sich am dritten oder vierten Tag, und sie ist wichtig, festigt sie doch ganz unerwartet Tschutoras gesellschaftliche Stellung in der Familie. So einer bist du also! ..., sagen sie verblüfft und unisono. Verdutzt, mit aufgesperrtem Mund wird er angestarrt. Man stelle sich einmal vor, jemand nimmt ein wenige Tage altes Baby an Kindes Statt an, packt es in ein spitzenverziertes Wickelkissen, füttert es mit dem Fläschchen, lallt ihm in Säuglingssprache allerlei Liebes und Herziges vor – und eines Tages stellt sich heraus, daß der Säugling regelmäßig nachts ausrückt, sich einen falschen Bart anklebt, in Gesellschaft vagabundierender Akrobaten säuft, flucht, hurt, in ausgelassener Stimmung Eisenstangen verbiegt und erst im Morgengrauen zurück ins Wickelkissen schlüpft, den falschen Bart versteckt und den am Morgen ahnungslos erwachenden Hausgenossen einen zwar weinseligen, aber babyhaft sanften Morgenschlaf vortäuscht ... Für eine vergleichbare Überraschung sorgt nämlich Tschutora, als er zum ersten Mal an die Leine genommen werden soll.

Die Herrschaften reden noch nach Jahren über dieses verblüffende Ereignis. Sie nehmen also auf Anraten einer Dame aus Amerika ihren Hund an die Leine, diese hat die ausgezeichnete Empfehlung von weit her gebracht. Die Lady ist übrigens auch selbst Besitzerin eines jungen Hundes: Billy heißt er, spricht Englisch und ist seiner Abstammung nach ein Bullterrier, sofern es so etwas gibt. Er ist kahl, hysterisch und erbricht mit Vorliebe ungarische Kost, hüpft ständig herum wie ein besoffener Floh ... Tschutora haßt ihn vom ersten Augenblick an, will nicht einmal in seine Nähe, er verkriecht sich hinter dem Ofen, schielt hervor und knurrt dieses Musterexemplar angelsächsischer Hundeerziehung an, wenn es sich mit Basedowblick und einsilbig in englischer Sprache blaffend anzubiedern versucht. Billy ist kaum sechs Monate alt und natürlich schon stubenrein. Tschutora ist das noch so wenig, ja auf so unbefangene Weise nicht, daß die Lady – die ungarische Wörter mit einer Art spanisch-englischem Akzent spricht und ständig eine auffallend lange Zigarettenspitze aus Elfenbein zwischen ihren rauchvergilbten Zähnen hält – mit langgezogenen, in süßlichem Singsang gebildeten Sätzen den Gastgebern die Methode mit dem Zeitungspapier einredet. Diese hervorragende Erziehungsmethode, bei allen zivilisierten Völkern und deshalb in erster Linie in der angelsächsischen Welt verbreitet, hat sich als einzig richtige herausgestellt, zudem ist sie ganz einfach: In der kritischen Phase, also ein, zwei Stunden nach der Fütterung, bindet man den Hund ans Tischbein und breitet eine Zeitung unter ihm aus. – »Wenn irgend möglich« – so erklärt die fremde Lady mit hinreißend fehlerhafter Aussprache –, »die *New York Times*. Die ist seriös und groß genug…« In Ermangelung der *New York Times* nehmen sie einfach ein ungarisches Presseorgan, das allerdings weniger seriös und auch nicht so groß ist. Der Herr lauscht übrigens entzückt dem gebrochenen Ungarisch der Dame, er neigt dazu, sich allerlei Wunschträume zusammenzureimen, redet sich ein, diese Tochter einer großen Nation hätte, vermutlich den Dichtern Csokonai und Petőfi zuliebe, Ungarisch gelernt. Ach, um wieviel erhebender ist doch der Traum als die Wirklichkeit, die schlicht dahin geht, daß die Tochter einer kleinen Nation sich aufspielt und eine mimt, die ihre Muttersprache vergessen hat! Sie breiten also die Zeitung unterm Tisch aus und machen sich auf die Suche nach dem Hund.

Tschutora ist seit einigen Tagen wirklich unausstehlich – sofern man die selbstvergessene Ungezwungenheit eines Babys unausstehlich nennen kann. Planlos, nach Lust und Laune, legt er in den verschiedenen Ecken der Wohnung seine Überraschungen aus. Dabei kann man ihm nicht unterstellen, daß er für diesen Teppich oder jenen Lehnstuhl eine besondere Vorliebe hätte. Die Örtlichkeiten sind ihm so einerlei, wie dem Urmenschen jedes Gestrüpp, jede Urwaldlichtung gleichgültig und gleich lieb waren. Theres, die von Physiologie nur wenig weiß, sagt – mit Kehrschaufel und Lappen in der Hand – kopfschüttelnd: »Was für ein Bauer!« Man wagt nicht nachzufragen, wie sie das meint ... Tschutora sitzt hinterm Ofen, stramm aufrecht, mit gespitzten Ohren, den Amerikaner mit dem Basedowblick, der vom Tisch auf ihn herunterkläfft, verächtlich ignorierend und ahnungslos, als ihn sein Herr am Genick packt und hochhebt. Ergeben schmiegt er sich an die Hand, quiekt auch nicht. Kontroversen oder Mißverständnisse hat es zwischen ihnen noch keine gegeben. So beginnt Tschutora, auf dem ausgebreiteten Zeitungspapier herumzuspazieren. Beschnuppert mißmutig den Leitartikel, schreitet über die Kolumne seines Herrn achtlos hinweg. Das ist ungerecht, denkt der Herr, denn gerade gegen Ende sind da fünf Zeilen... Doch bevor er etwas beanstanden kann, ist Tschutora schon mitten in der großen Tagesreportage und nimmt eine verdächtig kauernde Pose ein. Da macht der Herr schnell die um das Tischbein geschlungene Leine an Tschutoras Halsband fest, die Lady mit der langen Zigarettenspitze ruft »au-yes«, was entschieden übertrieben ist, denn sie könnte es ja getrost auch ungarisch sagen; der Herr tritt einen Schritt zurück, und Billy verfällt in ein irrsinniges Gebell. Tschutora schaut sichtlich verwirrt um sich. Was hat man eigentlich mit ihm vor? Er unterdrückt sein Bedürfnis, macht ratlos und hilfesuchend einige Schritte in Richtung der Dame des Hauses zum Rand der Zeitung. Hat aber noch nicht einmal den Leitartikel erreicht, als das Halsband sich spannt und ihn würgt. Er stutzt, schaut sich um. So klein ist er da unten im riesigen Schatten des Tisches, so hilflos und verloren, daß er jetzt allen leid tut. Die Leine zwischen Halsband und Tischbein strafft sich. Er hebt die Nase, schnuppert argwöhnisch an der Leine. Versteht das nicht. Blickt zu den Riesenwesen empor, zum Kronleuchter, der glitzert und funkelt wie die gleißende Mittagssonne, in die Unendlichkeit des Plafonds. Er strafft sich, ruckt einmal kräftig mit seinem kleinen, gedrungenen Körper an der Leine, blafft ein-, zweimal, und einen Augenblick lang scheint es, als wolle er den Tisch mit sich fortziehen – vielleicht kam ihm eine der Taten des mythischen Herkules in den Sinn, und er glaubt, alles sei nur Spiel und Jux. Er versteht nicht, wagt es nicht zu glauben, zweifelt noch. Sein Fell sträubt sich vor Schrecken, den ganzen kleinen Körper erfaßt ein nervöses Zittern. Jetzt stürzt die Welt in ihm zusammen, denkt der Herr interessiert: Mein Gott, einmal muß ja auch das sein. Alle haben wir es ausgehalten... Die Kreatur zittert, wimmert um Hilfe flehend, sie kann nichts dafür, ist ja auch nur geboren und möchte leben, inmitten der riesigen Möbel, der unendlichen Teppichlandschaften und unter dem zwölfarmigen Sonnensystem. Leben, so gut es eben geht, und vor allem natürlich frei. Zu schön wäre das! – denkt der Herr, der die sich zunehmend verengenden Bewegungen der Kreatur mit kaum verhohlener Erregung verfolgt. Als werfe er einen Blick in die Werkstatt, wo der Rohstoff des Lebens künstlich gebrochen und in Form gegossen wird, so starrt er staunend auf dieses jungfräuliche Leben, auf etwas wartend, ohne zu wissen, worauf?... Vielleicht wenn einmal einer mit aller Konsequenz sagen würde: nein!..., denkt er erregt und hoffnungsvoll. Vielleicht würde dann die Leine reißen.

Irgendwo muß einmal ein Anfang gemacht werden...

Plötzlich hält der Hund im nervösen Herumtrippeln und Wimmern inne. Jetzt hat er begriffen. Er erstarrt vor Entsetzen, und dann sagt er: Nein!... ein Nein mit aller Konsequenz, genauso, wie man es erwarten mußte. Es bricht mit so entsetzlicher Wut und Verzweiflung aus ihm hervor, wie es nur aus jemandem hervorbrechen kann, der im Recht ist. Er hat das An-der-Leine-Sein verstanden, begriffen fürs Leben. Nein, das nicht!... kommt der Schrei. Nicht nur aus dem Rachen; aus seinem aufgeplusterten Babybauch, aus dem ganzen revoltierenden, vor Entsetzen explodierenden kleinen Wesen brüllt es: Nein!... und nochmals nein! Das kann doch nicht sein! Warum auch? Dann wäre ja alles aus, der Sinn des Daseins, kein Ziel mehr, für das es sich zu leben lohnte, da wäre keine Würde mehr und keine moralische Gerechtigkeit und auch kein wahres Gesetz, weder dort oben in den Sternen noch hier unten in der endlichen Welt zwischen Schlaf- und Herrenzimmer! Jetzt hat er begriffen und kann es nicht ertragen. Er wimmert und bittet nicht mehr und ist auch nicht ratlos verwundert. Es gibt kein Gesetz und keine Gerechtigkeit, nur die Leine, die Leine bis ins siebte Glied. So viel hat er verstanden... Zuerst wirft er sich meterhoch in die Luft. Nicht einmal, zehnmal, zwanzigmal, bis er zusammenbricht. Als ob er in einer Explosion geborsten wäre, schnellt der kleine Körper in die Höhe, bis ihn die Leine zurückreißt. Das ist kein Hundegeheul mehr, das sind keine tierischen Laute: Dieses Heulen, die Angstschreie lassen sich keiner Rasse mehr zuordnen, das bricht aus der Tiefe hervor, das Wehgeschrei kommt vom untersten Grund des verwundeten Selbstbewußtseins, so kann nur ein Lebewesen heulen, dem bewußt geworden ist, daß man es verraten, daß man es hier auf Erden seinem Schicksal überlassen hat. Er schnellt hoch und wirft sich mit aller Kraft zu Boden, zehnmal, zwanzigmal, Schaum tritt aus seinem Maul, und er heult und heult! Wie vertraut ihm diese Laute doch sind – denkt der Herr ergriffen. Als hätte er sie vor langer, schrecklich langer Zeit schon einmal vernommen, erlebt. Das ist natürlich eine Täuschung. Aber sie alle sind einen Schritt zurückgewichen, bleich, konsterniert von diesem Veitstanz – ja, als wären sie Zeugen einer Detonation geworden, als ob ein Atom der Ursubstanz vor ihren Augen explodierte, jungfräuliches Leben, an dem sich ein Unbefugter mit schmutzigen Händen zu schaffen gemacht hat. Eigentlich geht es ja um nichts weiter, als daß ein Hund sich nur schwer an die Leine gewöhnen kann – definiert der Herr eilends das Geschehen für den täglichen Gebrauch. Doch wie er das sich windende, keuchende Tier betrachtet, das sich wälzt und in der Leine verfängt, heiser röchelt, mit Schaum vor dem Mäulchen, empört ihn die Ohnmacht der Worte. Um nichts weiter! denkt er mißgelaunt. Es geht immer nur um nichts weiter. Ein Janosch ist gehenkt worden, nichts weiter. Tschutora mag die Leine nicht, es ist nichts weiter. Und weil das Tier bereits erschöpft und halb besinnungslos auf dem Teppich liegt, schwer atmend, sagt er verstimmt: »Macht ihn los.«

Sie lassen ihn los, taumelnd trippelt Tschutora in Richtung Badezimmer und hat sich auch schon unter der Wanne verkrochen; bis zum nächsten Morgen ist er von dort durch kein Zureden mehr herauszulocken. Er hat sich versteckt, nur seine dunkelblauen Augen leuchten hervor, und wenn er angesprochen wird, beginnt er leise zu knurren, zieht die Lefzen hoch und fletscht seine kleinen weißen Milchzähne. Tödlich gekränkt und verzweifelt ist er abgezogen.

»That's un veritable ungarische Hund«, erklärt die fremde Lady gleichzeitig in drei Sprachen und obendrein noch mit spanischem Akzent, aber auch mit etwas gedämpfter Anerkennung. Ja, ein ungarischer Hund – oder vielleicht auch nur ein Hund mit Charakter, ungarisch oder nicht.

Sie setzen sich zum Tee und erörtern den Vorfall, doch ihre Betroffenheit schwindet nur ganz allmählich. Als ob sie soeben Augenzeugen einer Naturkatastrophe geworden wären; die Unterhaltung verläuft schleppend und nachdenklich.

»Also gibt es doch so etwas wie Charakter«, stellt die Dame des Hauses fest.

»Es gibt das Geschlecht und einen Charakter«, antwortet der Herr energisch und mit nicht zu überhörender Anzüglichkeit. Doch wäre es im höchsten Grade unredlich, trotzig auf der Theorie von der Priorität des Geschlechts zu beharren.

Ja, es gibt ihn so sehr, daß Billy, dieses angelsächsische Geschöpf, unter dem Eindruck des Erlebten, mitten im Zimmer stehend, vor Aufregung und ohne weiteren Anlaß auf den Teppich kotzt.

Raum und Zeit

Die Gesetze des Raumes sind ihm unbekannt. Im Alter von acht Wochen traut er sich noch nicht, vom Fauteuil auf den Boden zu springen. Setzt man ihn jedoch oben auf den Schrank, stürzt er sich ohne Zögern in die Tiefe. Das ist für ihn genauso gefährlich, als wenn ein erwachsener Mensch vom vierten Stock herabspringen würde. Es gibt schon ein paar Gegenstände, die er anscheinend grundlos haßt, und manche Schlupfwinkel ziehen ihn merkwürdigerweise magisch an. Den abgewetzten und durchgesessenen Armstuhl etwa, der schon mehreren Generationen der Familie des Herrn gute Dienste geleistet hat, verabscheut er aus tiefster Seele. Sobald man ihn auf das nur fünfzig Zentimeter hohe Möbel setzt, beginnt er leise und angstvoll zu winseln, robbt bis an den Rand des ledernen Sitzes und blickt sehnsüchtig zum Boden hinunter: Doch niemals überwindet er sich, auf den Teppich zu springen, sitzt vielmehr wie angewurzelt, gibt aber durch aufgeregtes

Schwanzwedeln, leises Jaulen und Vorstrecken des Pfötchens von seinem Unbehagen Kenntnis und möchte aus dieser Zwangslage befreit werden. Es bleibt ein Rätsel, wieso er sich nicht von dem niedrigen Armstuhl hinunterzuspringen traut, wenn er andererseits locker und sorglos den Salto mortale von der bedrohlichen Höhe eines Schrankes riskiert. Die Dame, die eine Schwäche für rational nicht ohne weiteres beweisbare Hypothesen hat, erklärt das Phänomen damit, daß Tschutora durch einen Bann an den Ledersessel gefesselt sei, und nichts kann sie von dieser Meinung abbringen. Immer wieder setzt sie das Tier probeweise in den Sessel, deutet mit triumphierender Miene, als sei ihr nun endgültig der Beweis für ihre naive Theorie geglückt, auf den unter herzzerreißendem Gewimmer herumkrabbelnden Tschutora und bringt folgende Argumentation vor: In diesem Lehnstuhl müsse einst jemand gesessen haben, der zum »feindlichen Stamm« gehörte; und sie bringt sogar den Begriff des »Totems« ins Spiel, den sie kürzlich in einem Vortrag aufgeschnappt und an dem sie offenbar Gefallen gefunden hat. Würde der Herr die Erklärung nicht auf der Stelle und entschieden ad absurdum führen, wäre es nicht ausgeschlossen, daß sie sich eine ganze Totemtheorie für den Hausgebrauch zurechtlegt. Nichts leichter als das …

»In diesem Sessel pflegte mein Großvater zu sitzen«, bedeutete ihr der Herr mit fester Stimme,

»und der hat bestimmt zu keinerlei feindlichem Stamm gehört.«

Doch der Hund rührt sich nicht, absolut nichts kann ihn davon abhalten, seinen Abscheu gegenüber diesem Familienmöbel auf jede nur denkbare Weise zum Ausdruck zu bringen, er windet sich, jault und kann sich doch nicht aus seinem Bannkreis befreien. »Vielleicht«, bemerkt die Dame beschwichtigend, »hatte der Großvater einen Geruch an sich, den Tschutora nicht mag...«

»Er hat ihn zu mögen!« erwidert der Herr in giftigem Imperativ und wittert doch selbst in die Vergangenheit zurück, möchte sich Großvaters Geruch in Erinnerung rufen. Das bleibt natürlich ein frommer Wunsch, und weder Bitten noch gutes Zureden vermögen den Bann zu brechen, mit dem der verhaßte Gegenstand auf Tschutora wirkt. Die Dame läßt ihre Phantasie schweifen und riskiert die nicht ganz ernstgemeinte Mutmaßung, der Großvater könnte vielleicht nach Bär gerochen haben, und wie man weiß, ist Hunden nichts mehr verhaßt als Bären.

Der Herr verbittet sich persönliche Anzüglichkeiten dieser Art, denn nach einem Bären habe sein Großvater gewiß niemals gerochen. Noch eine ganze Weile geht es mit solchen Sticheleien über großväterliche Duftnoten zwischen den beiden hin und her. Tschutora, der doch am meisten darüber weiß, der auf Düfte und besonders auf Gerüche von Gegenständen spezialisiert ist, hört ihnen erregt zu und bellt von Zeit zu Zeit dazwischen. Als wollte er sagen: Was wißt ihr schon! In der Tat, was wissen wir schon darüber! Können uns nicht einmal diese einfältige Zwangsvorstellung erklären, die ein acht Wochen altes Hündchen gewissen Gegenständen gegenüber hegt.

Gut, das ist der Lehnstuhl. Aber warum hat er sich gerade die Ecke hinter dem Ofen im Eßzimmer als Versteck ausgesucht? In der Wohnung gibt es ja andere Öfen und Sofas genug, unter denen sogar ein ausgewachsener Kuvasz ausreichend Platz fände. Aber nein, für ihn muß es die verdreckte Ecke hinter dem Eßzimmerofen sein. Was versteckt er da unten? Theres behauptet, nichts Besonderes. Die Markknochen, die er ab und zu ergattert, schleppt er unters Sofa, die Spielsachen – den Vollgummiball, den ausgedienten Schuhlöffel aus Horn – straft er mit Verachtung. Wenn er von seinen kurzen Spaziergängen heimkehrt, führt sein erster Weg in diese Ecke hinter dem Ofen: Er legt sich dort nicht etwa hin, sondern drückt seine Nase im Sitzen an die heißen Kacheln und späht aus dem Versteck hervor. Seine Zeiteinteilung wie die ganze Lebensart des Hundes sind ungewöhnlich. Schon in den ersten Tagen zeigt sich, daß Theres, die ihn wirklich mit unbeholfener Leidenschaft ins Herz geschlossen hat, Tschutora draußen in der Küche mit allen möglichen und unmöglichen Essensresten überfüttert – statt Milch und Tee zu schlürfen, wird er nicht selten schon zum Frühstück mit Fischköpfen verwöhnt, was natürlich zur Folge hat, daß Tschutora ständig unter Darmkatarrh leidet. Die Dame verfügt, daß der Hund zukünftig um die Essenszeit das Zimmer nicht verlassen darf.

Es muß so etwas wie Schadenfreude einer Schicksalsgenossin sein, die Theres veranlaßt, die vorgeschriebene Speisenfolge des Hundes zu mißachten. Er soll nur fressen! Alles und von allem, was die da drinnen auch kriegen! Es dauert seine Zeit, bis Theres sich damit abfindet und begreift, daß Klassenkampf nichts für Hunde ist. Tschutora harrt also hinter dem Ofen aus, bis Theres den ersten Gang aufgetragen hat; erst wenn das Mädchen dann wieder hereinkommt, um die Teller zu wechseln, und keine Sekunde früher, krabbelt er langsam hinter dem Ofen hervor, wo ihn die Hitze trotz der Anspannung schläfrig gemacht hat; er gähnt, streckt sich, geht schleppenden Schrittes zum Tisch, setzt sich neben den Stuhl der Dame und heftet seinen Blick auf sie, ohne daß er bettelt oder sie bedrängt. Noch nie ist er vor dem Wechseln der Teller gekommen, aber auch nicht eine Minute später. So diktiert es ihm sein Stundenplan, seine Disziplin, keiner kann ergründen, welchen Zweck er damit verfolgt, was für eine Zeiteinteilung ihm dies auferlegt. Es kommt schon mal vor, daß ihn erst das Klappern der Teller aufweckt, dann kriecht er verschlafen, aber eilig und mit schlechtem Gewissen hervor, als hätte er sich einer Pflichtverletzung schuldig gemacht. Ernst und bedeutsam nimmt er seinen Platz neben der Dame ein, stellt den Kopf schief und blickt mit so wichtiger Miene zu ihr auf, als sei nun der Höhepunkt des Tagesablaufs gekommen, und ein außergewöhnliches Ereignis stünde bevor, bei dem man getrost auf ihn zählen dürfe.

Er ist jetzt noch so klein, daß sein Erscheinen in der großen Welt ein gewisses Mitgefühl erregt. Wie er auf den Straßen von Buda im Schneegestöber der Dame bei ihren Spaziergängen hinterhertrottet, wirkt er geradezu jämmerlich; ist mit viel Ernsthaftigkeit bemüht, jeden Schneeberg, der sich ihm in den Weg stellt, zu erklimmen, muß in jedes Kellerfenster hinunterbellen, Schnee lekken und sich – nach Art der kleinen Mädchen – gelegentlich aufführen, als ob er schon erwachsen wäre, ein Hund, der seine Pflichten auf der Gasse ganz genau kennt. Doch dieser triebhafte Instinkt ist noch nicht heftig genug, um ihn auf der Straße wirklich zu ernsthafter Pflichterfüllung zu nötigen. Da mag Theres in aller Morgenfrühe halbstundenlang mit ihm bei Schneefall draußen herumstehen, die Dame ihn über Stunden am Rand der Generalswiese oder auf der Bastei-Promenade hinter sich herschleifen, alles Zureden wie auch das Vorbild anderer erwachsener Hunde sind umsonst: Er ist peinlich auf die Sauberkeit von Gassen und Wegen bedacht. Erst nach Rückkehr in die Wohnung – und zwar genau auf der Schwelle – gibt er dem dringenden Bedürfnis der Natur nach. Belehrende Ermahnungen, Strafe, das beispielhafte Verhalten älterer Hunde prallen an ihm ab.

Eigentlich ängstigt er sich auch noch ein bißchen vor dem Spazierengehen, ermüdet schnell, zittert vor Spatzen und Raben, schreckt ohne jeden Anlaß zusammen, bockt und rührt sich oft nicht mehr vom Fleck, so daß die Dame ihn am Ende hochnehmen muß. So sieht er dann auf dem Arm der Dame wie ein strubbeliger Muff im Schneegestöber aus. Schwer ist er noch nicht; er bettelt sich wie ein quengelndes Kind hinauf, vergräbt sein Schnäuzchen im Pelzkragen der Dame und erwartet, daß sie ihn nach Hause trägt. Die Leine will er in der Wohnung noch immer nicht. Es dauert Wochen, bis er sich zumindest auf der Straße gefallen läßt, so an der Leine zu gehen, daß man ihn nicht hinter sich herschleifen muß. Trotzdem sieht es oft so aus, als hätte die Dame das Tier irgendwo mitgenommen und es folge der Fremden nur widerstrebend und unter qualvollem Protest an der Leine. Zwei Hundeleinen aus Leder hat er schon in aller Stille zerbissen, nachts im Dunkeln ist ihm das gelungen; und die Dame sah sich genötigt, eine Kette für ihn anzuschaffen, doch ihr Anblick und Geklirre lösen bei ihm ein Gefühl abgrundtiefer Niedergeschlagenheit aus.

»Spazieren«, ruft die Dame, und mit freudigen Purzelbäumen kullert Tschutora zur Eingangstür.

Da hält er inne, sobald er die vom Haken herunterbaumelnde Kette sieht, knurrt böse, fletscht die Milchzähnchen, bettelt mit erhobenen Pfötchen. Solcher Widerwille aus tiefster Seele ist durch Gewöhnung und Erfahrung nicht wegzubekommen: Er wird immer wieder, bis ans Ende seines Lebens, in Panik verfallen, wenn er an die Kette genommen werden soll, wird sich noch widersetzen, wenn er längst erwachsen ist, immer und unaufhörlich; jetzt zeigt er nur die rosa Lefzen, später entblößt er seine furchterregenden Zähne, die knurrenden und röchelnden Laute scheinen direkt aus seinem Bauch zu kommen, der ganze Hund zittert, er scharrt und jault aufgeregt, bis die Kette am Halsband festgemacht ist. Danach wird er ruhig; doch das ist der Gleichmut der Verzweiflung. Mit hängenden Ohren, den Schwanz zwischen den Beinen, so zottelt er der Dame hinterher, den Kopf gesenkt, bis ihn die ablenkenden Eindrücke der Straße die Demütigung vergessen lassen. Immer, auch in der Wohnung, empfindet er es als besondere Strafverschärfung, wenn man ihm die Kette ans Halsband hängt. Er braucht dann gar nicht mehr festgemacht zu werden, schleppt sich tieftraurig durch die Räume und zieht die Sklavenkette hinter sich her. »Jetzt erinnert er mich«, pflegt die Dame zu sagen, »an Michael Tantschitsch selig, als man ihn nach dem Vergehen gegen das Pressegesetz in Ketten gelegt hatte.«

Einen Zeitbegriff hat Tschutora natürlich noch nicht. So wie ihm die räumliche Vorstellung fehlt, weiß er auch nicht, wann er schlafen soll, welcher Tagesabschnitt für die Arbeit und welcher zum Spielen und für andere Vergnügungen vorgesehen ist. Gegen Mitternacht rappelt er sich auf, kriecht verschlafen hinter dem Ofen hervor, streckt sich und nimmt vor dem Schreibtisch des Herrn Aufstellung, der inzwischen glücklich zu seiner disziplinierten Tages- und Nachteinteilung zurückgefunden hat; dort bekundet er unmißverständlich, daß er jetzt zum Spielen bereit wäre. »Das ist jetzt nicht die Zeit dafür«, gibt ihm der Herr mit sonorer Stimme zu verstehen. Tschutora setzt sich vor den Schreibtisch und wartet. Die dunklen, glänzenden Knopfaugen folgen beharrlich der Hand des Herrn, die auf dem weißen Papierbogen von einem Rand zum andern wandert. Er wartet, bleibt sitzen, gähnt dann und wann, und da er kein Zeitgefühl hat, harrt er so bis zum Morgengrauen aus. Zwischendurch überwältigt ihn der Schlaf, und er legt den Kopf auf die Pfötchen, schlummert weg, aber sein Schlaf ist nur ganz leicht, bei jeder Bewegung, beim Anreißen eines Streichholzes hebt er den Kopf. Doch manchmal fällt Tschutora auch morgens um zehn in einen Tiefschlaf, aus dem ihn das wildeste Telephonklingeln nicht wecken kann; ein anderes Mal tippt er früh um vier diskret und leise mit der Schnauze an die Tür zum Schlafzimmer der Dame, öffnet sie, legt sich im Dunkeln still vors Bett und wartet.

Tschutora weiß noch nicht, wie lang eine Minute oder ein Tag ist, ihm fehlt auch das Gefühl dafür, was mehrere Tage sind. Geht ein Hausgenosse fort und bleibt eine halbe Stunde weg, so ist er bei dessen Rückkehr genauso glücklich, empfängt ihn mit ebenso wilden Sprüngen, strahlenden Augen und sich freudig überschlagendem Bellen, als wäre sie oder er nach tagelanger Abwesenheit heimgekehrt. Auch wenn Theres nur für eine Minute aus dem Zimmer geht, wird sie anschließend so begeistert begrüßt, als käme sie von einer langen Reise zurück. Noch wird er nur von seinem »Instinkt« durch die Gefahren und Möglichkeiten der vier Dimensionen geleitet, diese in der Zeit sich vollziehende mehrdimensionale Welt ist für ihn noch immer nur irgendein wohliges Durcheinander, Wissen und Erfahrung konnten die angenehm schweifende Ziellosigkeit, in der er lebt, noch nicht zerstreuen. Er kommt ganz gut ohne Zeitgefühl aus: Seine Herrschaften beneiden ihn um die uneingeschränkte Freiheit, in der er sich weder durch Mutmaßungen noch durch Vorurteile stören läßt. Er lebt ohne Zeit, und auch die Gesetze des Raums sind ihm gleichgültig.

Was für eine wilde, unbändige Freude, wenn einer der Hausleute heimkommt! Es hat noch nicht geläutet, und auch Schritte sind auf den Stufen nicht zu hören, doch der Winzling Tschutora, der absolut nichts von Zeit, Raum und Entfernungen versteht, ist bereits aus seinem Dösen aufgeschreckt und sitzt in Habachtstellung. Gewiß hat er noch nicht den leisesten Laut vernommen, der Heimkommende ist womöglich erst unten an der Haustür, und es werden noch Minuten vergehen, bevor sich der Schlüssel im Schloß der Wohnungstür dreht. Tschutora aber weiß längst Bescheid und blickt dem Herannahenden mit ungeduldiger Erwartung entgegen. Welche Sinnesorgane sind es, die ihm diese Information übermitteln? Die Augen, die Ohren, die Nase? Unzulängliche Begriffe allesamt. Ein viel feineres Instrumentarium, mit dem Tschutora die Welt wahrnimmt, überprüft und registriert, ist bereits in Funktion, wenn der Ankommende gerade erst in die Gasse einbiegt. Drahtlos, über Frequenzen, die mysteriöser und rätselhafter sind als alles, was der Mensch mit seinen subtilsten Apparaturen zu empfangen vermag, erreicht ihn die Information; Membranen von größerer Schallempfindlichkeit als jedes Mikrophon übermitteln ihm Geräusche, für deren Wahrnehmung der Mensch kein geeignetes Instrument besitzt; hier tritt jenes nicht zu benennende Fluidum, ein Begleitphänomen des organischen Lebens, in Aktion, dessen Schwingungen uns so wenig bekannt sind wie die Beschaffenheit des elektrischen Stromes und das, was wir bequem und vereinfachend »Instinkt« nennen. So ist Tschutora also längst über die Absicht des Heimkehrenden informiert, wenn dieser noch an der nächsten Straßenecke mit einem Nachbarn plaudert. Als Kreatur ist er minderwertiger, kann nicht reden, und seine Bildung läßt zu wünschen übrig, Tschutora ist auch nicht in der Lage, die höheren Weihen der Hundeausbildung zu erlangen, er mag nicht auf zwei Beinen gehen, und es gibt nur wenig Hoffnung, daß er dereinst im Zirkus Karriere macht, wo gelehrte und gelehrige Hunde vor dem faszinierten und applaudierenden Publikum zweibeinig auf dem Seil tanzen und dabei in der Pfote einen roten Sonnenschirm schwenken. Nein, Tschutora ist gedrungen, fast plump, sogar ein bißchen gewöhnlich, ein Bauer, wie Theres zu sagen pflegt. Doch dafür besitzt er andererseits nebensächliche Fähigkeiten, dank derer er zum Beispiel vom Herannahen einer vertrauten Person schon Minuten vor deren Ankunft Kenntnis hat. Er setzt sich in Positur, rennt zur Eingangstür, nimmt hier in der Stadtwohnung, zwischen Mauern und Mobiliar, Witterung auf wie ein Jagdhund in freier Wildbahn, der – wie es in der Jägersprache heißt – »das Wild ausmacht«. Sie muß in der Nähe sein! ... vermeldet er mit der Sprache seines ganzen Wesens, die nervösen Ohren, der hochstehende buschige Schwanz senden Signale aus. Und Tschutora irrt sich nicht, niemals. Sie muß bereits durchs Tor gehen, kommt schon die Stiege hoch, teilt er in immer begeisterter geäußerten Morsezeichen mit. Dann kläfft er einmal in seiner Aufregung. Stürzt ins andere Zimmer, stellt sich vor den Herrn, bellt ihn an, hüpft ihm aufs Knie, rast zurück zur Tür, versucht mit den Vorderpfoten die Türklinke zu erreichen, wirft sich mit der Brust gegen die Tür, jagt noch einmal in Kreisen durch die Wohnung, sein Geheul, Gerenne und andere Zeichen der Freude, die alle Erklärungen überflüssig machen, annoncieren überschwenglich: »Sie kommt! ... Verstehst du denn nicht? ... Sie ist da! Was für ein Glück! Juchhe! Gleich tritt sie ein!« Dann stemmt er die Vorderpfoten gegen die Tür, verharrt in der Stellung, um sie gleich ganz in Besitz zu nehmen. Und erst jetzt dreht sich der Schlüssel im Schloß der Vorzimmertür.

Mit einem Satz springt er an der Eintretenden hoch, plumpst auf den Boden zurück, rutscht aus, überschlägt sich und stürmt, als könnte er das Glück der körperlichen Nähe kaum ertragen, in großen Kreisen durch die Zimmer, wirbelt die Teppiche durcheinander, rennt um, was im Weg steht, als hätte er eine aufgestaute unendliche Freude auszutoben. Danach erst kommt er zu sich, hüpft wieder an der Dame hoch, quittiert ihre Heimkehr mit fröhlichem Gebell, mit Schweifeln und Schnuppern und wirft sich dann plötzlich erschöpft auf den Teppich. Hechelnd und mit hängender Zunge, aber strahlenden Auges und mit unmißverständlich liebevollem Blick, fixiert er die Erscheinung, die den Gefahren der Welt entgangene, heimgekehrte Dame.

Ist es wirklich ein solches Ereignis, wenn jemand heimkommt aus der verwirrenden, gefährlichen Welt? Unbedingt, meint Tschutora.

Jugend

Morgens um halb neun, im allgemeinen also zirka drei Stunden nach Sonnenaufgang, steht Theres auf. Recht hat sie. Der Herr zündet sich im noch dunklen Zimmer, im Bett liegend, die erste Zigarette des Tages an und würde sich gerade dem ganz und gar schwere- und verantwortungslosen Brüten hingeben, dem die Minuten nach dem Wachwerden gewidmet sind und das – zwischen Schlafen und Wachen – den morgenfrühen Probelauf des Bewußtseins darstellt; da sind aus dem Nebenzimmer Laute zu vernehmen. Sie stammen von Theres, die um diese für sie frühe Stunde das Eßzimmer aufräumt und dabei zugleich Tschutoras Erziehung vorantreibt. Ihre pädagogischen Grundsätze sind ziemlich starr. Der Hund bekommt allmorgendlich dieselben ermahnenden Sätze zu hören – gierig saugt der Herr den heißen, bitteren Tabakrauch der Morgenzigarette in sich hinein und lauscht dabei, ein wenig abwesend, den gedämpften Geräuschen. »Läßt du jetzt den

Besen«, schimpft Theres den Hund jeden Morgen, »was findest du bloß an diesem Besen? O du Teufel.« So redet sie in einem fort. Bestimmt würde Tschutora den Besen lassen, wo er ist, wenn sie nicht ständig damit um ihn herumkehren und ihn so zum Spielen reizen würde. Dame und Herr haben längst mitbekommen, auch wenn es zwischen ihnen aus Gründen des Taktes kein Thema ist, daß Tschutora zu Theres nur höflichkeitshalber freundlich ist; Feingefühl und Gefälligkeit sind es, die ihn veranlassen, ihr das langweilige Aufräumen durch sein Dazwischengehen und Mitmachen etwas kurzweiliger zu gestalten. Tschutora schätzt das Personal nicht besonders und denkt nicht daran, sich bezüglich seiner gesellschaftlichen Stellung mit ihm auf eine Stufe zu stellen. Man mag das empörend und, was ihn angeht, unverständlich finden, aber so ist es. Theres scheint bereits so etwas zu ahnen, denn ihre Zuneigung zu Tschutora wandelt sich allmählich in eine beleidigte Eifersucht. »Schlau bist du ja«, setzt sie ihre Predigt in ernstem Ton fort, dabei ist nicht genau auszumachen, ob sie damit loben oder tadeln will, »schlauer als zehn Hunde.« Und sie wartet auf die Wirkung. »Wer weiß, vielleicht hast du so viel Verstand wie Lajos Kossuth. Was gähnst du?« Auf diese seltsame Art redet sie mit dem Tier. Und sie redet ununterbrochen. »O du mit deinem Besen! Und dem ewigen Gähnen! In der Küche gefällt's dir, was? Immer nur in der Küche. Bei Tisch tust du bescheiden, als ob du kein Wässerchen trüben könntest. Laß den Besen, und gähn nicht soviel!«

Eine Viertelstunde lang geht das törichte Geplapper und Schäkern weiter, während Theres, den Besen in der Hand, im Zimmer hantiert und Tschutora, sie Schritt für Schritt begleitend, geduldig zuhört. Er trottet hinter ihr her, macht jede ihrer Drehungen und Kehrtwendungen mit und schnappt hier und da einmal, gewiß nur, um ihr den Spaß nicht zu verderben, nach dem Wischtuch oder dem Stroh des Reisbesens.

Ihr kaum zu bremsendes, tiefes und trauriges Mitteilungsbedürfnis, das eine der auffallendsten Charaktereigenschaften von Theres ist, bricht in der Morgenfrühe alle Dämme und ergießt sich in einem Redeschwall über Tschutora. Sie berichtet ihm von Träumen und Hoffnungen, erzählt vom Heimatdorf, in dem es keinen Leinenzwang für Hunde gibt und wo die süßen Isabellatrauben an der Laube reifen, am Haus der Eltern, denen Theres allmonatlich den Lohn und die Trinkgelder schickt. Sie wird ihn, das verspricht sie Tschutora, im Sommer dorthin mitnehmen. Da können sie auf den gemähten Feldern um die Wette rennen... Über die Felder kann Theres kundig reden, so als besäße sie selber welche. Daß ihre ganze Sippe, sie selbst inbegriffen, mit »den Feldern« nichts weiter zu tun hat, als auf ihnen zu arbeiten, ist ihr keine Erwähnung wert, sondern einfach selbstverständlich. »Und dann kannst du da mit dem Alten spazierengehen«, verheißt sie Tschutora, als wären seine geheimsten Sehnsüchte und die Erfüllung aller Hundeträume darauf gerichtet, mit Theres' Großvater über die Felder zu wandeln. Das Tier lauscht ihren Worten, folgt ihr Schritt für Schritt, hierhin und dorthin, artig und klug – so wie der Zirkusclown, der in der Manege auch vorgibt, beschäftigt und ganz wichtig zu sein, wenn die anderen arbeiten.

Jedenfalls liegt Tschutora bereits neben dem Frühstückstisch, wenn der Herr sich endlich entschließt, aufzustehen und ins Eßzimmer zu gehen. Seinen Morgenspaziergang und Theres' Erziehungsweisheiten hat er dann bereits hinter sich. Er begrüßt den Eintretenden, aber jetzt ohne besondere Aufmerksamkeit und Leidenschaft, schließlich weiß man ja, daß er nun nicht aus der großen Welt heimkehrt, sondern nur aus dem Nebenzimmer kommt. Für große Emotionen gibt es also keinen Grund. Ohnehin ist Tschutora in den Morgenstunden stark beansprucht und zerstreut. Die Vormittage sind ausgefüllt mit Telephondienst, mit der Überwachung des Briefträgers sowie anderer Boten, die Rechnungen bringen, und mit den Aufräumarbeiten. Für den jungen Hund, der noch engagiert und gewissenhaft ist, sind diese Stunden des Tages, da er mit Kunden verhandelt, geschäftig tut und sich entsprechend wichtig macht, sozusagen dienstgebunden, ein Mittelding zwischen Schule und Amt. Man gewinnt den Eindruck, daß er sich mit dem Herumwieseln, mit seiner rührenden Emsigkeit unentbehrlich machen will. Wie sollte denn ohne sein Mittun die Morgenpost entgegengenommen oder das Bad gereinigt werden? Wer möchte auf sein Dazwischenkläffen beim Telephonieren verzichten? Natürlich ginge das alles gar nicht ohne ihn. Zwischendurch gönnt er sich bei all den Verrichtungen eine kurze Rast, richtet sich am Sessel des Herrn hoch, um sich Lob und Anerkennung abzuholen, die ihm natürlich auch gezollt werden.

»Dieser Hund ist doch wirklich ein Segen«, sagt der Herr bei solchen Gelegenheiten zur Dame und krault Tschutora mit den Fingerspitzen den Kopf, »ich weiß gar nicht, was wir täten, wenn er nicht überall anpacken würde. Wir haben ihn im passendsten Augenblick bekommen. Ein braver Hund, ein gescheiter, fleißiger Hund.«

»Tu le gâtes«, stellt die Dame fest; aus pädagogischen Gründen spricht sie französisch, damit der Hund es nicht versteht.

In den Augen der Propheten stehen wir in dieser Sache sowieso schon auf verlorenem Posten, und weil wir jetzt wirklich nichts Dringenderes zu tun haben, sehen wir uns einmal einen Tag in Tschutoras Jugend genauer an. Wie bereits erwähnt, hat man seine Zeit nicht in festgelegte Abschnitte eingeteilt. Wenn er sich am Vormittag wichtig tut, kann er sich nachmittags ohne weiteres aufs Ohr legen und macht dafür dann wieder die Nacht zum

Tag. Von Zeit zu Zeit verschwindet er für längere Zeit, was ein schlechtes Zeichen ist und nichts Gutes ahnen läßt. Denn in der Einsamkeit brütet er allerlei Ungehöriges aus, nagt insgeheim Möbelbeine an und zerlegt Kissen oder Kleider. Folgen wir ihm daher besser während solcher Tageszeiten, zu denen er bereit ist, am Leben der Familienmitglieder teilzunehmen. Zwar mag der Herr es sich selbst nicht eingestehen, doch insgeheim wird ihm diese gutgemeinte Neigung gelegentlich lästig und zuviel. Jede Liebe und Zuneigung kann, allzu offensichtlich zur Schau gestellt, eine Last und verpflichtend werden. Zu einem späteren Zeitpunkt wird sich der Herr einmal eingestehen müssen, daß ihm von Tschutora grenzenloses Vertrauen geschenkt und ihm aller Zauber und die Zügellosigkeit der Jugend entgegengebracht wurden; und diese Jugend, diesen Überschwang hat er, wenn auch gelegentlich nur mit einer Handbewegung, zurückgewiesen. So wird er später bekennen müssen, daß er von allem Anfang an die ganze Zuneigung des Tiers auf die Dame abgewälzt hat. Aber wie stets in solchen Fällen kommt diese Einsicht zu spät... Doch die Jugend ist immer bestechend und in ihren Äußerungen entwaffnend, sogar eine so zweitrangige Hundejugend wie die von Tschutora. Welches Übermaß an Vertrauen und Selbstvertrauen bei einem jungen Hund! Welche Kühnheit bei so viel Unerfahrenheit! Welche Mißgriffe aus Mangel an Kenntnissen! Wie sonst ließe sich die aberwitzige Aufwallung der Gefühle entschuldigen, die Tschutora in diesen Frühlingswochen allmorgendlich veranlaßt, die Briefträger- und Botenüberwachung, die Telephon- und Aufräumkontrolle zu unterbrechen, sein gesamtes Aktionsfeld sich selbst zu überlassen und auf den Balkon hinauszuhetzen, um, sobald er von der Táborgasse her Hufgetrappel hört, zwei Reiter, eine hochgestellte weibliche Persönlichkeit und ihren Stallmeister, ungebührlich und unverständlich anzukläffen? Jeden Morgen ruft das Erscheinen der Reiter bei ihm einen unverantwortlichen, rotzfrechen Tobsuchtsanfall hervor; Züchtigung, dröhnende Standpauken, alles vergeblich; da hilft es auch nicht, wenn ihm der Herr begreiflich zu machen versucht, daß diese Dame hoch zu Roß kraft ungarischen Gesetzes über jegliche Kritik erhaben ist. Vergeblich malt er dem Hund die verheerenden Folgen aus, die er selbst, der Herr, zu gewärtigen hätte, falls es ihm je einfallen sollte, nicht einmal diese hochgestellte Dame, sondern nur irgendeinen aus deren hoheitlicher Verwandtschaft öffentlich anzukläffen. Unbemerkt ist Tschutora beim ersten Pferdegetrappel auf dem Balkon, klemmt sich bis zum Bauch zwischen die steinernen Baluster des Geländers und verbellt aus vollem Hals, zwischen Himmel und Erde hängend, die ehrfurchtgebietende Amazone. Natürlicherweise und zum großen Glück gelangt das Gekläff nicht bis ans Ohr der hoheitsvollen Reiterin. Auf dem breiten Rücken ihrer Stute thronend, strebt sie mit der angeborenen Würde ihres Standes, begleitet vom Stallmeister mit schwarzem Zylinder, in verhaltenem Trab der Generalswiese zu; sie hat keinen Blick für die schwarzzottelige, unbotmäßig aufmuckende Kreatur, die ihren respektlosen, aufrührerischen Protest auf so geräuschvolle, die Gesetze verhöhnende Weise und so lange zum Ausdruck bringt, bis die Ehrfurchtgebietende samt Begleitung hinter dem Wärterhäuschen auf der Generalswiese verschwunden ist.

Was verabscheut er so an ihr, wen attackiert er? Unbegreiflich. Keiner seiner Mitbewohner hat ihn das gelehrt, niemals ist in seiner Gegenwart eine respektlose Bemerkung gegenüber der hochwohlgeborenen Person laut geworden – sehr wahrscheinlich ist, wenn wir ganz ehrlich sind, daß in seiner Gegenwart nicht einmal ihr Name erwähnt wurde. Warum nur kann er diesen harmlosen Aufzug der kleinen Kavalkade nicht ertragen? Was ist es, das diesen tollwütigen Anfall auslöst, sobald er das Getrappel der Pferdehufe von der Táborgasse herunter vernimmt?

»Paß auf, es könnte dir einmal übel bekommen«, warnt ihn der Herr vertraulich, wenn Tschutora nach dem Abklingen des Tobsuchtsanfalls in die Wohnung zurücktrottet und atemlos noch ein, zwei Kläffer tut, wie Asthmatiker oder cholerische Menschen, wenn sie nach einer Auseinandersetzung allein zurückbleiben und noch ein wenig weiterschimpfen. »Du kennst dich mit den Verhältnissen nicht aus. Auf mich brauchst du dich nicht zu verlassen, ich würde mich vergeblich für dich einsetzen. Mein Wort zählt nicht viel. Ich kann dir nur raten, halt dich zurück.« Tschutora sitzt mit erhobenem Kopf und vernimmt die tadelnden Worte schwanzwedelnd, ungläubig und gewissermaßen selbstzufrieden, als hätte er nach so kräftezehrender Pflichterfüllung eher Lob erwartet. Davon kann natürlich keine Rede sein. Der Herr kehrt ins Arbeitszimmer zurück, und Tschutora verdrückt sich deprimiert hinter dem Ofen. Sein reuevolles Verhalten und die Nachdenklichkeit sind natürlich vorgetäuscht, denn wir können sicher sein, daß er bei nächster Gelegenheit genauso giftig und haßerfüllt, mit derselben infernalischen Wut eines Agitators auf den Balkon stürmt, um aufwiegelnde Anfeuerungsrufe hinunterzubellen, wenn er von der Táborgasse her Hufgetrappel vernimmt.

O du treuherzige Kreatur! Naiv und einfältig hast du dich auf eine ganz falsche Fährte verirrt! Ach, es ist ja eine so ungefährliche und harmlose Tat, ferne, arrogante indifferente Feinde zu verbellen, während wir vor der Willkür kleinerer, uns näher stehender, ordinärerer Mächtiger den Schwanz einziehen!

So erweist sich Tschutora durchaus nicht als Held, wenn ihn die Dame auf der Lógodigasse spazierenführt. In dieser Sackgasse mit dem romantisch klingenden Namen lauert nämlich der namenlose Bluthund, der gefürchtete mürrische Feind seiner Jugend, der hinter einem Gitterzaun seinen gnadenlosen Wachdienst versieht. Auf dem zur Attilastraße steil abfallenden Grundstück, das er zu bewachen hat, lagert massenhaft all das, was das Leben der weiteren Aufbewahrung nicht mehr für würdig hält: alle rostigen Bratpfannen, henkellosen Kochtöpfe, verbeulten Küchenherde der Christinenstadt, der gesamten Wasserstadt und Altofens, dazu zahllose rostzerfressene Ofenrohre, Rauchfänger, der Materialvorrat pleite gegangener Spengler, bettuchgroße Bleche, ausrangierte Räder, Ketten, Eisenstangen, Schienenstücke, Metalle jeder Art – ausgenommen natürlich Edelmetall –, kurz alles, was ein oder mehrere Stadtviertel satt haben, ausmustern und in den Abfall befördern; hier türmt es sich seit Jahrzehnten zu rostigen Bergen und verbreitet die triste und ohnmächtige Schwermut nutzlos gewordenen und zum Tode verdammten Geräts. Der Hund ohne Namen aber streicht bei Tag und bei Nacht über das steile Gelände, als hätte er nicht verrottetes Kochgeschirr, sondern den Schatz aus Tausendundeiner Nacht zu hüten – allein und herrenlos, denn niemals wurde auf diesem Rostfriedhof ein Mensch gesehen, und noch nie hat jemand vernommen, daß der Zerberus dieser Unterwelt aus Schrott mit Namen gerufen worden wäre. Mit einem einzigen Riesensatz erstürmt er den steilen Hang, taucht zwischen den Ofenrohren auf, und sein ganzer Haß gilt Tschutora. Die Abneigung ist eine ganz persönliche, sie ist nicht auf irgendeine Rasse gerichtet, sondern speziell auf den Hundewelpen Tschutora. Immer wieder konnte die Dame beobachten, wie der verwahrloste, struppige Köter mit seinen blutunterlaufenen Augen – offenbar ein ältlicher Junggeselle, der beim Hüten von altem Eisen längst selbst Rost angesetzt hat – unaufgeregt und gelassen mit anderen Hunden und gelegentlich sogar mit Menschen durchs Gitter kommuniziert! Doch kaum biegt Tschutora in Begleitung der Dame um die Ecke der benachbarten Gasse, so ertönt von der Gittertür am unteren Ende des Grundstücks her das unheilverheißende, verächtliche Wutgeheul des schäbigen Wächters. Sobald die Dame und ihr Schützling an dem wackeligen Zaun angekommen sind, der das Revier der ungemütlichen Bestie fast nur noch symbolisch abgrenzt, so schickt das Scheusal den beiden schon seine wilden Schmähungen in allen Tonarten entgegen, versucht sie mit akrobatischen Sätzen zu erreichen; aus seinen schaumtriefenden, schlabbernden Lefzen ergießt sich eine solche Flut von Insultationen und Beschimpfungen über Tschutora, daß die Dame, der man sonst wahrlich nicht Prüderie vorwerfen kann, in mehreren Wellen schamrot wird. Es wäre äußerst genant, sich in menschlicher Sprache auch nur vorzustellen, welches Füllhorn von obszönen Gemeinheiten dieser Erzfeind dem jungen Hund entgegenschleudert; denn es ist kaum anzunehmen, daß er mit dem Ingrimm, mit dem mal heiseren, mal ohrenzerreißenden Gebell Koseworte artikulieren möchte. Rätselhaft, was die beiden gegeneinander haben. Am peinlichsten aber findet die Dame, daß man diesen infernalischen Lärm in der ganzen Christinenstadt hören kann. Wer mit den komplizierten Verhältnissen in diesem Viertel vertraut ist, der wird die Sorgen der Dame verstehen und es gar nicht erstaunlich finden, daß sie ernstliche Befürchtungen hegt, durch diese wüsten Schmähungen des fanatischen Feindes könnte nicht nur Tschutoras Ruf, sondern der der ganzen Familie Schaden nehmen. »Der Hund dieses Schreiberlings wird verbellt«, sagen sich da manche im Viertel hinter ihren Kattunvorhängen, Leute, denen die Umstände hier bestens bekannt sind, »weißt du, meine Liebe, der Hund dieses Großen, Korpulenten, der letztes Jahr mehrmals mit einer Schauspielerin auf dem Gellértberg gesehen wurde. Seine Frau, diese arme bedauernswerte Person ... Aber natürlich, nach Paris reisen müssen sie!« So geht es zu in der Christinenstadt. Und Tschutora, da macht er sich klein, ist ganz still und betreten! Der wandelnde Gleichmut und die sanfte Besonnenheit in Person, mit ausgesuchter Höflichkeit läßt er der Dame den Vortritt, schleicht mit hängenden Ohren und hängendem Schwanz dahin, trottet mit abgewandtem Kopf am Zaun entlang und überhört die wilden Beleidigungen einfach. Er hat keinen Blick für den Widersacher, er, der über ein unfaßbar feines Gehör verfügt, ist plötzlich taub. Sobald sie aber den bedrohlichen Bereich des Höllengeheuls verlassen, strafft sich der kleine Hundekörper wieder, schaut Tschutora mit fragendem Blick zur Dame empor, als käme er geradewegs aus einer Phase großer Nachdenklichkeit: »Was gibt's? War was? Hat hier jemand was gesagt?« scheint er zu fragen.

Was ist es eigentlich, das Hunde bei einer Gelegenheit anzieht, ein anderes Mal in rasende Wut geraten läßt? Welche unbewußten Sympathien oder dunklen Absichten leiten und hetzen die Tiere? Die Dame wird doch nicht etwa richtig liegen mit ihrer unsäglichen und dilettantischen Totemtheorie und all den dummen Mutmaßungen über die Duftnoten feindlicher Großväter? Entrüstet weist der Herr derlei Spekulationen von sich. Was wissen wir schon voneinander, ist nicht auch die Welt der Menschen voll von Wirrnissen, unbegründeten Ängstlichkeiten und Sorgen, von schmerzlich egoistischen Forderungen, ohne jede Hoffnung, daß wir eines Tages das Geheimnis, welches Mensch an Menschen bindet, beim Namen nennen können; wie sollten wir dann erst die Existenz der niedrigeren Bereiche verstehen, in denen Kreaturen sehr laut – zwar in ganz unterschiedlichem Tonfall, aber dennoch mit unheimlich fremder Zunge – ihre ewigen Unterhaltungen führen, die vielleicht gar keinen Zweck verfolgen? Der Herr pflegt solcherart Problemstellungen mit einer gewissen Scheu aus dem Weg zu gehen, weil man einfach, als Mensch mit Manieren, in Gesellschaft nicht gern von der Hundeseele oder überhaupt von der Unsterblichkeit der Seele spricht. Schließlich existiert nicht nur für das augenscheinliche Benehmen, sondern auch für die Art des Denkens so etwas wie eine Kinderstube, die einem eine gewisse Disziplin auferlegt und zudringliches Interesse sowie unschickliches Hinterfragen der intimen Geheimnisse unserer Existenz verwehrt. Es gibt im Leben eben Dinge, zu denen selbst gläubige Seelen ihrem Gott keine Fragen stellen. Doch bleiben wir mit beiden Beinen auf der Erde.

Auf der Erde nämlich will es in diesem Jahr nur sehr langsam und widerwillig Frühling werden. Was weiß Tschutora, der sich in diesen Monaten dank Theres' klassenkämpferischen Ambitionen sehr zufriedenstellend entwickelt hat, was weiß er von diesem Winter? Sein Herr kann sich nicht erinnern, jemals so fieberhaft, mit solcher Sehnsucht auf die Jahreszeit des Lichts gewartet zu haben wie diesmal. Zwar hat schon Mitte März eine dumpfe, von diffusen Düften schwere, aber sonst eher ermüdende laue Wärme eingesetzt, die nach diesen ersten paar Schlucken den unstillbaren Durst nur noch vergrößerte; Land und Menschen fröstelten unbefriedigt weiter und stöhnten noch Wochen später. Der Frühling will und will nicht kommen in diesem Jahr. Alles ist aus dem Gleichgewicht, die Zeitungen verbreiten seltsame Neuigkeiten, Millionäre stürzen sich ins Meer, und noch Anfang April war von den Finkenvögeln kein Laut zu vernehmen. Ungewöhnliches wird aus der großen Welt gemeldet, von überall her macht sich Ratlosigkeit breit; die Knospen der Kastanienbäume in der Mikógasse zeigen zwei Wochen vor Pfingsten noch keine Neigung, endlich aufzubrechen, und ein sympathischer Klempner in der Rohamgasse hat sich in der wirren Atmosphäre des Vorfrühlings erschossen, angeblich wegen schleppenden Geschäftsverlaufs.

So geht es jetzt zu in der großen Welt, und das bleibt natürlich auch auf die Ordnung der kleinen Welt nicht ohne Folgen. Wer innerhalb der Ordnung dieser kleinen Welt lebt, ahnt gar nicht, daß das ermattende Warten, in dem man den nicht nur meteorologisch grausamen Winter zu vergessen sucht, nichts anderes ist als akute Todesangst. In der Luft liegt lautstarker Trubel, auch Rundfunk und Zeitungen können nichts Gescheiteres tun, als Knaller mit allerlei Parolen steigen zu lassen, gefällig zwar, aber mit kaum nachhaltigerer Wirkung als eine verpuffende Rakete.

Unheilverkündend, zum Erbarmen kalt ist die Stimmung dieser Vorfrühlingswelt. »Disziplin« und Tagesordnung des Herrn sind vollkommen aus den Fugen. Stunden-, ja wochenlang tut er nichts anderes als warten. Das an Schwindel erinnernde Gefühl, das ihn früher manchmal bei der Betrachtung seines Lebensrahmens überkam, so daß er vermeinte, in toten und nur noch vom Gesetz der Trägheit zusammengehaltenen Formen zu existieren, schwindet jetzt überhaupt nicht mehr. Irgend etwas ist vorüber. Er schreitet durch die Zimmer, greift nach einem Buch im Regal, schlägt es auf, liest ein paar Zeilen. Auch das ist gewesen, stellt er fest, was für starke und reine Formen, die eine weniger epigonenhafte Epoche mit frischer Lebenskraft zu füllen vermochte. Leider vorbei – er stellt das Buch an seinen Platz zurück und starrt auf den Buchrücken wie auf die Inschrift eines Epitaphs. Er betrachtet Gegenstände: So hat der Bedarf einen Stil ausgebildet; wie gelassen diese Form doch war, aus dem Boden gewachsen, aus ihrer Zeit hervorgegangen, voller Anmut und Kraft, sie hatte noch Sinn und eine organische Epidermis. Leider – und er löst seinen Blick von dem Gegenstand – ist auch das vorbei. Besucher kommen und plaudern; genauer gesagt, wenngleich in schlechterem Stil: sie »machen Konversation« im Sinne dieses präzisen Ausdrucks, der mit spröder Sachlichkeit brutal artikuliert, daß die Zeitgenossen – verglichen mit einstiger wirklicher Unterhaltung – einander nur noch Ersatz zu bieten vermögen. Sie »machen« Konversation wie eine manuelle Tätigkeit, gewandt, aber mit gleichgültiger Handfertigkeit, mechanisch oder so, als spielten sie Karten. Und tatsächlich, nicht selten greifen sie zu den Karten anstelle von Worten und überlassen es der Cœur-Dame und dem Pique-Buben, an ihrer Statt das herzuplappern, wozu ihnen Phantasie und Begriffe fehlen. Vorbei ist vorbei, sinnt der Herr und ruft Tschutora zum Spaziergang.

Ohne daß es jemand merkt, verlassen sie am Nachmittag die Wohnung, als die Teilnehmer der einen von zwei Lebensarten, nämlich die passiven Akteure dieser epigonenhaften Zeit, im rückwärtigen Zimmer einander gerade zurufen: »Zwei Treff.« Sie sagen das in ihrer Not, weil sie ja sonst schon alles gesagt und erlebt haben, auch die Schlagworte und Wunschvorstellungen. »Drei Cœur«, vernehmen sie gerade noch in der Diele, doch Tschutora trippelt schon nervös auf dem Bänkchen herum, zuckt mit dem Kopf vor der Kette zurück. In seiner Aufregung läßt er sich zu despektierlichen Freudenausbrüchen hinreißen, springt dem Herrn ins Gesicht, beleckt seine Hände und Schultern, duldet zitternd, daß die Kette am Halsband festgemacht wird, und schon zerrt er den Herrn ruppig und mit erstaunlichem Kraftaufwand zum Stiegenhaus hin; denn mächtigere Neigungen sind jetzt in Gang gekommen, sie verdrängen Freundschaft und Respekt gegenüber dem Herrn. Ein Nachmittagsspaziergang mit ihm ist natürlich etwas ganz anderes als das uninteressante Auf und Ab in der Sackgasse, wo dieser Erbfeind auf ihn lauert und ihn mit Unflat überhäuft. Tschutora, jetzt ganz der Hund seines Herrn, ist für diese Nachmittagsstunde sogar bereit, die Dame zu vergessen oder gar zu verraten, denn er weiß, was jetzt kommt, ist eine ernste, mannhafte Angelegenheit, die allerlei Überraschungen verspricht, also eine Unternehmung nach Männerart, Ziel des Nachmittagsspaziergangs die Generalswiese.

Der Weg dorthin ist nicht weit, die große Wiese, dem Aussehen nach ein ziemlich kahles Oval, dessen Überraschungen in Form einer üppigen, aber verborgenen Flora und Fauna wohl nur Tschutora richtig kennt und auch zu schätzen weiß, fängt gleich an der nächsten Straßenecke an. Sie verlassen das Haus, und während der Herr sich die Handschuhe zuknöpft, überfliegt Tschutora schnell und flüchtig die Tagespost an den alten Kastanien vor dem Haus. Neben dem neuesten Posteingang müssen sich hier an jedem einzelnen Stamm uralte Aufzeichnungen, Nachrichten und Informationen angesammelt haben, denn Tschutora versenkt sich bald hier, bald da, kontrolliert und vergleicht, nachdem er selbst seinen Lieblingsbaum von allen Seiten berochen und dann, noch unbeholfen wie kleine Mädchen, also ohne das Hinterbein anzuheben, den Meldungen ein paar kurze Randbemerkungen hinzugefügt hat. Dieses Studieren und Vertiefen betreibt er so penibel und mit so viel Ernst, wie es wahren Forschern zur

Ehre gereichen würde. Selbst die winzigste Spur ist ihm eine genaue Überprüfung wert, und in den meisten Fällen kritzelt er auch gleich eine kurze, passende Bemerkung hinzu. So geht es also nur langsam vorwärts, denn offensichtlich hat sich von einem Tag zum andern sehr viel angesammelt, Reminiszenzen und dringende Fragen, deren Beantwortung keinen Aufschub duldet.

Eine Weile läßt der Herr den Hund gewähren, bevor er sich genötigt sieht, ihn energisch zu unterbrechen, weil diese Lektüre sonst kein Ende nähme. Was die Hunde des Viertels sich wohl alles mitzuteilen haben? Vermutlich schlichte Tatsachen. Vielleicht: Ich lebe. Oder: Ich sehne mich nach Bekanntschaft. Oder: Ich habe geliebt und bin glücklich. Oder: Ich bin jung, ich bin alt, ich bin eine Frau, bin ein Mann. Auf der Strecke vom Hauseingang bis zum Wiesenrand ist die Straße eine einzige fast nach Millimetern eingeteilte, randvolle Spalte mit Kleinanzeigen. Sie haben es leicht, seufzt der Herr versonnen. Dann zerrt er den sich heftig wehrenden Hund hinter sich her den Abhang hinab.

Wie sie so über die abschüssige Straße dahinschlendern, zwischen den beiden Reihen von Kastanien, die bereits in der Pracht ihrer Kerzen leuchten, sind sie offenbar kein besonders erhebender Anblick. Verstimmt spürt der Herr, wie ihnen die Leute hinterherschauen, hauptsächlich pensionierte ältere Herren in Lodenmänteln, die ihre

Nachmittagsspaziergänge bevorzugt auf der Bastei und am Rand der Generalswiese absolvieren. Diese Herren im Lodenhabit haben sich vielleicht irgendwann einmal mit Hunden befaßt oder männlichen Leidenschaften wie der Jagd gefrönt, sich jedenfalls gewisse Hundekenntnisse angeeignet: Kurz und gut, der Herr mußte bei diesen Spaziergängen schon öfter erstaunte und befremdete Blicke registrieren, abschätzige Bemerkungen und verwunderte Ausrufe hören. Gelegentlich hat sich der eine oder andere auch nach ihnen umgedreht und verdutzt den Aufzug betrachtet. Diese älteren Herren im Ruhestand, die zu jeder Tageszeit in den Gassen und auf den Plätzen des Christinenviertels umherschlendern, die vor Kaffee- und Wirtshäusern, in den Konditoreien dieses provinziellen Stadtviertels herumsitzen, sich von der Sonne wärmen lassen und, weil sie sonst nichts zu tun haben, jede Gelegenheit nutzen, ihre Mitbürger streng zu beäugen, sie gaffen staunend hinter Tschutora her. Dieses Staunen ist beklemmend. »Die Rasse habe ich noch nie gesehen«, hat der Herr eines Tages einen pensionierten General sagen hören, der mit seinem Freund, dem Notar in Ruhe, jeden Nachmittag zwischen Horváthgarten und der Kirche am Christinenplatz auf und ab stolziert. »Ich auch nicht, Exzellenz«, versicherte diensteifrig der Notar; und beide starrten lange, mit der Muße alter Herren und sichtlich verwundert dem Hund wie auch seinem Herrn nach. Der

Herr spürt, daß diese Aufmerksamkeit mehr mit Überraschung und Zweifel als mit anerkennender Bewunderung zu tun hat. Dunkel ahnt er, daß sie beide vom züchterischen Standpunkt wie auch aus ästhetischer Sicht einen nicht gerade gefälligen Anblick bieten, wie sie da am Rand der Generalswiese entlangmarschieren: Tschutora mit Beißkorb, den er sich bei jedem Schritt mit der Vorderpfote von der Schnauze zu zerren versucht, mit dem ununterbrochenen Sträuben und darüber hinaus mit seinem für Hundeästheten nicht gerade alltäglichen Habitus, dem etwas gestauchten, irgendwie zu kurz geratenen Rumpf. Ihm schwant, daß an Tschutoras Körperbau etwas Ungewöhnliches sein muß. Die Bemerkungen, die er dann und wann aufschnappt, haben in ihm schon seit geraumer Zeit die Überzeugung gefestigt, daß Tschutora bei den kompetenten Lodenherren Verblüffung auslöst. »Da kommt er«, zischen sich die Greise manchmal zu und mustern das vorbeiziehende Tier mit sonderbaren Blicken und argwöhnischen Gesichtern, bevor sie leise weiterreden. Hoffnungsvoll, aber doch mit Zweifel im Herzen denkt der Herr, dies könne seinen Grund darin haben, daß Tschutora noch in den Flegeljahren, also in einem Alter ist, wo Jungen Pickel im Gesicht haben und mit ihren Extremitäten nichts anzufangen wissen. Er ist ja noch im Wachsen… Zudem weiß man nur zu gut, daß die Leute in der Christinenstadt Lästerzungen sind und anderen gern nachreden. Voll eifersüchtigem Trotz reißt er an der Kette und geht erhobenen Hauptes mit dem Hund seines Wegs.

Sicher, gewisse Anzeichen hat er selbst schon wahrgenommen, jedoch mit keiner Seele darüber gesprochen, aber Zweifel nagen auch an seinem Herzen. Mit wem sollte er darüber reden? Die Dame hat ebenfalls Andeutungen gemacht, daß Tschutora bei Ausflügen mit ihr in die inneren Stadtbezirke ein gewisses Aufsehen erregt, daß sich die Stutzer, die dort herumlungern, die Dandys mit Monokel am Auge, grellgelben Handschuhen und Gamsbärten an den blaßgrünen Hüten, über ihren Hund auslassen. Bemerkungen dieser Sorte von Menschen nimmt der Herr erst gar nicht zur Kenntnis; doch pflegt die Dame den Hund seither nicht mehr in die Innenstadt mitzunehmen.

Die Liebe schlägt ihre Opfer meist mit Kurzsichtigkeit, macht voreingenommen und blind; der Herr hat sich schon ein paarmal dabei ertappt, daß er Tschutoras Entwicklung argwöhnisch verfolgt, und er kramt in seinem Gedächtnis nach den Attributen, mit denen der Wärter im Schafspelz damals bei dem sonderbaren Geschäftsabschluß im Zoo den Hund gepriesen hat. Vom gedrungenen und kräftigen Körperbau hat der Mann gesprochen, von seiner noblen Kopfform … Der Herr schüttelt nachdenklich das Haupt, ihm schwant Böses. Er wird sich ja wohl noch auswachsen, denkt er hoffnungsvoll. Doch daß er Tschutora mit geschwellter Züchterbrust zu den nachmittäglichen Spaziergängen auf die Generalswiese führen würde, nein, davon kann keine Rede sein. Entweder man bekennt sich zu einer Kreatur oder nicht, denkt er. Ein Vorfall kommt ihm in den Sinn, die Erinnerung, daß er sich einmal vor langer Zeit aus Feigheit von einem Menschen trennte, weil die betreffende Person, eine nette Kameradin mit vielen angenehmen Eigenschaften, sich unpassend gekleidet und in Gesellschaft zu laut gesprochen hat... Im nachhinein schämt er sich dieser kleinmütigen Schwäche; doch seinerzeit, in den heiklen Wirrungen der frühen Jugend, störten und belasteten ihn solche Nebensächlichkeiten noch.

Sollen wir es aussprechen? Den Herrn peinigt ein fürchterlicher Verdacht. Nämlich, daß Tschutora nie und absolut nichts mit einem Puli zu tun hatte. Nur ganz vage und unsichere Merkmale seines Äußeren erinnern an diese reizende und gelehrige Hunderasse, die in der Ungarischen Tiefebene das karge Leben der Pußtahirten teilt. Das ist eine schmerzliche und deprimierende Entdeckung. So als hätte jemand ein blondes Baby adoptiert, und nach einem halben Jahr stellt sich heraus, daß es ein Negerkind ist. Dann soll er halt ein Negerkind sein! – denkt der Herr trotzig und ignoriert die abschätzigen Blicke der betagten Experten. Wo kämen wir denn da hin!... Wenn schon Neger, dann auch richtig!... Haben wir nicht schon zu ganz anderen Dingen gestanden, auch nicht zur Freude dieser Herrschaften in feinem Loden ... das wäre ja noch schöner! ... Und er verscheucht die nagenden Zweifel.

Ihr Spazierweg führt sie am Altersheim vorbei; Greise beiderlei Geschlechts sitzen da, aufgereiht auf den Straßenbänken dem Asyl gegenüber, und mustern die Vorbeikommenden mit trüben Blikken. Sie hocken da in ihrer Alters- und Armutsuniform, verbringen die Tage in eiserner Disziplin, harmlosem Eifer, in süßem, geschäftigem, auf die Minute pünktlich eingeteiltem Nichtstun. Immer wieder vergessen sie, die zahnlosen, faltigen Münder zu schließen, sie schlürfen und mümmeln an den dünn sickernden ersten Sonnenstrahlen.

Mit gesenktem Kopf, aber gemessenen Schrittes geht der Herr durch das Spalier der Alten und nimmt mit halbem Ohr das kindische Gebrabbel wahr, das sie durch ihre Zahnlücken lispeln; denn diese Greise beiderlei Geschlechts pflegen bei schönem Wetter hier vor dem Altersheim ein reges Gesellschaftsleben. Sie brauchen zwischen den beiden »Lebensformen« des letzten Augenblicks keinen künstlichen Ersatz wie das Kartenspiel, zumal sie die Formen des Daseins nicht mehr in der Verschiedenheit wechselnder Produktionsformen erleben, sondern – schlicht, aber nicht ohne gehöriges Pathos gesagt – als Übergang zwischen den letzten Minuten des Lebens und den ersten des Todes.

Die alten Menschen kleiden sich seltsam adrett, und es ist keineswegs frivol gemeint, wenn wir im Zusammenhang mit ihrer Kleidung in dieser sonnigen Jahreszeit von Frühjahrstoiletten sprechen. Dem Herrn fallen die neuen Kopf- und Schultertücher auf, frische Flicken an Röcken und Hosen, dunkelblaue Baskenmützen, flott aufs Ohr gedrückt – denn selbst das Elend im Greisenalter kennt noch eine gewisse Koketterie. Es ist eine Art Chorgemeinschaft der Greise, an der Herr und Hund hier vorbeiziehen müssen, und der Chor liebt es, dem ahnungslosen Vierbeiner Schmeicheleien zuzulispeln. Doch nur die Jugend bringt es fertig, die armseligen Sirenenklänge des Alters so gnadenlos zu überhören, ihnen so wenig Beachtung zu schenken wie dieser Fratz Tschutora. Er würdigt die Alten keines Blickes, die ihrerseits mit den knochigen Greisenhänden noch gern für einen Augenblick eine Handvoll wuschelige und kernige Jugend erhaschen, die festen Muskeln fühlen, die feuchte Hundeschnauze liebkosen wollen und sich in unbewußter Lust an jugendlicher Hitze ein wenig wärmen möchten, selbst wenn sie nur von einem Hund mit dubiosem Stammbaum gespendet wird. Doch Tschutora ignoriert diese Sirenentöne, er wendet den Kopf ab, mag den Geruch der Greise nicht; distanziert und teilnahmslos, mit eingezogenem Schwanz als Zeichen seiner Unlust, trottet er an ihnen vorüber. Er schätzt Dienstboten, Alte, Briefträger und

Schusterbuben nicht, hat nichts übrig für die große Völkerschar der Betagten, Siechen und jeder Art von Untergebenen. Emporkömmling! Parvenü! ... denkt der Herr, und er hat Grund dazu.

Gesäumt wird das Oval der Wiese von niedrigen, ebenerdigen Häusern, die fast Hütten sind und gar nichts Städtisches haben; es ist, als wären sie vergessen worden und noch aus der Zeit der letzten Jahrhundertwende hier stehengeblieben. Nur sehr gelegentlich fällt in dieser geschäftsflauen Zeit der Abbruchhammer über das eine oder andere her. Nein, »romantisch« ist die Umgebung nicht, kein einziges dieser Häuschen weist in Hof, Flur, an den Fenstern oder an irgendwelchem Zierat auch nur eine Spur des Geschmäcklerischen und der Prachtentfaltung auf, wie sie die jüngere Vergangenheit so geschätzt hat; vielmehr haust hier modernes Elend. Die Simse der Fenster befinden sich kaum in Kniehöhe der Passanten, durch offene gewölbte Tordurchgänge fällt der Blick auf Höfe mit verfallenden Schuppen, mit Oleanderfäßchen, rauchenden Backöfen, Zwetschgendarren und Wäscheleinen. Aus diesem geduckten Elend erheben sich ein paar neue mehrstöckige Mietshäuser, die wie mittelalterliche Trutzburgen die Hütten der Leibeigenen überragen. Dieser Bereich wirkt verschlafen wie eine kleinbürgerliche Zigeunerzeile, die offenbar keine Sanierung oder Neuordnung verdient. Die Herren über die Geschicke der Stadt haben es dem Leben und der

Zeit überlassen, das Schicksal der langgezogenen Gasse nach Belieben zu regeln. Glücklicherweise ist es noch niemandem in den Sinn gekommen, die weitläufige Wiese davor mit Bäumen zu bepflanzen, geschniegelte Parkanlagen daraus zu machen oder Häuser darauf zu bauen. Über diesem Viertel, in dem sich ein wichtiger Abschnitt von Tschutoras Jugend, ebenso vom Mannesalter des Herrn, abspielt, liegt der dumpfe Hauch des Vergessens und des Sichselbstüberlassenseins.

Hier am Rande des Gehsteigs kauert in einem primitiven Wägelchen auch die Bauersfrau mittleren Alters mit dem sanften Ausdruck auf ihrem wachsgelben Gesicht, immer in ein sauberes, gebügeltes Kopf- und Schultertuch gehüllt, die der Herr täglich nach ihrem Befinden fragt. Sie antwortet sehr leise und verschämt, mit der Scheu von Schwerkranken hebt sie den lächelnden Blick ihrer hellblauen Augen, die steifen, durch die Krankheit zart und durchsichtig gewordenen Hände ruhen auf einem gehäkelten schwarzen Tuch in ihrem Schoß – mit Worten, so leise, daß sie kaum zu verstehen sind, fast nur mit ihrem Lächeln, antwortet sie; und sie scheint damit um Nachsicht zu bitten, so zart, daß es den Herrn jeden Tag in Staunen versetzt, wie Krankheit das Lächeln einer gelähmten Wäscherin veredeln kann. Nie ist aus ihrem Mund ein Klagelaut zu hören. In dem Gefährt, das ihr ein Tischler aus der Nachbarschaft zusammengebastelt hat, mit ihren sauberen, gebügelten

Tüchern wirkt sie stets adrett. Bei gutem Wetter sitzt sie den ganzen langen Tag am Straßenrand und hält das Gesicht mit geschlossenen Augen der Sonne zugekehrt. Sie hat noch nie ihren »Roman« erzählt, von ihrer Krankheit geredet – über sich spricht die Frau nicht, fragt auch nicht, was in der Welt geschieht, nur übers Wetter äußert sie sich gelegentlich, und für alles hat sie nur noch ihr Lächeln. Gern bliebe der Herr etwas länger bei dem Rollstuhl stehen, denn jedesmal fasziniert ihn dieses friedliche Lächeln, wie er es nur selten auf dem Gesicht eines lebenden Menschen gesehen hat. Aber Tschutora quengelt, denn sie sind schon am Ziel, und mit der gnadenlosen Unbekümmertheit der Jugend, die sich vom Lächeln einer kranken Frau nicht rühren läßt, zerrt er an der Kette, mault und drängelt zum Weitergehen.

»Was gibt es da zu gaffen?« scheint er seinen Herrn zu fragen, und mit aufgeregter, kaum zu zähmender Ungeduld kläfft er ihn kurz und heftig an: »Jetzt bleibst du stehen, willst in dich gehen, wo schon drei Schritte weiter die große Freiheit lockt, der weite Raum, die Gerüche, die Welt voll wilder Überraschungen. Was soll dir dieses kranke Lächeln? Was ist das schon, verglichen mit der Welt? Was weißt du überhaupt! ...« knurrt er voll Verachtung. Vielleicht hat er recht, denkt der Herr, nimmt Tschutora den Beißkorb ab, macht die Kette los und läßt ihn auf der obersten der acht Stufen frei. Vielleicht kann der Blick, mit dem wir das Leben betrachten, tatsächlich nur zum Preis von Siechtum und Todesangst veredelt werden. Doch gibt es auch ein anderes Glück, und nicht weniger tief und innerlich, auch wenn es ungeschliffener und banaler ist... da läuft es!

Oh, die liebe Jugend!... denkt er versöhnt, bleibt unterhalb der Treppe auf dem lehmigen, weichen Boden stehen, lehnt sich auf sein Stöckchen. Jung ist ja auch er noch, doch seine Jugend hat nichts Versöhnliches, ist von anderer Art. Sie steckt voller Zweifel, die verhindern, daß er seiner Leidenschaft bei jeder sich bietenden Gelegenheit freien Lauf läßt. Solche Zweifel sind Tschutora fremd.

Der Hund ist endlich in seinem Element, hat Platz, viel Freiraum für sich, einen Raum, den er erobern kann, ohne Hindernisse und ohne Ziel, und er jagt umher und rennt allein um des Rennens willen. Spürt, wie der Fisch, der ins Wasser geworfen wird, nach nur wenigen, zögernden Bewegungen sein natürliches Element um sich, dem er sich mit Lust und Schwung hingeben kann. Über der Wiese liegt ein dünner Nebelschleier. Tschutora wirft sich mit fliegenden Ohren und hängender Zunge in den Bodennebel, stürmt glücklich und ungeniert jauchzend über die Ebene dahin, fast schwerelos, wie ein fortgeschleuderter Gegenstand, dem äußere Kräfte die Startgeschwindigkeit liefern. Noch ist sein Kreisen ohne Ziel und Zweck, Flora und Fauna interessieren ihn vorläufig nicht, die aufgescheuchten Krähen sind ihm keinen Kläffer wert, lechzend vor Gier rennt er, jagt er, als wollte er die lähmende Schmach seines Sklavendaseins in Sekunden vergessen machen. Er umrundet den Herrn in immer größerer Entfernung, der Radius seiner Kreise wird länger und länger, schließlich sieht man den schwarzen Fleck auf der Linie des äußersten Kreises nur noch dann und wann schemenhaft auftauchen. Weder Pfiffe und Kommandos noch Gebärden richten in den ersten fünf Minuten dieser wahnsinnigen Raserei etwas aus, kein Befehl einer menschlichen Stimme, kein lockender Ruf dringt bis zu ihm. Ziellose, lustvolle Kräfte wirken jetzt in ihm, geheimnisvoller als jede Disziplin und die fragwürdige Bindung an den Menschen. Welch seltsamer Rausch, der eine Kreatur so mitzureißen vermag! – denkt der Herr mit leiser Sehnsucht. Wenn man nur einmal, ein einziges Mal! ... Statt immer nur mit »Disziplin«, dieser quälend-wonnigen Kandare des Bewußtseins, langsam, Millimeter für Millimeter in Schwung kommen! ... Nicht täglich von neuem beginnen, und dabei immer bewußter, zweifelnder, nüchterner, mit immer weniger Illusionen an dem Rhythmus basteln, der von ferne gesehen vielleicht für Momente die Illusion von Schwung und Leidenschaft vermittelt! Wenn sie wüßten! ... Zum Glück wissen sie es nicht. – Solche Gedanken gehen dem Herrn durch den Kopf, dabei hat er sehnsüchtig und neidisch die Kreatur im Blick, die jetzt im ziellosen Schwung unbeschwerter Leidenschaft explodiert ist …

Aber wie bei jedem Exzeß folgt auch auf diesen Hunderausch ein Katzenjammer. Tschutora reduziert allmählich Tempo und Takt, gibt widerstrebend den Mahnungen des fast versagenden Herzens und der keuchenden Lunge nach. Er ändert langsam die Richtung und nähert sich, aus eigenem Entschluß, einem plötzlichen Einfall nachgebend; mit überlautem Gekläff, hängender Zunge und eingezogenem Schwanz schlendert er heran und legt sich in gebührender Entfernung von seinem Herrn hin. Eigentlich ist es ihm jetzt peinlich. Wahrscheinlich schämt er sich, weil er treulos war, die Vereinbarung gebrochen hat, sich einen Dreck um die Kommandos gekümmert und vor aller Welt diese unbeschwerte Leidenschaft ausgetobt hat. Vielleicht beschämt ihn auch, daß der große Coup gescheitert ist, daß es kein Entrinnen gibt aus diesem Kontrakt, der ihn wie alle seine Artgenossen seit undenklichen Zeiten an den Menschen bindet; daß auf so plötzliche Ausbruchsversuche erniedrigende und schmachvolle Ernüchterung folgt. Nun kuscht er hingestreckt auf dem weichen Boden, robbt auf dem Bauch seinem Herrn zu, widerstrebend und doch unterwürfig, schwenkt den buschigen Schwanz als Friedensfahne, zittert und hechelt, schielt empor in Erwartung einer Geste, die Vergebung signalisiert, wartet, daß der Herr mit den Fingern schnippt,

Tschutora also erlaubt, aufzuspringen und sich mit den verdreckten Hundepfoten gegen seinen Bauch zu stemmen.

»Siehst du, Jugend!« meint der Herr beiläufig, »immer endet es so, wenn man undiszipliniert, eigenwillig und unvernünftig handelt! ... Jetzt kuschst du hier im Dreck und genierst dich! Beim Anblick eines lumpigen Stückchens Freiheit untreu werden, Übereinkunft und Befehle in den Wind schlagen, das kannst du! ... Und dann mit ausgepumpter Lunge den Rückzug antreten, kleinlaut und ohnmächtig ... Lohnt sich das? Du meinst, die Leidenschaft ... Eine billige Sache, diese Leidenschaft! ... Weißt du denn nicht, daß jedes Tier traurig ist danach? Bitte! ... Hier hast du die Freiheit! ... Freies Feld! ... Warum stürmst du nicht davon? ... Du bist nicht an der Kette, und ich werde dir nicht hinterherrennen! Bitte sehr, du kannst gehen, die Welt steht dir offen! ... Dort drüben sind die Berge und Wälder, voll mit Wild ... Warum läufst du nicht? Warum trottest du zurück, kriechst auf dem Bauch zu mir her, duldest, daß ich dich an die Kette lege? Warum gibst du dich mit dem Fraß zufrieden, den Theres dir im Napf hinschiebt, statt in Freiheit mit aller Passion Wild und Geflügel zu jagen? ... Das ist dein ganzes Aufbegehren, mehr steckt nicht dahinter? ... Weißt du denn nicht, daß der Kontrakt, den deine Spezies für einen Napf Suppe mit den Menschen geschlossen hat, unkündbar ist? Dummer Hund! Schau mich an, ich habe es schon erfahren. Ich könnte auch in den Zug steigen, könnte rebellieren, wenn ich nicht wüßte, was dieser Napf Suppe wert ist! … Oh, du verrückter, dummer Kerl. Kusch nur und schäm dich.«

Natürlich versteht er jedes Wort, kuscht und schämt sich tatsächlich, aus tiefster Seele, aber mit wachem Blick; und er ist bereit, dem Buchstaben des Kontrakts entsprechend, im ersten versöhnlichen Augenblick aufzuspringen, brav um seinen Herrn herumzutoben, ihn zum Spielen aufzufordern, eine fröhliche und harmlose Jagd auf die Krähen zu beginnen, sich einzuschmeicheln, Lob einzuheimsen, jedenfalls die wenig ruhmreiche Erinnerung an die versuchte Rebellion unter allen Umständen vergessen zu machen.

Alle ihre Ausflüge auf der großen Wiese fangen so an. Und stets ist die Versuchung stärker als die Erfahrung, es dauert Monate, bis der junge Tschutora begriffen hat, daß nicht die Kette, sondern Bande, die stärker sind als jede Leine oder Kette, ihn und sein Geschlecht an die Menschen fesseln. Todesfurcht und Opportunismus, aber auch andere, nicht sehr edle, eher niedrige Instinkte bewirken seine Bindung an Theres und den Freßnapf. Er schämt sich, doch seine Reue ist illoyal und unehrlich. Sollten wir nicht spazierengehen? schlägt er schwanzwedelnd vor und erhebt sich. Das macht zwar nicht soviel Spaß, aber es geht auch so … Die Kette ist nun bereits überflüssig, brav folgt er dem Pfiff seines Herrn, kommt zurück, scharwenzelt um ihn herum und gibt sich Mühe, die Zweisamkeit so nett wie möglich zu gestalten. Hier und da nascht er ein paar Grashalme, schnüffelt an weggeworfenem Zeitungspapier und scharrt sich stinkende Essensreste hervor, jagt den Krähen nach und bellt Spaziergängern hinterher, aber mehr aus Höflichkeit als aus Groll. Zwischendurch blinzelt er hinterlistig zum Herrn hinauf, der das natürlich registriert. Das Unaussprechliche, das zwischen ihnen ist, berührt im Verlauf des Spaziergangs keiner von beiden mehr.

So wandeln sie auf dem schmalen, mit Koksschlacke bestreuten Weg, der die große Wiese durchquert, mehrmals hin und her. Dieser Weg ist vor allem nachmittags ein beliebter Treffpunkt der Christinenstädter Hundebesitzer. In reserviertem Ton werden hier Bekanntschaften geknüpft, weniger zwischen den Tieren, da die Damen und Herren ihre Schützlinge eifersüchtig voneinander fernhalten, als vielmehr zwischen den Herrschaften. Oft etwas seltsam und nicht immer angenehm ist dieses Völkchen von Hundehaltern; sie alle erwecken den Anschein, als trügen sie ein Mal, das nicht ganz saubere, körperliche Kainsmal der Einsamkeit, des Nirgendwohingehörens, der etwas heruntergekommenen Verlassenheit. Die meisten sind schon ziemlich betagt. In schäbigen Fummeln und Federn, in verschlissenen Stoffen und

Leder nähern sie sich mit scheinbarer Distanziertheit, halten inne, nehmen den Hund kürzer, reden beschwichtigend auf ihren winselnden Liebling ein, der frierend zittert und aufgeregt, von nicht zu bezwingender Neugier gequält, herumtrippelt. Sodann machen sie den Weg frei und lassen die drohende Gefahr vorüberziehen – auch sie selbst schielen interessiert zu den Schicksalsgenossen hin, hätten so viele Fragen und wüßten selbst manches zu berichten, wenn erst der Bann gebrochen ist und ein hingeworfenes flüchtiges Wort die Dämme der Zurückhaltung einreißt.

Der Herr kann sich des Eindrucks nicht erwehren, daß diese alten Frauen und alleinstehenden Männer samt ihren Hunden aus irgendwelchen kläglichen Löchern hervorkriechen, aus blechnapfarmer, kümmerlicher Einsamkeit, die der Hund nur notgedrungen mit ihnen teilt; und auch ihre Tierliebe und eifersüchtige Zärtlichkeit hat etwas Unsoziales und Krankhaftes, das sie nötigt, ihren Schützling mit all den Dingen zu überhäufen, die sonst eigentlich Menschen miteinander teilen.

In den Blicken, mit denen sich diese Hundebesitzer gegenseitig mustern, ist etwas Gestörtes. Ihre Verlegenheit wird aus einer gewissen Boshaftigkeit gespeist. Sie behalten sich gegenseitig und auch ihre Lieblinge im Auge, ziehen mit eifersüchtigem und dennoch gleichmütigem Grinsen aneinander vorbei. Warum nur halten sich die Leute statt dem ungarischen Riesenhirtenhund, dem Komondor, nicht einen ausgedienten Ringer, streitsüchtige alte Weiber oder einfach einen unbegabten Schriftsteller, sinnt der Herr mit nervöser Empfindsamkeit. Es gibt so viel Traurigkeit in der Welt ... Oder einfacher ausgedrückt, warum rebellieren sie nicht gegen die Leere ihres Lebens? ... Nein, sie tun es nicht. Sie halten sich lieber einen Hund und führen ihn auf die Generalswiese.

Sie plaudern, wenn erst der Bann gebrochen ist, in einem kuriosen Pluralis majestatis. »Ja, wir sind jetzt drei Jahre alt, bitte«, sagen sie lispelnd und grinsend. »Und achten sehr darauf, daß wir keine Würmer kriegen und immer schönen, festen Stuhl haben, gell, mein Kleiner?« So ungezwungen und selbstgefällig berichten sie, wenden sich in liebenswürdiger Anmut auch an den Hund, als müßte der die Richtigkeit ihrer Ausführungen bestätigen. Das Erscheinen der mit einem schottischen Reiseplaid umhüllten älteren Dame auf der Szene, die sich in Stiefeletten und mit Handkorb gleich von drei Hunden durch die aufgeweichte Generalswiese schleppen läßt, macht Tschutoras Herrn immer traurig und auch ein wenig neidisch; in der Mitte des Gespanns führt ein mächtiger, ungepflegter ungarischer Komondor die Frau an der Kette, ihm zur Seite eilen und schnaufen zwei kleine Pulis. Das sind also die echten Pulis ..., konstatiert der Herr, nicht ganz frei von Mißgunst. Gemessen überquert das Hundegespann mit der sonderbaren Dame die Wiese, wie eine Erscheinung aus irgendeiner langatmigen nordischen Legende. Dann tauchen Herren auf; vom Land hierher verschlagen, schwelgen sie auf dieser tristen Wiese in Erinnerungen an einstiges Jagdfieber, wenn sie spätnachmittags ihre traurigen Pinscher und Terrier im Wettstreit darauf dressieren, »das Wild zu stellen«, dabei ihre Spazierstöcke wie Flinten anlegen und vermeintlich zum Schuß ansetzen – allesamt harmlose, vor Sehnsucht kranke Narren! Ferner vereinsamte, magere alte Frauen, die nichts sagen, besorgt und schattenhaft dahineilen, an einer Schnur geschorene, schüchterne, dümmlich grinsende Kreaturen auf vier Beinen mit Rattenschwanz hinter sich herschleifen. All diese Geschöpfe tummeln sich auf der Generalswiese, schnappen ein Maulvoll nebliger Luft, einen Happen vom bitteren Gras und feuchten Dreck, um dann wieder heimzukehren in ihre unheimliche, dumpfe Einsamkeit, aus der sie für ein halbes Stündchen scheu hervorgekrochen sind.

Irgendwie geniert den Herrn seine Anwesenheit unter diesen Gestalten; soweit dies möglich ist, ohne unhöflich zu erscheinen, weicht er Solidaritätsbezeugungen mit anderen Hundebesitzern aus und vermeidet es, Bekanntschaften zu machen. Er würde am liebsten überhaupt nicht hierher gehen, doch es wäre zu grausam, Tschutora die Wonnen der Generalswiese vorzuenthalten. Denkt er doch an die eigene maßlose, geradezu krankhaft fiebrige Jugend zurück, an das große Haus in der Provinzstadt, in dem auch er das Leben in seinem ersten Jahrzehnt gleichsam als ein unaufhörliches Räuber- und Gendarmspielen empfunden hat – eine Jugend mit Geheimnissen und Verschwörungen und in permanentem Aufbegehren gegen die gesellschaftliche Ordnung, die Eltern, Lehrer und Hausmeister –, und diese Rebellion entwikkelte sich nur ganz allmählich und durch das künstliche Dazwischenschalten von allerlei komplizierten Widerständen zu einer praktischen Kraftquelle, die ihm hilft, die Gesellschaftsordnung zu ertragen und ihr sogar zu dienen. Gelegentlich kommt es ihm vor, als zehre er immer noch von den bis heute wirksamen Reizen dieser glücklichen, ungezügelten Rebellion seiner Kindheit.

Und so schreitet er auch nicht ein, wenn Tschutora sich heftig und ungebärdig widersetzt – Jugend in jeder Form macht ihn verlegen und nötigt ihm zugleich empfindsamen Respekt ab; ist doch die Jugend vielleicht die einzige Ausprägung des Daseins, die ihn befangen macht und entwaffnen kann. Welch ungeheurer Vorrat steht ihr zu Gebote, aus dem sie schöpfen und verschwenden kann, denkt er mit der Ehrfurcht kleiner Leute, wenn er dem launenhaft im Kreis tobenden Tschutora zusieht, der bei ihren Ausflügen nicht einen Augenblick innehält, sich gierig seinem unerfahrenen Jagdinstinkt hingibt, die kümmerliche Fauna aus Spatzen, Krähen, Katzen, Wieseln und Feldmäusen, die diese Wiese besiedelt, aufschreckt, zwischendurch aber auch noch Zeit findet, am Rand der Wiese die berittenen Offiziere mit wütendem Gebell zu umkreisen, Herren, die um der Gesundheit und ihrer Figur willen auf diesem nur bedingt bürgerlichen Gelände, wo Zivilisten und ihre Vierbeiner nachsichtig geduldet sind, gewichtzehrende Galoppaden absolvieren. Tschutora ist zu jedem Exzeß und jeder Kraftverschwendung bereit – ja, vergeude nur, Jugend! ...

So, auf der grünen Wiese, macht sich Tschutora gar nicht schlecht. Seiner jünglinghaften Schlankheit kann auch die Überfütterung durch Theres nichts anhaben; er ist noch so dünn, daß man beinahe die Rippen zählen kann. Wenn er über die riesige Fläche dahinstiebt, wirkt er wie die Verkörperung der leichten, schwebenden Bewegung, er gäbe sogar noch ein brauchbares Modell für einen realistisch arbeitenden deutschen Tierbildhauer ab. Selbstvergessen hin und her schießend, erscheint er als Prototyp des »jungen Hundes«, wie man ihn in modernen Ausstellungen bewundern kann – sein Herr ist geradezu gerührt von dieser verzückten Jugend und bereit, Tschutora jede Hilfe und Vergünstigung zu gewähren, damit er seine Hundejugend gefahrlos auskosten kann. Immer wenn er später an diese Zeit von Tschutoras treuloser und ehrlich rebellierender Jugend zurückdenkt, quält er sich mit Vorwürfen, daß er dem jungen Hund nicht mehr Freiheiten und Freuden hat zuteil werden lassen als das kümmerliche Krähenjagen und Kavalleristenverbellen auf der Generalswiese ...

Damit er dem Tier die verdammte Kette erst so spät wie möglich an sein Halsband hängen muß, gehen sie auf dem Heimweg im Schutz der Dämmerung, entgegen behördlichen Vorschriften, nicht über die Straße, sondern durchs sumpfige Gestrüpp der Wiese. Im Dämmerlicht sieht der Herr Tschutora kaum noch, hört ihn aber, wenn er heranhechelt, todmüde, doch mit nicht erlahmender Lust in Maulwurfshaufen gräbt und dann in großen Sätzen dem Herrn hinterherjagt, um ihn einzuholen und ihm mit leisem Winseln und seine Hand mit nasser Schnauze berührend zu verstehen zu geben, daß er zurück ist und mit ihm gehen will. Die Kette wird nun nicht mehr gebraucht, keine Versuchung, und sei sie noch so groß, könnte ihn jetzt veranlassen, zurückzubleiben ... Der Herr aber kommt nicht los von der Verwunderung, die ihn immer auf dem Nachhauseweg befällt und sich mit der Frage verbindet, warum der wirklich rebellische und nach Freiheit lechzende Tschutora nicht seines Weges geht, sondern bei ihm bleibt, obwohl ihm alle Möglichkeiten zur Flucht offenstehen ...

Denn es wäre zu billig und bequem, wollte man dieses Zugehörigkeitsgefühl allein mit dem wohlgefüllten Freßnapf und dem Dach über dem Kopf erklären. Da muß es noch etwas geben, das Tschutora bei all seinem quälenden und wilden Freiheitsdrang nach Hause zieht – Fressen und Theres sind gewiß nicht alles, was ihn antreibt und lenkt. Doch welche Anziehungskraft, welche Fähigkeiten haben dem erst ein paar Monate alten Hund den Weg gewiesen, als er sich auf einem Spaziergang vom Herrn entfernte und verirrte, auf der Wiese im Dunkeln allein zurückblieb? Er war diesen Weg vorher höchstens dreimal mit dem Herrn gegangen. Eines Tages blieb er wirklich ganz allein auf dem Feld zurück – der Herr pfiff ihm, rief seinen Namen, suchte verärgert die Wiese in ihrer ganzen Länge ab, suchte und schrie. Erst als es finster wurde, ging er bedrückt und mit schlechtem Gewissen heim. Also doch! … dachte er sich trotz seiner Betroffenheit mit einer gewissen Genugtuung und Schadenfreude. Es stimmt nicht, daß es keine Ausnahme gibt, daß niemand bereit ist, die Möglichkeit zu nutzen und Konsequenzen zu ziehen. Vielleicht verhungert er, oder der Schinder fängt ihn ein, möglicherweise beißen ihn streunende Köter tot: Aber das hat er einkalkuliert, die erstbeste Gelegenheit genutzt und ist ausgerückt. Irgendwie freut es den Herrn. Der Hund tut ihm natürlich leid, er hat sich an seine nette, lustige Bauernschnauze gewöhnt, an die Geschäftigkeit und kindliche Wichtigtuerei, an alle seine Vorlieben und Abneigungen, hat dieses drittklassige Dasein in sein Leben einbezogen, doch alles Bedauern und die Trauer über den Verlust überwiegt die Genugtuung darüber, daß es Kreaturen gibt, die ihre Freiheit nicht für einen Napf Suppe, für ein Almosen opfern, das man ihnen mit erniedrigender Gebärde hinschiebt. Der Herr ist voll des Mitleids und reibt sich doch im stillen die Hände. Sicher streunt er jetzt irgendwo in der Dunkelheit umher, sinnt er in einer romantischen Anwandlung, und wahrscheinlich rast sein jugendliches Herz vor Aufregung; Angst, Einsamkeit und viele Gefahren erwarten ihn, die andere Welt, die große, die ganz banale, alltägliche Welt! Armer Hund...

Die Fenster oben in der Wohnung sind dunkel; sicher haben diese passiven Zeitgenossen des Epigonenzeitalters bereits alle Treffs und Karos ausgespielt und sind heimgegangen. Als der Herr vor Eile atemlos den ersten Stock erklommen hat, hüpft ihm im schlecht beleuchteten Stiegenhaus etwas gegen die Brust: Tschutora, der zitternd und wie von Sinnen bellend vor der Tür gewartet hat.

Was ist es, das ihn heimgeführt hat, welche Fähigkeiten konnte er mobilisieren, um über die dunkle Wiese, die er erst zum dritten Mal in seinem Leben gesehen hat, die Straße zu finden, in der er seit ein paar Wochen wohnt, ins Haus, dessen Hausnummer er nicht lesen kann, vor die Tür, hinter der ein Mensch, den er kaum kennt, sein chaotisches Leben lebt. Was ist es, das ihn, erschreckt vom plötzlichen Alleinsein, über einen Kilometer zwischen Autobussen, Autos und Passanten, die so fremd riechen, geradewegs zu seinem Zuhause lenkte, das doch so gar nicht dem entspricht, wonach sich ein junges Hundeherz sehnt, nämlich Freiheit und Abenteuer? Welch unwiderstehliche Kraft hat ihn gedrängt und gezogen, wieso hat er sich nicht davongemacht oder verirrt? Wenn uns zu alldem nichts anderes einfällt, als achselzuckend »Instinkt« zu murmeln, so sind unsere Kenntnisse in einigen Bereichen des Lebens doch ziemlich bescheiden. Hunde können das einfach! – pflegt man in solchen Fällen zu sagen und zur Tagesordnung überzugehen. In der Tat »können« Hunde so etwas; nur können wir es nicht begreifen. Hunde finden einen Tag, nachdem sie in einer wildfremden Stadt angekommen sind, den Weg nach Hause, selbst wenn man sie von irgendwo auf dem Land in eine Großstadt bringt – sogar nach einer Tagesreise, ganz gleich ob im Zug und mit dem Auto, finden sie heim. Tschutora »kann« das auch; doch sein Herr mag dazu nicht einfach die Achseln zucken und gleichmütig über die Sache hinweggehen. Daß ein Tier von seinem »Instinkt« geführt wird, ja, damit kann er sich noch abfinden; denn beim Versagen der Sinnesorgane, also von Augen, Ohren, Nase und Tastgefühl, gibt es eine andere, unbegreifliche Fähigkeit, die uns Menschen im Trubel der Welt und durch ständige Überbeanspruchung weitgehend verlorengegangen ist.

Aber welcherart ist die Absicht, die ein Tier mit Hilfe seines Instinkts nach Hause führt? – Gegen seine Sehnsüchte und gegen seine Natur, aus der Freiheit heim in den Pferch, wo Kette, Maulkorb und unsinnige Erziehungsmethoden auf ihn warten, wo seinen natürlichen Neigungen doch Grenzen gesetzt werden – selbst wenn man nicht von ihm verlangt, daß er mit rotem Sonnenschirm auf einem gespannten Seil tanzt –, wo er aber mit unheimlich mächtigen Kreaturen einer fremden Art zusammenleben muß, und all das nur wegen eines Freßnapfs voll Suppe? ... Eine allzu bequeme, billige Antwort wäre das. Wann und wo ist es geschehen, daß sich der Hund so bedingungslos auf Gnade und Barmherzigkeit dem Menschen ausgeliefert hat? Welch dramatischer Akt im Daseinskampf mag da eine Rolle gespielt haben, daß sich das Tier aus der Freiheit in den Stall sehnte und den Menschen zu seinem Schirmherrn wählte? Solche Vorstellungen und Zweifel gehen dem Herrn durch den Kopf, wenn er auf der nassen Wiese zwischen Maulwurfshaufen herumstolpert, das junge Tier abgeklärt und anhänglich ohne Kette neben ihm durch die Dämmerung trottet und nicht im Traum daran denkt, das Weite zu suchen.

Die Wohnung ist leer und dunkel. Ein Fenster steht offen, und die Ausdünstungen haben sich verflüchtigt, die dank der modernen Parfümindustrie nach jedem geselligen Beisammensein im Raum eine Atmosphäre wie in einer französischen Kleinstadtdrogerie erzeugen.

Laue, schwere, ein wenig feuchte Luft dringt durchs offene Fenster ins dämmrige Zimmer, wo Tschutora in einer Ecke unter der Leselampe die Dame entdeckt. Er stemmt sich mit dreckigen Vorderpfoten auf den Rand des Diwans und fängt sofort an, begeistert zu erzählen. So günstig die Situation auch sein mag, auf den Diwan springt Tschutora nicht hinauf; als schätzte er seine körperlichen Möglichkeiten nüchtern ein und wüßte, daß ein so schoßhundhaftes Gebaren bei einem plumpen, ungehobelten Kerl nur unpassend und lächerlich wirken kann. Doch auf die Pfoten gelümmelt und aus gebührendem Abstand meldet und berichtet er angeregt und ausführlich. Natürlich ist ihm jede Einzelheit wichtig, denn was weiß ein so junger Hund schon von der Welt? Alles ist von Belang, deshalb breitet er die Ereignisse mit so wichtiger Miene vor der Dame aus, als habe er die Welt, die vor ihm niemand wahrgenommen hat, gerade für seinen persönlichen Gebrauch entdeckt. So halten es auch die Dichter, denkt der von der schwülen Frühlingsluft, vom Spaziergang und seinen Beobachtungen echauffierte Herr und geht ins Bad, um sich zu säubern. Ja, auch der wahre Dichter ist zutiefst davon überzeugt, die Welt als erster entdeckt zu haben, sinnt er beim Händewaschen weiter. Diese Unmittelbarkeit der Wahrnehmung, die irrsinnige Unbefangenheit, das Selbstbewußtsein und die kraftvolle Frische sind es, die beim Dichter etwas auszulösen vermögen.

Natürlich gibt es dann noch die Disziplin, die Treffsicherheit im Ausdruck, die Kraft und den inneren Reichtum der Sprache als Waffen ... doch sobald sich der Dichter in Leidenschaften verstrickt und Lebewesen auf den Plan treten, ist es um die berühmte Disziplin geschehen.

So schwadroniert er für sich, ohne Worte, neurotisch und ausdauernd, wie es seiner Gewohnheit entspricht, geht dann gleich in sein Zimmer, um zumindest den Versuch zu machen, vor dem Abendessen noch schnell wenigstens für eine Stunde die durch Spaziergang, Erlebnisse, Tschutora und die Ausdünstungen der Treff- und Pique-Gesellschaft gestörte Tagesdisziplin wiederherzustellen. Er knipst nur das kleine Lämpchen mit dem fingerhutgroßen Schirm an, einen winzigen Strahler, mit dem ein praktisch denkender Erfinder unserer Zeit den lesenden und schreibenden Teil der Menschheit beglückt hat, eine Lichtquelle, die das Zimmer ringsum im Dunkeln und den Leser zu einem im Finstern hockenden Glühwürmchen werden läßt. Er sitzt über den hellen Lichtkegel gebeugt, die Buch- oder Manuskriptseite fest im Blick, die das Lämpchen wie ein Bühnenscheinwerfer aus der Dunkelheit des Raumes ans Licht bringt; und wie er gleichsam auf einer Tonleiter dem verlorenen Ton nachspürt, stößt er unterm Schreibtisch an etwas Weiches, Nachgiebiges. Tschutora duldet den sanften Schubs mit dem Fuß ohne Murren, bietet sich als Fußstütze an und bleibt unbewegt liegen, solange der Herr Wert darauf legt. Auch später, Theres klappert nebenan bereits mit dem Geschirr, rührt er sich nicht. Der Herr leuchtet unter den Tisch und stellt staunend fest, daß weder Geräusche noch Licht den sonst so leichten Schlaf des Hundes stören. Wie ein erlegtes Stück Wild, das von den Treibern nach dem Halali mit zusammengebundenen Läufen hingebreitet wird, liegt das erschöpfte Tier, den Kopf zur Seite geneigt, und schläft wie ein Stein.

Er ist eingeschlafen, weil ihm die Zeit noch kein Begriff, weil er sehr erschöpft und jung, weil sein Hundetag jetzt zu Ende ist. Die zuckenden Beine des schlafenden Tschutora deuten Laufbewegungen an, er träumt wie alle jungen Hunde von der Jagd, von Jagden, die längst Vergangenheit sind, die vielleicht in eine Zeit zurückreichen, da die Hunde diesen seltsamen Kontrakt mit den Menschen noch gar nicht geschlossen hatten.

Er schreckt nicht auf, weil er todmüde ist: Es ist die schlichte Müdigkeit der unersättlichen, gierigen, zur Einteilung der Kräfte unfähigen Jugend, die vom Morgen bis zum Abend alle Reize der Welt verschlingt, den Geruch von Briefträgern und Rechnungsboten, die durch hochwohlgeborene Reiter verursachte Erregung von despektierlichem, unergründlichem Haß, die abschätzigen Blicke der Lodenherren, die Lust und Wonnen einer Jagd auf behäbig flatternde Krähen, die aufregende Erinnerung an Düfte, Nachrichten, Pamphlete, die an Baumstämmen und Straßenecken der Kenntnisnahme und Erledigung harren, und wer weiß was sonst noch alles, welche Masse an übernatürlichen Mitteilungen, die sich der eingeschränkten Beobachtungsgabe des Menschen und seiner Kontrolle entziehen. All dies durchpulst und bewegt den erschöpften kleinen Körper, läßt ihn gelegentlich im Traum erzittern, als werde er von einer mal schmerzhaften, dann lustvollen Erinnerung durchzuckt. Er hat einen Tag dieser Jugend hinter sich, mit Aufregungen und Enttäuschungen, dieses ermattende, prickelnd fiebrige Chaos ineinanderströmender Gefühle, das ein Kennzeichen der Jugend ist und das später so unvollkommen von der Erfahrung abgelöst, so stümperhaft geordnet wird. Was für ein betäubender und trunkener Schlaf ist das – auch wenn die ganze Welt darin umherschwirrt, so schämt sich der Herr doch wegen seiner Neugier, mit der er den ebenso maßlosen wie einfältigen Wissensdurst dieser drittklassigen Jugend eines kleinen Hundes verfolgt.

Eines Tages, denkt sich der Herr, wird er erwachsen sein und merken, daß er sich den Magen verdorben hat … das war's dann.

Und dennoch: Was der Tag auch bringen mag, dem Herrn erscheint nichts mehr wichtig oder unwichtig genug, um es nicht mit ebendieser besessenen Unbefangenheit wahrzunehmen. Zwar geniert er sich deswegen und verzieht das Gesicht zu einer Grimasse – doch er kann nicht anders: Auch wenn er solche Rücksichtnahme für verächtlich, wenig fruchtbringend und fehl am Platze hält und ihm absolut klar ist, daß er damit die Propheten und die gesamte höherrangige und leidende Menschheit verrät, so geht er doch auf Zehenspitzen aus dem abgedunkelten Zimmer, damit er diesen von den Ereignissen des Tages trunkenen Hundeschlaf nicht stört.

Die große Welt

Im Keller unseres Hauses lebt ein sonderbarer Mensch, er schreibt sich Telkes und spricht von Zeit zu Zeit mit dem lieben Gott. Überwiegend nachts. Einmal ist Gott ihm auch erschienen, in einer weißen Dunstwolke, hat sich dann aber gleich wieder verflüchtigt. Was Telkes auf diese Weise dann und wann vom lieben Gott erfährt, pinselt er mit gefälligen runden Lettern, wie einst Moses, auf Tafeln und nagelt diese Holztafeln über dem Kellereingang an die Hauswand. Dieser Mann erfährt eine besondere Genugtuung, wenn er die hehren Botschaften vermehren und verbreiten kann, mit ihrem Text die Vorübergehenden in Staunen versetzt und innehalten läßt. Der Sinn seiner Offenbarungen ist nur schwer zu ergründen, und von der ehernen Schlange bis zum bemalten Sarg, vom Glaubensschild bis zur Lanze der Gnade, reimt sich Herr Telkes allerlei krauses Zeug zusammen, denn in unserer Sprache hat auch eine gläubige Seele ihre liebe Not, sich darin zurechtzufinden. Er selbst erinnert in seinem Äußeren an den biblischen Zimmermann Joseph, trägt einen kastanienbraunen Vollbart, einen Overall aus blauem Leinen und hat sommers wie winters eine schwarze Pelzmütze auf. Auch seine Profession entspricht der des Heiligen, denn wie so viele fromme Erdenbürger macht er, wie Joseph, Zimmermannsarbeiten, tischlert und schreinert. Mit seiner Frau Hansi haust er unten im Keller, gebeizt vom erquikkenden Geruch frisch gehobelter Fichtenbretter und einer beklemmenden Duftwolke aus sauer riechenden Leimtöpfen; beide leben dort in einer Atmosphäre, die zusammengerührt ist aus frömmelnder Erhabenheit und magischer Prophetie.

Herr Telkes hat die Schwindsucht und spricht leise. Was aber seinen weltlichen Leumund in der Christinenstadt betrifft, so muß man zugeben, daß sowohl seiner Arbeit wie seiner Person die einem fleißigen, aufrechten, zum Schwärmen neigenden Menschen gebührende Achtung gezollt wird; wer ihn näher kennt, weiß ihn als zuverlässigen, anständigen Mann zu schätzen, der zwar mit »Gelobt sei Jesus Christus« ankommt und mit den »Segenswünschen fürs Haus« geht, zwischendurch vielleicht ein paar Bemerkungen über den Glaubensschild und die Lanze der Gnade verliert, letzten Endes aber doch ganz zwanglos seinen Vorschuß für die übernommene Arbeit kassiert; und dieses Symptom ist vom medizinischen Standpunkt gesehen schon wieder beruhigend. Darüber hinaus liegt er im Streit mit der Belegschaft der Gendarmeriekommandantur im nahe gelegenen Wallfahrtsort Máriabesnyő. In dieser Angelegenheit wendet er sich von Zeit zu Zeit an Tschutoras Herrn, den er von Angesicht zu Angesicht und ohne rot zu werden mit Attributen wie »gnädig« und »herzensgut« auszeichnet, um sich dann von ihm allerlei Eingaben unterschreiben zu lassen, doch klug werden kann man aus alldem leider nicht.

Problematischer ist, daß Hansi eines Tages heftig aufbegehrt hat, was in der Christinenstadt zu mancherlei boshaftem und übertriebenem Getratsche Anlaß gab; die stille und wegen ihrer Körperfülle schwer schnaufende Hansi, mit der es – glaubt man den ominösen und übelmeinenden Bemerkungen von Theres – einmal »ein böses Ende« nehmen wird, weil sie »Erdbeeren ißt« und »eine Waschfrau kommen läßt«, diese Hansi hat laut revoltiert. Und wer die Umstände kennt, wird zugeben müssen, zu Recht. Unfaßbar, welcher Teufel Herrn Telkes geritten haben mag, als gerade er – der Jahrzehnte hindurch mit seiner Seelenschwärmerei zwischen Hobel- und Drechselbänken glücklich war, der mit seiner Schwindsucht und den Jenseitigen hehren Umgang pflegte – eines Tages »ein Frauenzimmer aus der Verwandtschaft« zu sich nahm, um mit seinen Worten zu reden. Wir berichten nur widerstrebend darüber, denn die Art und Weise, in der die Literatur mit der

Wirklichkeit umgeht, hat immer etwas Pamphlethaftes; doch selbst wenn sich die Literatur der Schweigepflicht verschriebe – sie tut es nicht –, so würde uns in dem Fall der Umstand dieser Pflicht entheben, daß Hansis Rebellion in aller Öffentlichkeit stattfand und in der Christinenstadt, wo sich selbst Geburt und Tod hinter gläsernen Wänden abspielen, seinerzeit viel Staub aufgewirbelt hat. Warum aber nahm Herr Telkes die Verwandte zu sich? Denn daß er es tat, ist nicht zu leugnen, und zwar in Gestalt einer nicht übel aussehenden jungen Weibsperson, die er weiß Gott wo aufgelesen hat – und er nahm sie so sehr zu sich, daß es sogar der sonst stillen, gutgläubigen Hansi aufgefallen ist; sie wäre vermutlich schon gleich zu Anfang widerborstig geworden, hätte der Meister sie nicht mit Bibelzitaten und unter Berufung auf die »Gewohnheiten unserer Urväter« besänftigt, sie überzeugt, daß nichts Verwerfliches daran sei, gleichzeitig mit mehreren Frauen zu leben. Die so zur Einsicht gebrachte, japsende Hansi hat also die viel jüngere und hübschere Verwandte im Hinblick auf die Gewohnheiten unserer Stammesväter tatsächlich wochenlang im Keller geduldet, doch als der Meister die attraktivere Blutsverwandte allzu häufig und bevorzugt »zu sich nahm«, blinkte auch in Hansis trübem, beinahe stockfinsterem Bewußtsein ein Warnlichtlein auf, in ihr erwachten Zweifel, ob Telkes die Auslegung der Bibel nicht doch ein wenig zu frei handhabte. Da tat

Hansi eines Tages wie Bileams Eselin, um bei den biblischen Gleichnissen zu bleiben, das Maul auf und äußerte laut und überraschend: »Die Urväter sind Schweine«, und sie habe »jetzt endlich die Nase voll«. Die verwandte Weibsperson zog bald darauf aus dem Keller fort, und Herr Telkes war wieder mit seiner Hansi allein. Mit vielleicht von der Schwindsucht, vielleicht aus anderen Gründen glänzenden Augen und viel stiller eilt der fromme Mann jetzt durch die Gassen des Viertels, obwohl er auch weiterhin auf seine Art biblische Botschaften verkündet und auslegt, Zwiesprache mit Gott hält und Eingaben gegen das Gendarmeriekommando von Máriabesnyő macht.

Wir berichten darüber, weil auch dieses Geschehnis zur Welt gehört, die wir hier um Tschutoras Andenken herum stückweise wiederaufrichten. All das ist ja lange her, und der Staub, den die Geschichte einst aufwirbelte, hat sich längst auf das Ereignis gelegt und es mit einer dicken Schicht des Vergessens zugedeckt.

Selbst aus dem unangenehmsten Erlebnis wird erschreckend schnell Erinnerung; Hansi denkt vielleicht gar nicht mehr daran, daß sie einst leiden mußte, weil Herr Telkes die Bräuche unserer biblischen Väter neu beleben wollte. – Dieser sonderbare Mensch wird Tschutoras erster richtiger Freund draußen in der großen Welt. Über den engen Zauberkreis hinaus, den die Familie bildet, hat Tschutora mit nur wenigen Menschen unmittelbaren Kontakt. Vielleicht ist es der warme, rohe, wohlig benebelnde Geruch der Werkstatt, vielleicht der salbungsvolle, etwas schleppende Tonfall des Meisters, der Tschutora so für ihn einnimmt; es gab eine Zeit, da der Hund mit eifersüchtiger, plötzlich auflodernder Zuneigung die Gesellschaft von Herrn Telkes suchte, nicht einmal mit der Peitsche hätte man ihn von der Schwelle der Werkstatt vertreiben können, er stürzte sich auf eigene Faust in Aktionen, schlich in unbewachten Augenblicken aus der Wohnung und fand sich erst nach Stunden wieder ein, mit verklärtem Blick, berauscht vom Leimgeruch, und mit ganzen Klumpen aus Hobelspänen im Fell vom verzückten Wälzen unter den Werkbänken. Der Herr sah nachsichtig über diese Leidenschaft hinweg, da er sich selbst nicht ganz dem Reiz entziehen kann, der von der Werkstatt dieses gottergebenen Menschen ausgeht; so geschieht es zuweilen, daß er in Tschutoras Gesellschaft ganze Vormittage dort unten verbringt. Sie schnuppern beide mit sinnlichem Genuß die angenehmen, sauberen Gerüche von Telkes' altehrwürdigem Handwerk, lauschen dem Blubbern des Leimtopfs auf dem Feuer, dem ansteigenden und abfallenden Sang der elektrischen Säge, den säuselnden Vorträgen des bärtigen Mannes über die eherne Schlange und ewige Jugend. Seine Hände verrichten unterdessen die niedere Arbeit wie zwei geschickte, biedere Handwerksburschen, die dem Gequassel ihres spleenigen Meisters keinerlei Aufmerksamkeit schenken.

Denn es soll nicht unerwähnt bleiben, daß Herr Telkes sein Handwerk versteht und auch liebt, er kennt den Stoff, mit dem er arbeitet, dieses duftende, freundliche Material, durch das einst die Säfte geströmt und in dem selbst nach dem Absterben die Gesetze des Lebens wirksam geblieben sind. Es ist ein Hochgenuß, dem Meister zuzuhören, wenn er bei seinen Reden gelegentlich vom ewigen Leben abläßt und mit einem sauber gehobelten Eichenbrett in der Hand die Eigenschaften der Ungarischen Eiche preist, ihr besonderes Verhalten, die physikalischen Reaktionen nach ihrem Tod erklärt, wenn er zeigt, wie das trockene Material noch nach der Bearbeitung »schrumpft«, sich »ausdehnt«, »zu arbeiten beginnt«, wie es »sich wirft«, was natürlich bei einem Tisch oder Schrank keine Freude macht. Und in der Tat, er hält das von ihm gewählte Material so zärtlich und selbstverständlich in Händen wie dazumal irgendein Urmeister, der einer form- und leblosen Materie für alle Zeiten Form gab und Leben einhauchte. Stundenlang kann der Herr den Bewegungen folgen, denn was ist schöpferisches Tun anderes, als einer toten Materie Form zu verleihen. Er treibt Keile ein, kappt Nägel, beugt durch einfache statische Konstruktionen der Willkür des Materials vor, und der Gegenstand wächst, entwickelt sich unter seiner Hand aus Holz, Leim, Arbeit und viel Herz, nimmt eine Form an, die der Bedarf und der Geschmack wie auch der epigonenhafte Zeitgeist diktieren. Herr Telkes äußert sich sehr zurückhaltend, nicht selten abschätzig über die Tischlergesellen von heute, die sich ihr Handwerk in Fabriken aneignen müssen und vielleicht niemals etwas vom Verhalten der Ungarischen Eiche oder der Tatrafichte in ihrem toten Zustand, als Holz, gehört haben; er arbeitet meist für sich allein, wie es sich für den wahren Meister gehört, schafft und gestaltet mit seinen beiden Händen, weil er ein Handwerker ist, zu den letzten Exemplaren einer aussterbenden Spezies gehört, der jedem Werkstück, das er aus der Hand gibt, etwas von seiner gestaltenden Kraft eingehaucht hat. Und wenn wir auch bislang über ihn um der Literatur willen eher spöttisch, also mehr über die deprimierenden und herausfordernden, über die einfältigen und traurigen Wahnideen berichtet haben, so ziemt es sich doch, nun im Propheten auch den engagierten, fleißigen Menschen, diesen wahren Meister zu würdigen, der vom Wert seiner Arbeit überzeugt ist, sie stets mit Hingabe und Ehrfurcht ausführt. Herr Telkes betreibt unten im Keller eines der ältesten und wichtigsten Gewerbe der Menschheit; Tschutora und sein Herr beobachten, jeder für sich, interessiert und auf seine Weise, dieses Phänomen, das in unserer Zeit immer seltener wird: einen Menschen, der in seiner Welt fest und sicher auf beiden Beinen steht und seinem Beruf, den er beherrscht und hervorragend zu praktizieren weiß, die Treue hält.

Tschutora faszinieren hier vor allem die Gerüche, die sich in der Werkstatt fast zu Materie verdichten und als Schicht ablagern. Dem Hund gegenüber hat der Meister einen gewissermaßen routinemäßigen Standpunkt verständnisvoller Nachsicht, doch es fehlt nicht viel, und er setzt sich auch für Tschutoras Seelenheil ein. Gelegentlich hat er sogar die Kleinlichkeit des Schöpfers beklagt, dem Allmächtigen das jämmerliche Schicksal der seelenlosen Geschöpfe vorgehalten und mit ihm gehadert, weil er den Tieren die Seele vorenthalten hat.

Die Aufmerksamkeit und Vernunft, mit der Tschutora die profanen Klagen verfolgt, muß Herrn Telkes den Eindruck vermitteln, daß sein Lamento unberechtigt ist. Uns reicht dies bißchen Seele, sagt der Herr dann in Tschutoras Namen beim Händeschütteln zum Abschied, und der Meister ergreift noch schnell, bevor er den Segen des Herrn für die Weggehenden erfleht, die Gelegenheit, auch ein praktisches Anliegen anzubringen, etwa die Miete oder das Gendarmeriekommando von Máriabesnyő betreffend – denn das ist eine weitere der zahlreichen fixen Ideen von Herrn Telkes, daß Tschutoras Besitzer auch der Hausherr ist. Von der Wirklichkeit, die bedauerlicherweise anders aussieht, läßt er sich nicht mehr überzeugen. Trotz mehrerer Richtigstellungen hält er eisern daran fest, mit Tschutoras Gebieter zugleich den Herrn über Keller und Dachboden vor sich zu haben, aus ebendiesem Grund wendet er sich mit jeder Klage und Beschwerde über den Hausbesorger Zsombolya, der ihm ein großes Ärgernis ist und für ständige Verbitterung sorgt, an ihn.

Denn auch an der anderen Front des Hauses, in der Logodistraße, gibt es einen Keller, und dort arbeitet ebenfalls ein Handwerker – mit einem weniger sympathischen und duftenden Material als Herr Telkes, dafür um so leidenschaftlicher und mit verbissener Verzweiflung, als müßte er den Widerstand von Eisen und Stahl nicht nur mit Hammer und Körperkraft brechen, sondern mit dem unbeugsamen Trotz seines Wesens und Charakters. Hier also wirkt der ständig bedrückte Hausbesorger, er ist Schlosser und Monteur, und auch er zählt zu Tschutoras Freunden in der großen Welt. Zsombolya, ein sonderbarer Mensch, leidet unter eigenartigen Assoziationen und trägt, im Gegensatz zum katholischen Frömmlertum des Herrn Telkes, den trotzigen und vorsichtig aufbegehrenden Geist des ungarischen Kalvinismus in sich. Er ist Sproß einer alten Adelsfamilie und betreibt den Hausbesorgerposten sowie das Schlosserhandwerk eigentlich nur für eine Übergangszeit von vier bis fünf Generationen, für sich und seine Nachkommen, bis ihnen früher oder später irgendeine neue Weltordnung – wie sein Glaube lehrt – die Vorrechte ihres Standes zurückgibt, was leider immer zweifelhafter zu werden scheint. Einstweilen jedenfalls ist er Schlosser und Hausbesorger; auch er spricht gedämpft, doch sein Flüstern erinnert nicht an die verklärten und besessenen Predigten des Herrn Telkes. Vielmehr säuselt er leise, als wolle er einem ein Geheimnis anvertrauen – der ganze Mensch wirkt niedergeschlagen, seine Augen blicken verängstigt aus dem Gesicht hervor; er ist klein von Statur, die Beine haben es schwer mit seinem gedrungenen Körper. Zsombolyas ganzes Wesen verrät Leid und Verwirrung. Angestrengt sucht er nach Worten, die er gedämpft ausspricht, ihn plagen Bilder, und beim Sprechen drängen sich ihm ungewöhnliche Gedankenverbindungen auf; wie die meisten Literaten und Handwerker quält und verwirrt ihn diese so komplizierte ungarische Sprache mit ihren verwickelten Wort- und Satzgebilden. Der Herr hört ihm mit Geduld und Mitleid zu, wenn sie sich über den Weg laufen – die einfachsten Sachverhalte, einen Rohrbruch, eine Krankheit, kann er kaum in Worte fassen, die Zunge verhaspelt sich, Assoziationen drängen sich in den Vordergrund und beginnen einen schwindelerregenden Rundtanz. Zsombolya haßt Herrn Telkes – weiß Gott, warum; ob der Kalvinist in ihm den Katholiken, der gestrauchelte Adelige den Bauern, der Schlosser den Tischler oder der Hausbesorger die armseligste der Mietparteien mit Verachtung straft, die Ursache ist schwer zu ergründen. Höchstwahrscheinlich bedarf der Haß sowenig wie die Liebe eines Vorwands, sondern ist eine der Gemütsbewegungen des Lebens, die um ihrer selbst willen existieren. Die Verwirrung und Desorientiertheit, die Zsombolyas Stirn ständig umwölken, würden vielleicht explosionsartig aus der bedrückten Seele des Hausbesorgers hervorbrechen, wenn ihn einmal jemand nach der Ursache des Hasses fragte, den er gegen Telkes hegt. Sie träumen vermutlich auch voneinander und schnauzen sich im Schlaf zähneknirschend an; das sagen wir nicht unüberlegt und ohne jedes Verantwortungsbewußtsein so dahin, vielmehr stützen neueste medizinische Erkenntnisse unsere Vermutung, denn Zsombolya hatte kürzlich eine eitrige Zahnfleischentzündung und büßte infolgedessen einen Teil seiner oberen Zahnreihe ein. Zahnärzte kennen diese verhängnisvolle Komplikation, die sich Pyorrhea nennt und teilweise auf Zähnefletschen und Zähneknirschen im Schlaf zurückzuführen ist, und zwar aufgrund irgendwelcher Zwangsvorstellungen. Heulen und Zähneknirschen also, wohin wir schauen; wir träumen voneinander, und der Haß läßt uns sogar die Zähne ausfallen... Was in Tschutoras Leben der namenlose Bluthund ein paar Häuser weiter unten am Rostfriedhof, ist in Herrn Zsombolyas Dasein der Tischler Telkes: sein Erzfeind nämlich. Nein, einen »Grund« hat dieser Haß nicht; er blubbert aus dem Schmelztiegel der Seele mit Zischen und Gestank hoch und vergiftet mit seinem Hauch für zwei Menschen die ganze Welt. Es würde zu weit führen, wollten wir jetzt zu ergründen versuchen, welcher Balance, welchem moralischen oder materiellen Gleichgewicht der Haß, diese dunkle Kraft, in der Welt der Lebenden dient. Herr Telkes empfindet Herrn Zsombolya als irdisches Fegefeuer, doch folgen wir ihm besser nicht auf dieses Terrain. Müssen wir doch gestehen, daß wir von der Natur menschlicher Gemütsbewegungen keine Ahnung haben, doch selbst der Spezialist kann allenfalls die Erscheinung selbst ertasten; die Seele besitzt so etwas wie eine sensible Hülle, sie mit der Sonde zu beschädigen wäre ein gefährliches und verantwortungsloses Unterfangen. Aber haben wir nicht alle irgendeinen Urfeind, unter dessen unbegreiflichem Haß wir ein Leben lang leiden? Herr Telkes jedenfalls leidet. Und vermutlich irren wir uns nicht in der Annahme, daß auch Zsombolya leidet.

Es genügt, wenn sie sich im Vorbeigehen auf der Straße erblicken, um diesen quälenden Zwang auszulösen, der sie aufeinander losgehen läßt. Nicht nur die Liebe hat diese Anziehungskraft, sondern auch der Haß. Ihr Zusammenprall gleicht einer Naturerscheinung. Der gedrungene Zsombolya mit seinen kurzen, flinken Beinen, dem frech hochgeschobenen Hut, den Mantel lässig über die Schulter geworfen, verläßt gerade die Hausbesorgerwohnung und macht sich zu seiner Werkstatt auf, als auch der Tischler aus dem Keller tritt. Er trägt wie immer seine Pelzmütze und den blauen Overall... Zsombolya kann gar nicht anders, sobald er seiner ansichtig wird, muß er ausspucken. So weit ist es mit ihnen gekommen. Wie der Verliebte an seiner Angebeteten alles liebt, auch ihre Fehler, so haßt Zsombolya an Herrn Telkes alles, seine Pelzmütze, den dunkelblauen Overall, er haßt seinen Bart, die fiebrig flackernden Augen, sein Handwerk, buchstäblich alles. Offenbar verlangt jede große Leidenschaft den ganzen Menschen, völlige Hingabe; nur Feige und Gleichgültige geben sich auch mit einem wohlfeilen Kuß, einer einfachen Flegelei zufrieden. Wie diese beiden sich anstarren, von Sinnen vor Haß, der ihr Leben, ihre Träume beherrscht, ist es unmöglich, nicht an zwei Hunde zu denken, die bei jeder Begegnung dieselbe namenlose, unergründliche Macht zwingt, stehenzubleiben, sich zitternd und winselnd zu beschnuppern und schließlich ohne ersichtlichen Grund mit gefletschten Zähnen und beglückender Wut übereinander herzufallen... So stehen sich auch Herr Telkes und Herr Zsombolya gegenüber, erstarrt, sich gegenseitig messend. »Und der Mist da oben«, zischt Zsombolya Telkes zu, »der kommt mir runter!«

Er deutet auf die Tafeln, die den Kellerabgang umgeben und auf die jene erhebenden Aufrufe gepinselt sind, deren Texte Herrn Telkes der liebe Gott höchstpersönlich eingegeben hat. Zsombolya, voll Mißgunst und Eifersucht, haßt – was nur natürlich ist – auch diese Tafeln. Herr Telkes gönnt ihm keine Antwort mehr. Er dreht sich leicht zur Seite, senkt scheu und verlegen den Kopf, wartet, bis der Sturm sich gelegt hat, der Peiniger und die Pein, die ihm Gott in seinem unerforschlichen Walten auferlegt hat, vorüber sind. Er schweigt also und neigt das Haupt, als wäre er ins Gebet vertieft. Doch er weicht auch nicht, steht gebannt am selben Fleck, schaut auf den Auswurf, den Zsombolya ihm vor die Füße gespuckt hat. Es gab eine Zeit, damals in der beginnenden, noch etwas gezierten Phase des Hasses, als sie in der lüsternen Erwartung des kommenden Streits noch neckisch miteinander stichelten. Doch diese Zeit ist längst Geschichte; sie befinden sich jetzt in der heißen, stummen Endphase der Leidenschaft. Herr Telkes erwähnt nicht einmal mehr, daß seine Tafeln unter der persönlichen Schirmherrschaft des Hausbesitzers stehen, dank Tschutoras herzensgutem Herrn, der sich in der Tat schon mehrmals erfolgreich für das Anliegen des Herrn Telkes eingesetzt hat. »Die Tafeln bleiben, wo sie sind«, könnte er also erwidern, »Gott und der Hausherr sind auf meiner Seite.«

Aber das hat er schon so oft gesagt, leise, mit gesenktem Blick, und auch Zsombolya ist längst klar geworden, daß bestenfalls eine Naturkatastrophe oder eine ganz neue Weltordnung die Texttafeln von der Hauswand fegen könnte. Im Grunde seines Herzens rechnet er wahrscheinlich gar nicht mehr damit … Er sagt es auch nur, weil der Wunsch stärker ist als die Einsicht, das Begehren, der Zwang, Herrn Telkes weh zu tun, ihn zu demütigen. Wie einst Moses mit den Gesetzestafeln vor den beglückten Juden, so steht der Tischler jetzt vor seinen Tafeln, auf die er die Gebote des sauberen Erdenwandels und die göttliche Wahrheit geschrieben hat. Zsombolya starrt eine Weile vor sich hin, wieder fehlen ihm die Worte, wilde Assoziationen quälen ihn, er sucht nach einer abschließenden Antwort, die alle Zusammenhänge zu erhellen vermag, die seinen Zorneskrampf löst, damit er seines Weges gehen kann. Sein Gesicht mit der niedrigen Stirn verrät schmerzliche Verwirrung, in seiner Gedankenwelt müssen sich die Bilder und Ideen jagen, er will das Unbezwingbare niederringen. »Der Hausherr ist ein Scheißkerl«, sagt er dann leise vor sich hin, fast schon abwesend. Und als hätte er den Krampf überwunden, rückt er mit der Schulter erleichtert den übergeworfenen Mantel zurecht und eilt fast schon gutgelaunt zu seiner Werkstatt; von der Ecke blickt er mit funkelndem, hastigem Blick noch einmal zurück; man wäre kaum verwundert, wenn er die Finger an den Mund führen und Herrn Telkes eine Kußhand zuwerfen würde.

Der Hausbesorger leidet, leidet an allem, und die Begegnungen mit Herrn Telkes enden nicht immer so gelöst und befreiend. Dadurch, daß er eine ganze Gedankenverbindung so kurz und bündig zum Ausdruck gebracht hat, löst sich in

Zsombolyas Seele noch nicht die verdrängte Unzufriedenheit, die in seiner Stimme, seinem Gang und auch im wirren Flimmern seiner hilfesuchenden Augen liegt. Gelegentlich erinnert er wirklich, um diesen überstrapazierten Vergleich einmal zu bemühen, an ein gehetztes Wild, das von der Meute zähnefletschender, hundeköpfiger Furien verfolgt wird.

Warum zum Beispiel zürnt er den Kondukteuren, die am Ostbahnhof Dienst tun? Und wie er ihnen zürnt. Einer ihm bekannten Dame, die zum Plattensee reisen wollte, gab er den Rat: »Gnädige Frau sollten lieber vom Südbahnhof abreisen als vom Ostbahnhof«, und er fuhr mit angsterfüllter Stimme in leidendem, gequältem Ton fort: »Dort sind die Kondukteure derartig brutal!« Woher weiß er das? Es bleibt im Dunkel. Mit Sorge beobachtet Tschutoras Herr die Gemütsverfassung und das Seelenleben der zwei Handwerker, sucht beide in ihrer Werkstatt auf, ist bemüht, Klarheit in die störrischen Vorstellungsbilder zu bringen, die Zsombolya in Form von willkürlichen Gedankenverbindungen quälen, und die Verdächtigungen zurechtzurücken; aber er hütet sich, den leidenschaftlichen Zorn zu dämpfen, der die Gemüter beider Kontrahenten mit so befriedigender, ja beseligender Innigkeit erfüllt. Er weiß aus Erfahrung, daß eine so tiefe Leidenschaft bisweilen sehr fruchtbar und sogar lebensverlängernd wirken kann.

Das also wäre das Souterrain. Sollen wir uns noch weiter, ein, zwei Stockwerke höher, wagen in dem nach Sauerkraut riechenden und aufgrund von Rohrschäden ewig tropfenden, dichtbevölkerten Budaer Mietshaus, um unter den Wesen Umschau zu halten, die Tschutoras große Welt ausmachen und beleben? Das Volk in diesen Stockwerken wäre nicht weniger interessant, denn auch da leiden ein paar unter zufälligen Assoziationen, unbegründeten Ab- und vorübergehenden Zuneigungen – doch es steht zu befürchten, daß solche Ausführungen uns zu weit von den ursprünglichen Absichten wegführen und sich weitschweifig ins Unendliche ausdehnen könnten, sobald wir Tschutoras Welt verlassen und hinüberirren in die Welt der Menschen. Bleiben wir also kompromißlos in Tschutoras Nähe, begnügen uns bei der Erwähnung seiner »großen Welt« damit, einige Bekannte flüchtig vorzustellen, deren Auftritte Gefühlsaufwallungen und Reizbarkeit in Tschutoras kurzes junges Leben gebracht haben.

Zsombolyas Werkstatt, wo sich die Schattengestalten abgerissener, rußgeschwärzter Lehrbuben den ganzen Tag emsig mit dem Metall, diesem widerspenstigen und tristen Werkstoff, plagen, wo der Meister selbst mit aufgekrempelten Hemdsärmeln über die glühende Esse gebeugt ist, gedrungen, sehnig, mit seinen dichtbehaarten Armen funkensprühendes Eisen bearbeitet, und das mit einer Leidenschaft, als könne er damit gleichsam allen unterdrückten Unmut aus sich heraushämmern, den er aus unbekannter Ursache gegen Telkes, den Hauseigentümer, verschiedene Mitbewohner und die ganze Welt in seinem Busen nährt – all dies mag Tschutora wie eine unterirdische mythische Szenerie erscheinen, in der Zsombolya als Vulcanus agiert, eine Art niedere Gottheit, denn der junge Hund kann diese berufsbedingten Gemütsausbrüche stundenlang verfolgen, mit gesträubtem Fell, bebend und stumm vor Entsetzen; die sprühenden Funken des glühenden Eisenteils spiegeln sich in Tschutoras dunkelblau strahlenden Augen, er wagt nicht einmal zu kläffen, trotz des Schauders, der ihn in dieser dunklen Unterwelt erfaßt und immer wieder anzieht. Wenn er ausgerissen ist, sucht man ihn zur Essenszeit am besten hier. Zu Zsombolya, der auf seine unbeholfene, derbe Art zärtlich zu dem Tier ist und gern mit ihm spricht, hat er ein freundschaftliches Verhältnis, Tschutora hört sich ruhig an, was der fahrige Meister alles hervorzubringen hat, so seltsam und an den Haaren herbeigezerrt es auch klingen mag – einerseits, weil er jedes Wort versteht, und auch, weil der Tonfall, die Musik hinter dem Sinn des Textes ihm vielleicht mehr verrät als den Menschen. Möglicherweise hat Zsombolya, so wie Theres und viele andere, auch niemanden, mit dem er wie zu Tschutora ohne Vorbehalt und aufrichtig reden kann. Und irgend jemanden braucht der Mensch, dem er sich anvertrauen kann.

Im ersten Stockwerk am Ende des Flurs wohnen »die Achtundvierziger«. Theres pflegt sie verallgemeinernd und abschätzig so zu nennen, wenn sie von Tschutoras Feinden spricht – der Herr begreift lange Zeit gar nicht, wer damit gemeint ist, und hat die ziemlich vage Vorstellung von einer altehrwürdigen ungarischen Familie, denkt an einen Tafelrichter oder Präsidenten des Vormundschaftsgerichts, der inmitten der wechselnden politischen Zeitläufte ruhigen Blickes und reinen Herzens, vermutlich auch bärtigen Antlitzes, an den Idealen der bewegenden Ereignisse von 1848 festgehalten hat; der, wenn er an die Presse denkt, sich auf die damals geforderten Freiheiten besinnt und der am 15. März, dem Nationalfeiertag, im festlichen Gehrock Blumen zu den verfallenen Gräbern bringt, in denen die unbekannten Helden des Achtundvierziger-Freiheitskampfes ruhen. Derartiges kommt ihm in den Sinn, wenn sich Theres wieder einmal über die Achtundvierziger ausläßt. Die Wirklichkeit sieht, wie üblich, auch in diesem Fall ganz anders aus. Eines Tages sieht sich der Herr gezwungen, mit den Achtundvierzigern in Gestalt von zwei ältlichen Damen Bekanntschaft zu machen, da Tschutora nach dem Rock der Jüngeren geschnappt hat. Vielleicht war es die eigenwillige und wirklich aus der Mitte des letzten Jahrhunderts stammende Bekleidung der Damen, vielleicht ihr altväterliches Ungarisch, aber sicher auch das ungewöhnliche, in unserer Welt kaum noch anzutreffende sittsame Mutter-Tochter-Verhältnis – das gar nicht in ein so dilettantisches, sondern vielmehr in ein echtes Lesebuch paßt –, was Theres zu der Bezeichnung »Achtundvierziger« veranlaßt hat. Wie auch immer, Tatsache ist, daß unter allen Hausbewohnern diese beiden einander zärtlich stützenden Damen mit Schleier am Hut unter Tschutora am meisten zu leiden haben. Der Hund weiß das und nutzt ihre unbegründete, einfältige Angst schnöde aus; er pflegt den Damen mit der Unverfrorenheit eines Halbwüchsigen und der ordinären Rüpelhaftigkeit eines Straßenbengels nachzustellen, steht lauernd in der Diele, um die Schritte der hasenherzigen Nachbarinnen auf keinen Fall zu verpassen, und er wirft sich mit grimmigem Belfern gegen das vergitterte Fenster der Vorzimmertür, wenn die altersschwache Mutter mit ihrer dahinwelkenden Tochter vorbeigeht. Die gebrechlichen Damen beschimpfen Tschutora und auch seinen Herrn ihrerseits zischend und mit schwachherziger Kurzatmigkeit auf üble Weise und benutzen oft den Dienstbotenaufgang, um dem Zorn dieses Höllenhundes zu entgehen; in der ganzen Christinenstadt verbreiten sie mit altmodischen, vornehm verpackten Schmähreden die häßlichsten Niederträchtigkeiten über den Köter und die dazugehörige Familie. »Er soll ja auch Freimaurer sein!« hört Theres sie eines Morgens, als die Damen Tschutora auf seinem Vormittagsspaziergang begegnen, dem allseits bekannten, wohl einem jüngeren Jahrgang angehörenden Ordensfräulein aus dem Nachbarhaus zuflüstern. Wer wohl gemeint ist, Herr oder Hund? Diese Achtundvierziger verbreiten ihre Beschwerden in flötendem, sirupsüßem Ton im ganzen Christinenviertel, und Theres äußert sich vermutlich aus Klassenhaß ebenfalls mit feindseliger Erregung über sie. Tschutora seinerseits macht Jagd auf die Achtundvierziger, weil er seine Überlegenheit spürt, den nicht gerade vornehmen Dünkel der unbändigen Jugend gegenüber dieser leichtgewichtigen weiblichen Hinfälligkeit.

Die Damen lassen sich durch ihre Furcht gelegentlich zu ungerechten Anschuldigungen hinreißen, und so sieht sich der Herr genötigt, eines Nachmittags hinten am Ende des Korridors, in der Zweizimmerwohnung, wo Mutter und Tochter inmitten von Einkochgläsern, Mausefallen, in Häkelrahmen steckenden Familienbildern und polierten Möbeln mit Apfelduft leben, seine Aufwartung zu machen. Sie existieren hier in einer Weltabgewandtheit, als grübelten sie tatsächlich noch heute einzig über die Ursachen des fehlgeschlagenen Freiheitskampfes von 1848 nach; hastig, von kurzen, schrillen Aufschreien begleitet, hantieren sie mit allerlei Lappen und Leinenzeug, als zupften sie heimlich Scharpie für die Verwundeten der historischen Schlacht von Kápolna. Der Besuch des Herrn steigert ihre Erregung bis zur Kopflosigkeit, sie springen auf, setzen sich wieder, bieten sich gegenseitig und auch dem Gast einen Sitzplatz an, fuchteln beidhändig in der Luft, als gelte es, eine Erscheinung zu verscheuchen, sie lachen nervös, kreischen und sagen wirres Zeug wie: »Sie haben Darvay nicht gekannt!« – »Nein, wie hätte er auch.« – »Ach, lassen wir das.« – »Den Ofen hat man nicht ausgetauscht, dafür gibt es Zeugen.« Als hätte jemand eine Bombe durchs Fenster geschleudert, so springen sie umher, schwatzen atemlos, dann wieder zurückhaltend, auch vorwurfsvoll, überschwenglich und maßlos. Der Herr tritt verwirrt und unverrichteter Dinge den Rückzug an. Die Damen verfolgen ihn bis zur Tür, lassen ihn gar nicht zu Wort kommen, flattern mit ihren spitzenarmigen Flügeln und trillern wie tollgewordene Kanarienvögel. Der Herr wischt sich den Schweiß von der Stirn, sobald er draußen ist; er weiß selbst nicht mehr, was ihn eigentlich hergeführt hat, langsam dämmert ihm, daß er in Tschutoras Angelegenheit Frieden stiften wollte. Die Achtundvierziger! Ja, sind in diesem Haus denn alle verrückt?... sinnt er kopfschüttelnd, während er auf dem langen Korridor in seine Wohnung zurückkehrt. Oder vielleicht nicht nur in diesem Haus? Könnte es sein, daß in einer überreif gewordenen Zivilisation, die sich nur noch um den Preis der Verdrängung aufrechterhalten läßt, früher oder später alle irgendwie...? Er wagt es nicht, auf diese Frage eine Antwort zu finden. Und da wäre dann noch der Briefträger, den Tschutora so ganz unauffällig und ohne vorherige Ankündigung in den Knöchel gebissen hat – dieser gutmütige, beleibte Mensch, der durch den hinterlistigen Überfall so verwirrt war, daß er vergaß, Schadenersatz zu fordern! Und wenn wir nicht befürchten müßten, die Geduld des Lesers über Gebühr strapaziert und uns auf verbotenes Terrain verirrt zu haben, könnten wir Tschutora auch einmal in die wirkliche große Welt folgen, zum Beispiel in die Geschäfte entlang der Attilastraße, in die Theres auf ihren Einkaufsrunden mit dem Hund einzukehren pflegt, zum Kaufmann mit dem steifen Hut und der fortschrittlichen Gesinnung, der »den Laugenstein in Buda eingeführt« hat, einmal mit seiner Gattin ins schöne Florenz gereist und mit vielen nützlichen Erfahrungen heimgekehrt ist ... aber das ist vielleicht schon ein Roman für sich oder sprengt in seinen unübersichtlichen Verästelungen sogar den Rahmen der Literatur.

Nein, kehren wir in die Wohnung zurück, in diesen begrenzten Raum, dessen Abmessungen wir kennen; das wogende Wellenspiel draußen in der Welt verursacht manchmal einen regelrechten Schwindel. Bleiben wir also auf der kleinen Insel, die uns vertraut ist und auf der wir über die Natur der Erscheinungen im großen und ganzen Klarheit gewonnen haben. Besonders, wenn es draußen im Leben so stürmisch zugeht; Tschutoras Herr kann in diesen Jahren zum Beispiel nicht ohne Rührung an einen sehr alten Berliner Bekannten denken, der nach dem Krieg seine Wohnung in einer Berliner Vorstadt nie mehr ohne Kompaß verlassen wollte, er steckte ihn vorsichtig in die Westentasche, bevor er auf die Straße trat ... Bleiben wir in Ermangelung eines Kompasses auf besagter Insel. Für einen Augenblick taucht aus dieser Zeit auch noch Mr. Bloch auf, zweimal pro Woche erscheint er, zwei Meter groß, kahl, arm und katholisch; in der Tür stehend, beugt er den Kopf vor wie ein trauriges altes Kamel und fragt Tschutora wie im Lesebuch: »How are you?«, um sich die Frage sogleich selbst zu beantworten: »I'm quite well, thank you.« Er ist sehr arm und sehr alt, seit Jahrzehnten bummelt er durch die Welt, und auch sonst wirkt er ganz wie Phileas Fock. Geld bedeutet ihm nichts, und obwohl Engländer, ist er katholisch; sein einziges Lebensziel besteht darin, fern der Heimat in fremden und barbarischen Städten die Eingeborenen mit dem beispielhaften Familienleben eines englischen Ehepaars bekannt zu machen, nämlich mit Mr. Wood und seiner Frau, Mrs. Wood, sowie deren Kindern Emily, Mary, John und Henry. »A nice family!« und dazu verdammt anständig! Mr. Wood ist arm, im Gegensatz zu Mrs. Wood, die reich ist, die Kinder sind folgsam, Mr. Wood ist stärker als sein Sohn John, doch jünger als Mr. Smith, der kürzlich bei ihnen zu Besuch war und sich im Wohnzimmer in einen Armstuhl setzte, der aus Holz gemacht ist, und er lobte ihren warmen Ofen, der aus Nickel, Eisen und Stahl besteht, im Gegensatz zu Mr. Woods Mantel, der aus Stoff gefertigt wurde. Der Herr gäbe etwas dafür, wenn er es nur ein einziges Mal über sich brächte, Mr. Bloch zu fragen, ob Mrs. Wood ihren Mann betrügt ... Aber er wagt diese Frage nicht zu stellen, und Mr. Bloch wäre eine solche Indiskretion auch niemals zu entlocken. Mr. Blochs Charakter schließt jede Annahme aus, er würde von einer englischen Familie berichten, in der so etwas vorkommen könnte; wenn es das überhaupt gibt, was stark bezweifelt werden muß, denn Mrs. Wood hat zwei Arme, zwei Augen, zwei Ohren, zehn Finger und zehn Zehen, aber sonst hat sie nichts, zumindest ist Mr. Bloch nichts weiter bekannt. Emily und Mary gehen manchmal spazieren, während John und Henry daheim ihre Hausaufgaben machen; Mr. Wood ist im Geschäftsleben tätig, doch am Abend liest er die Zeitung. Und das geht seit Jahren so, gelegentlich schalten die Woods das elektrische Licht ein, und gelegentlich knipsen sie es wieder aus, ein andermal stellen sie fest: »The table is bigger than the chair« – aber diese Entdeckung gilt schon als kleine Sensation, sowohl bei den Woods wie auch im Leben von Mr. Bloch. Für Tschutora ist Mr. Bloch ein Leckerbissen, weil er riecht. Man weiß nicht genau, was für einen Geruch er an sich hat. Vermutlich einen englischen, alten und puritanischen, jedenfalls findet Tschutora besonderen Genuß an Mr. Blochs

Hosenbeinen und Rockzipfeln, die aus Stoff bestehen, ganz im Gegensatz zum Tischtuch aus Leinen und dem Aschenbecher, der aus Messing ist. Man kann sich keine aufmerksamere Miene vorstellen, als Tschutora sie aufsetzt, wenn Mr. Bloch nach reiflicher Überlegung zum Beispiel folgende von scharfer Beobachtungsgabe zeugende, überraschende Frage stellt: »The table is bigger than the chair, isn't it?« Tschutora liest diese Worte schwanzwedelnd und strahlend vor Zufriedenheit von Mr. Blochs Lippen, zeigt seine Zähne und lacht, so sehr gefällt ihm, daß der Tisch größer ist als der Stuhl und die Melange, man sollte es nicht glauben, aus Milch, Zucker und Kaffee gemischt wird. Armer, guter, alter Mr. Bloch, der für alles nur noch fertige Begriffsbestimmungen und ein Lächeln hat! – Vielleicht würde er in Ohnmacht fallen, wenn ihn einmal unschicklicherweise jemand fragte, woraus die Welt gemacht ist.

Auch Tschutora scheint Mr. Blochs Lächeln zu mögen, das sein Gesicht erleuchtet, welches aus Fleisch, Blut und Nerven geformt ist, seine hellblauen Augen, die ihm zum Schauen dienen, strahlen läßt. Die wohlige Wärme des Familienlebens genießt Mr. Bloch natürlich nur in Gesellschaft des idealen Ehepaars Wood; vielleicht weil er weise ist oder weil er möglicherweise doch etwas weiß über die Woods, das er nicht preisgibt. Auf jeden Fall begleitet ihn Tschutora zur Tür und verabschiedet ihn mit vergnügtem Schwanzwedeln, wobei ihm

Mr. Bloch mit kamelartig nickendem Wohlwollen erklärt, daß er der *dog* ist, der seinerseits aus Fell, Fleisch und vielen Blutgefäßen besteht, und daß er die Aufgabe hat, das Haus zu bewachen und – wie aus der *fourth lesson* bekannt – dem Menschen ein treuer Freund zu sein. Zweimal pro Woche trifft Mr. Bloch diese Feststellung beim Abschied an der Tür und stets in seinem singenden, wohlartikulierten Englisch, blickt dann erwartungsvoll auf seinen Schüler und wartet auf Antwort. Doch Tschutora äußert nie einen Ton. Der Herr schilt ihn vergeblich, was soll denn aus einem armseligen ungarischen Hirtenhund werden, wenn er nicht Englisch lernt, umsonst eröffnet er ihm, daß er in Amerika eines Tages noch Friedensrichter werden könnte... Nein, Tschutora, dieser Bauernklotz, wird niemals Englisch lernen. Auch Mr. Bloch teilt diese Meinung: Da ist keine, nicht die geringste Chance, daß Tschutora es in der großen Welt einmal zu etwas bringen wird.

Psychoanalyse

Möglicherweise hat alles damit angefangen, daß eines Tages ein Herr, der vom Land kam und etwas von Hunden verstand, feststellte: »Ein phantastischer Köter«. Und er sagte dieses »phanntTasstTisch« irgendwie sonderbar prononciert, machte dann eine Pause, als habe ihn die wahllose Verdopplung der Konsonanten etwas erschreckt. Entsprechend den gesellschaftlichen Regeln uniformiert, saß er da, die Teetasse in der Hand, fein und in ländlicher Grazie; dabei betrachtete er fasziniert den seit drei Tagen fast ununterbrochen kläffenden Tschutora: »Nehmen Sie mir's nicht übel, meine Gnädigste«, so sagte er, und man hörte genußvoll zu, wie gewissenhaft er die Konsonanten artikulierte, »aber einen solchen Hund habe ich wirklich noch nie gesehen, phannttassttisch.« Er sprach mit vollem Mund. Und Tschutora kauerte, wie immer, wenn Fremde auftauchten, hinter dem Ofen. Auch wenn man ihn geschimpft oder mit etwas geärgert hat oder ihn nicht ausführen wollte, obwohl ihm danach war, aber auch wenn man sich über ein ihm nicht genehmes Thema unterhielt, kroch er hinter den grünen Kachelofen, streckte nur gelegentlich seinen Kopf zwischen den grünen Kacheln hervor und kläffte mit kurzen Unterbrechungen stundenlang. Der Gast, der in seinem Nomadendasein weit herumkam und mit vielen Hunden zu tun hatte, verfolgte das Gebell mit Sachverstand, geneigtem Kopf und zusammengezogenen Brauen, wie ein Arzt dem Rasseln einer angegriffenen Lunge lauscht; dann wiegte er ernst das Haupt. In dem Tier stecke eine außerordentliche Wut, bemerkte er, eine ganz außergewöhnliche Wut! ... Wie alt er jetzt sei? Sieben Monate? ... Unglaublich. Zur Erleichterung der Gastgeber stellte er die Teetasse ab – denn er hatte sie seit geraumer Zeit mit beängstigender, rustikaler Besuchereleganz in seinen großen, roten Händen gehalten – und begann seinen knappen, peinlichen und höchst sachkundigen Vortrag, in dem er die Dinge mit schonungsloser, vielleicht sogar überflüssiger Offenheit beim Namen nannte, und zwar auf eine Weise, in der nur der Experte über irgendwelche Phänomene zu sprechen vermag. Gleich einleitend traf er die Feststellung, daß dieser Hund in keiner Phase seines Lebens ein Puli gewesen sei. Seine Mutter habe möglicherweise da und dort etwas mit Pulis gehabt, das könne man ja nie wissen; ja, der Kopf sei ein Puli-Kopf. Verdächtig dagegen auf jeden Fall der weiße Brustfleck, auch wenn es sich tatsächlich um einen Puli handeln sollte, aber das halte er – und er wiederholte dies mit allem Nachdruck – für ausgeschlossen. »Pulis sind schwarz oder weiß; sicher, Pulis ergrauen früh, doch Flecken haben sie nie; und wenn gelegentlich doch eine solche Fehlentwicklung auftritt, gehört sie schnellstens korrigiert.«

Das sagte der Herr vom Land. Mit »korrigiert« war natürlich der Schinder, also der Hundefänger, gemeint; so unbarmherzig gleichgültig reagiert ein Experte, der bei der Verteidigung eines Prinzips oder Ideals auch vor den äußersten Mitteln nicht zurückschreckt. »Doch selbst wenn wir den weißen Fleck ignorieren, ist der Hund schon jetzt zu hoch und zu mächtig, und er wird, nach den muskulösen Beinen zu urteilen, auch noch viel größer, kann sogar die Statur des Ungarischen Kuvasz erreichen, eine genauere Prognose ist jetzt noch nicht möglich. Allerdings besteht auch die Möglichkeit, daß seine Entwicklung schon bald abgeschlossen ist. Ein großer Hund aber wird auf jeden Fall aus ihm. Eine unglückliche Mischung, die auch irgend etwas vom Puli hat, das ist alles. Solche Kreuzungen erfreuen sich gemeinhin einiger Beliebtheit, weil sie gescheiter sind als Rassehunde; die Mischung verbessert, wie wir wissen, die Intelligenz, doch sie beeinflußt leider auch den Charakter. Sicher, Mischlinge können kluge und fröhliche Hunde sein, aber trauen darf man ihnen nicht. Sie kennen keine Treue, beißen oft und gehen nicht selten sogar auf den eigenen Herrn los, und das ist ungefähr das Niederträchtigste, was ein Hund anstellen kann, es kommt dem Vatermord beim Menschen gleich. So viel über den Kuvasz-Mischling ganz allgemein.« Was nun dieses Exemplar betrifft, das da hinter dem Ofen die Zähne fletschte, mußte der Experte eingestehen, daß ihm eine so verbissene Wut bei einem jungen Hund noch nicht begegnet ist: »Sehen Sie selbst, es ist ja wirklich furchterregend, wie er völlig grundlos wütet und kläfft!« Der Herr vom Lande wollte sein Wort darauf geben, daß er so etwas bislang nur aus dem Kino kannte, und bezeichnenderweise hieß der Film – wenn er sich recht entsinnt – *Der Hund des Satans*. »Sehen Sie nur, wie der Hund die rosa Lefzen und die mächtigen Eckzähne entblößt, sein schneeweißes, messerscharfes Gebiß zeigt, wie haßerfüllt die Augen Funken sprühen, wie er jault und sich am liebsten auf die ganze Runde stürzen würde. Ich kann den Herrschaften nur den guten Rat geben, den Hund so schnell wie möglich wegzuschaffen; es steht außer Zweifel, daß es sich um ein bösartiges und hinterhältiges Tier handelt. Immer wieder gibt es solche Hunde; eines Tages wird er vermutlich auch die Dame anfallen; diese Art Köter packt ganz plötzlich und ohne Grund die Wut, und man kann ihnen niemals mehr trauen, sie gehören zum Schinder, verdienen das weiche Kissen und den Napf Suppe nicht ... Phannttassttisch.«

Also sprach der Herr vom Land, etwas monoton und stets die Konsonanten verdoppelnd; und seine Empörung schien echt. Bedrückt hörten die Anwesenden seine düsteren Prophezeiungen; sie kamen schließlich von einer Person, die in ländlicher Abgeschiedenheit lebt und nur selten spricht, also das Gewicht der Worte sowie die ihnen innewohnende Verantwortung kennt und dazu noch etwas von Hunden versteht. Sogar Tschutora verstummte, stellte das seit drei Tagen anhaltende zermürbende Gebell ein, knurrte aus der Deckung hinter dem Ofen aber aggressiv weiter, allerdings gedämpfter, und er wurde schließlich für einige Zeit ganz still. Hunde wissen genau, wann man von ihnen redet, auch wenn sie nicht direkt angesprochen sind.

Tschutora lauschte und staunte. Nach einer kurzen Pause verfiel er, als habe er endlich alles verstanden, in ein jämmerliches Heulen. Vielleicht kränkte ihn, daß seine Mutter sich nur dann und wann mit Pulis abgegeben hatte, was für einen jungen Hund sicher traurig und demütigend sein kann; vielleicht hat ihn die Enthüllung seines unrühmlichen Stammbaums und des bösartigen Charakters verbittert: Jedenfalls heulte er kläglich, fast so heuchlerisch wie Buben, unartige Bengel heulen, die vom Selbstmitleid ergriffen sind. »Die Peitsche braucht er!« konstatierte der Experte und gönnte dem Hund von da an keinen Blick mehr.

Es gab keine Peitsche im Haus, und Tschutora kläffte weiter, Tag für Tag, und vor allem, wenn er seinen Herrn erblickte; so hat es angefangen. Und der Herr ging in sich.

»Ich muß ihm irgendwas angetan haben«, sagte er zu sich wie auch zur Dame, »der Hund weiß, warum er mich haßt. Vielleicht hat er bei mir einen Charakterfehler entdeckt, mein Charakter ist ja leider nicht fehlerlos. Oder fühlt er, daß ich einen inneren Widerwillen zu überwinden habe, bevor wir Freunde werden können, haßt und verachtet mich deshalb.«

»Unsinn!« stellte die Dame mit einiger Strenge fest. »Tschutora frißt nicht genug und ist auch bei den Spaziergängen lustlos, das kann nur zwei Gründe haben: Entweder bedrückt ihn ein Schuldgefühl, oder er hat Würmer.«

»Würmer!« kam das Echo aus dem Mund des Herrn.

Sofort begannen sie, den Hund zu beobachten. Alle waren sie erleichtert, daß Tschutora vielleicht an Würmern litt; das klang plausibel und fachkundig, jeder bessere Hund hat gelegentlich Würmer, es ist eine der vornehmeren Hundekrankheiten, vergleichbar der Blinddarmentzündung beim Menschen. Auf das Schuldgefühl wollte der Herr gar nicht weiter eingehen, und – wir werden es später sehen – er hatte Grund dazu. Wie so oft, stellte sich auch in diesem Fall heraus, daß Frauen von den Dingen des Lebens mehr Ahnung haben und ihr Instinkt sicherer ist; denn nachdem man trotz genauer und sorgfältiger Beobachtung keine Würmer bei Tschutora entdeckt hatte, sich dafür aber seine schlechte Laune, Appetitlosigkeit und unmißverständliche Wut – vor allem gegenüber dem Herrn – noch steigerten, so daß man schon erwog, ihn aufs Land zu geben, weil Luftveränderung seinen Nerven sicher guttun würde, da fand Theres eines Morgens hinter der Badewanne den völlig zernagten alten Morgenmantel des Herrn.

Der Fund bestätigte die Theorie vom Schuldbewußtsein. Mit allergrößter Mühe und Sorgfalt hat der Hund die Umrisse von Großungarn, wie aus dem alten Schulatlas bekannt, in den Morgenmantel gefressen, und zwar mit allen Details und im richtigen Größenverhältnis. Der malträtierte Morgenrock war ein Zeugnis unersättlicher, wilder Beißwut, als Theres dem zornigen Kläffer stumm – aber in ihrer Wortlosigkeit überzeugender als jede laute Strafpredigt – das Corpus delicti vor die Nase hielt, brach Tschutora augenblicklich in ein schuldbewußtes, aber doch erleichtertes Heulen aus. Es klang, als wäre er froh darüber, daß die lange, schreckliche Zeit des Verheimlichens und Versteckens, die der Übeltat auf dem Fuß folgte, nun überstanden war, als ließe er, von der übergroßen Beweislast erschlagen, den Kopf hängen und flüstere: nun ja. Das eilfertige, eifrige Gebell, mit dem Tschutora angesichts des Corpus delicti sein Geständnis ablegte, wirkte wie die Szene in einem russischen Roman, wenn der Mörder zerknirscht bekennt: »Ja, Väterchen, ich hab's getan, spuck mich an, hab kein Erbarmen mit mir, denn ich habe gemordet, habe deine Mutter und deinen Vater erschlagen, der Satan ist in mich gefahren, niedrige Triebe überkamen mich, spuck mich an, tritt mich mit Füßen, da ich niederträchtig und nichtswürdig bin, schone mich nicht, ich verdiene keine Gnade.« Das ist natürlich das Bequemste. Auch der Herr war erleichtert ob der Erkenntnis, daß Tschutora ihn nicht wegen irgendeines Charakterfehlers verabscheut, sondern in seinem simplen, aber zerknirschten Schuldbewußtsein seit Wochen nur als den Besitzer des Morgenmantels angekläfft hat. Und in der Tat, seither ist Tschutoras Zorn verraucht, er zeigt sich wieder nett und zutraulich, schmeichelt sich mit seinem schwerfälligen, tölpelhaften Kuvaszcharme ein, beginnt nur noch gelegentlich zu knurren, wenn er den Herrn ansieht und ihm die Übeltat wieder einfällt. Die Dame triumphiert und verbreitet den Erfolg ihrer Theorie vom Schuldbewußtsein in den entsprechenden Kreisen ... Und zu ebendieser Theorie muß noch einiges gesagt werden.

Es wird für immer ein Mysterium bleiben, weshalb gerade der Morgenmantel bei Tschutora dieses unbändige Schuldgefühl ausgelöst hat. Auch ist es einigermaßen unbegreiflich, wieso die gleiche

Tat von dem jungen Hund einmal als ungehörig und schuldhaft begriffen wird, er sie ein anderes Mal aber ohne jeden Skrupel begeht. Warum ihm gerade der Morgenmantel Schuldgefühle bereitet? Wo ihm doch nie jemand verboten hat, Möbel, Kissen und Bücher anzuknabbern. Verbote kennt er auch nicht; mit der Schrankenlosigkeit eines Urtiers schaltet und waltet er in der Wohnung und macht sogar, wo er will. Warum hat ausgerechnet der Morgenmantel dieses Schuldbewußtsein erzeugt? Sein Gewissen hat ihn kein bißchen geplagt, als er die Partitur von *Háry János*, die Sommerpumps der Dame, zwei Sofakissen im Eßzimmer und die *Dusty Answer*, den amüsanten Roman einer jungen britischen Autorin namens Lehmann, auseinandergenommen hat. Warum zerbeißt er hemmungslos alles und jedes, das ihm zwischen die Zähne kommt? Die Mitbewohner bestärken ihn ja noch in seinen Exzessen, seit er die Milchzähne verloren hat, denn an irgendwas muß das arme Tier sich die scharfen neuen Erwachsenenzähne ja abschleifen. Warum erschüttert ihn ausgerechnet der Umriß von Großungarn, den er so sorgfältig und wohlgeraten im Morgenmantel verewigt hat? In diesem Augenblick fängt die merkwürdige Entfremdung zwischen Herrn und Hund an, die anfangs nur von Tschutora ausgeht; und dann diese bedauerliche Wandlung in seinem Charakter, die später zu dem so tragischen und unwiderruflichen Bruch führt.

Der Herr nimmt den Hund in Schutz, er versteht ihn, weiß er doch, daß sich unser Haß in erster Linie gegen den richtet, dem wir Unrecht getan haben. Mit allen Mitteln möchte er dem Hund zu verstehen geben, daß ihm vergeben, seine Schuld vergessen ist – er kann, wenn er Lust dazu hat, ja bitte schön weiterknabbern. Tschutora tut dies auch so gut er kann; bedrucktes Papier ist seit frühester Kindheit seine Leidenschaft, gern beißt er Bücher an, vornehmlich Werke angelsächsischer Schriftsteller; und daran hindert ihn sein Herr am allerwenigsten, längst ist ihm erlaubt, ja er ist sogar ermächtigt, so viele Autoren zu zernagen, wie er mag. Auf diese Art hat Tschutora sich durch H. G. Wells hindurchgebissen, doch ließ er, zum Staunen aller, Dickens links liegen. Sicher, über Geschmack läßt sich nicht streiten. Seine ganze Leidenschaft aber sind doch die Teppiche; welche Wonne mag es ihm bereiten, wenn er unter dem Vorwand, an einem Spielzeug oder Markknochen zu nagen, in einem unbewachten Augenblick in den darunterliegenden Teppich beißt, also buchstäblich einen Fehlbiß tut – wie auch wir Menschen uns in einer schwachen Stunde gelegentlich einen Fehltritt leisten – und dann mit Unschuldsmiene vor sich hin schaut und von dannen trottet.

Dieses Knabbern wäre ja nicht so schlimm – wenn er zwischendurch nicht immer so schuldbewußt die Zähne fletschen würde! So vergehen Wochen, und langsam gebärdet er sich immer mehr wie jene unausstehlichen Menschen, die sich mit ihren Missetaten brüsten und meinen, dank ihrer zweifelhaften und auch verdächtigen Offenheit hätten sie jede Absolution verdient. Eigentlich ist Tschutora ja eine brave und unschuldige Haut, und wenn er wieder einmal grundlos zu knurren beginnt, wissen wir, daß ihn sicher sein Gewissen plagt, daß ihn nur das Bewußtsein seiner Schuld zum Geständnis und zur Selbstanklage treibt; und wir können darauf wetten, daß in ein paar Tagen hinter dem Ofen oder der Badewanne wieder ein zerfetzter Hut oder das Skelett eines Regenschirms zutage gefördert wird. Keiner käme auf die Idee, Tschutora zu beschuldigen, wenn ein Hut oder ein Werk der englischen Literatur verschwunden ist, würde er sich durch seine enervierenden, zähnefletschenden Geständnisse nicht selbst bezichtigen.

»Hör mal«, stellt ihn der Herr öfter zur Rede, »du kannst sündigen, knabbern, zerbeißen, soviel du magst, aber halt die Schnauze. Diese übertriebene Aufrichtigkeit ist nicht das Richtige, irgendwann haben die Leute sie satt. Ich habe es mit dieser Methode auch versucht. Die Menschen vertragen das nicht. Und eines Tages wird man dann hinterhältig, böse und verschlossen. Ja, leiste dir dann und wann einen Fehlbiß, aber Schnauze, behalte es für dich. Das ist zwar nicht gerade nobel, aber wenn es nun einmal nicht anders geht; das Leben ist eben keine noble Angelegenheit!

Weil diese Beißerei deine Leidenschaft ist, mußt du ja nicht auch uns die Nerven strapazieren. Beiß und nage, soviel du magst, aber halt die Klappe ...« Doch nein, Tschutora mit seiner russischen Seele übt sich weiter in Selbstbezichtigungen; zu den unpassendsten Zeiten hallt das Haus wider von seinen wütenden Geständnissen, und oft ist es geradezu beängstigend, wie ihn sein Gewissen nötigt, der Herrschaft, aber auch Fremden gegenüber die Zähne zu zeigen und zu kläffen. »Ach, wie unausstehlich du bist, diese Gattung der russischen Literatur geht uns unsäglich auf die Nerven!« sagt dann die Familie.

So irgendwie fängt alles immer an; jede Entfremdung nimmt auf diese Weise ihren Lauf, kleine Charakterfehler beim andern wirken störend, und dann ist man sich, ohne es zu merken, eines Tages fremd geworden und anderntags bereits spinnefeind.

»Vielleicht ist er doch krank«, meint der Herr nachdenklich, und dann beschließen sie, den gemütskranken und menschenhassenden Tschutora unter dem Vorwand, daß er geimpft werden müsse, von einem Tierarzt untersuchen zu lassen. Die Dame macht sich mit ihm auf den Weg zur ersten im Telephonbuch herausgesuchten Adresse und kehrt erst nach Stunden völlig niedergeschlagen zurück. Mit Ärzten – auch wenn sie ihr Handwerk verstehen – ist es wie mit Uhrmachern; wer sich einmal mit ihnen eingelassen hat, kommt nur schwer wieder von ihnen los, und man weiß nie ganz genau, was sie mit den ihnen Anvertrauten machen. Wie die Dame später berichtet, hat beim Tierarzt alles damit angefangen, daß Tschutora sich an der Schwelle zur Ordination losgerissen hat. Die Bewohner des fremden Hauses, der Arzt, die Dame und ein Postbote, der gerade vorbeikam, alle rannten dem völlig wild gewordenen Patienten hinterher, treppauf, treppab, bis ihn der Briefträger nach einer Viertelstunde zu fassen kriegte und ihn am Treppenaufgang der Dame in die Arme drückte. So konnte sie den heulenden, zappelnden und gar nicht mehr ganz federleichten Tschutora schließlich in den dritten Stock hochschleppen, ihn dem schadenfroh grinsenden, aber literarisch versierten Tierarzt vorstellen, der, wie es schien, die modernen Autoren und auch einige Werke von Tschutoras Herrn gelesen hatte, sich jedoch für den Hund nicht besonders interessierte, sondern neugierig wissen wollte, ob auch mit Literatur etwas zu verdienen sei, und wenn ja, wieviel.

Nachdem die Dame den Sachkundigen zunächst einmal mit der Behauptung zum Schweigen gebracht hat, daß ihr Mann wie einst Homer auf Straßen und Plätzen Heldenlieder zum besten gebe und dafür Naturalien kassiere, stellte sie dem Experten ein paar vorsichtige Fragen: Ob Tiere eigentlich eine Seele hätten, und wenn ja, ob diese sich verdüstern könne und ob auch Hunde trübsinnig würden. Die Antwort des Experten blieb ziemlich vage; jedenfalls hat er Tschutora vorsichtshalber gegen Tollwut geimpft. Möglich, daß Tiere eine Seele hätten, meinte er, doch dürfte dieses Exemplar nicht viel davon abbekommen haben. Mit so widerborstigen, knurrenden Kläffern, die nicht einmal einer Rasse zuzuordnen seien, sollte man sich besser nicht herumärgern, es sei schade um den Aufwand; dennoch, »was zahlen Zeitungen im allgemeinen für eine Glosse?«, begehrte er zu wissen, während er dem Tier die Injektionsnadel in den Bauch drückte. »Sicherlich weniger als für die Behandlung eines toll gewordenen Rosses«, erwiderte die Dame gereizt und schwieg, um das Erlebte zu verarbeiten. Sie nahm den zitternden und wie ein Kind heulenden Tschutora in den Arm und ging mit ihm heim. Zu Hause ließ sie sich des längeren über Ärzte, Hunde, Tierseelen und Tierärzte aus.

Tschutora liegt mit Fieber in den Augen auf seinem Kissen, lauscht dem Bericht der Dame und hebt trotz seines elenden Zustands hin und wieder den Kopf, um zu bestätigen, daß sich die Geschichte genauso und nicht anders zugetragen hat. Was wahrhaftig eine Schande ist. Der Impfstoff verursacht ihm Brechreiz, tagelang wird er mit Ei und Kognak aufgepäppelt, bevor ihn die Dame zum Baden in ein Hundebad in der Innenstadt führt – es bleibt ihr Geheimnis, wie sie auf diese therapeutische Möglichkeit gekommen ist. Tschutora tritt arglos in den von Laugendämpfen und aufreizenden Hundegerüchen erfüllten verdunkelten Raum, in aller Freundschaft und angeregt nähert er sich einem triefnassen, zitternden Foxterrier, der nach dem Bad zum Trocknen neben der Heizung steht und sich von Zeit zu Zeit hysterisch und langanhaltend schüttelt; dabei zuckt und verrenkt sich sein ganzer Körper, als hätte man ihn mit Elektroschocks traktiert. Die von allerlei Gerüchen schwangere Atmosphäre behagt Tschutora. Als ihn jedoch ein Pfleger mit höflicher Bestimmtheit packt, um ihm mit routiniertem Griff die Schnauze zuzubinden, wird er mißtrauisch, fängt verzweifelt an zu jaulen und flieht unter den Rock der Dame; sobald er erkannt hat, daß alles nichts nützt, geht er zum Angriff über. Er setzt sich mit einer solchen Wut zur Wehr, daß der Pfleger, der aufsichtführende Veterinär und alle anwesenden Hunde vor Entsetzen erstarren – der tropfnasse Foxl samt dem vornehmen und bekümmerten Dackel und einem zaundürren russischen Windspiel; sie alle stehen da, verblüfft über Tschutoras wilde Widerspenstigkeit, um dann, wie aus einer Betäubung erwachend und sich ihres schmählichen Schicksals bewußt werdend, ebenfalls in jämmerlich klagendes Geheul auszubrechen. Tschutora kreischt und hetzt wie ein wildgewordener Agitator, ruft zur Rebellion auf, macht den verzärtelten, hilflosen Kreaturen ihre beschämende Lage klar, verweist mit wüstem Gestammel auf die Ausbeutung von unschuldigen

Tieren durch die herrschende Klasse, den Menschen.

»So ein Sauvieh!« schimpft der Pfleger erbost. Mit viel Mühe gelingt es, Tschutora zu bändigen, sie binden ihm die Schnauze zu und stecken die strampelnde Bestie in den Wasserbottich. Doch nur für Sekunden taucht er in das laue Naß ein, schlagen die Fluten über ihm zusammen; als der Pfleger sich nach der Seife umwendet, schnellt er mit einem Riesensatz, den man diesem gedrungenen, unförmigen Körper gar nicht zugetraut hätte, aus dem Bottich, dem Pfleger über die Schulter und rast durch die Badestube; dabei schüttelt und schleudert er sich mit solcher Wut das Wasser aus dem Fell, daß Menschen und Tiere empört und erschrocken vor ihm fliehen. Er benimmt sich so unsäglich, daß es der Pfleger, der in diesem Metier schon manche widerborstige und wehrhafte Kreatur erlebt hat, ablehnt, die Prozedur fortzusetzen. Ungebadet und tropfnaß muß Tschutora unter Schimpf und Schande mit der Dame aus der Badeanstalt abziehen; sie steigt mit ihm schnell in ein Taxi, um dem zeternden Chor der rebellisch gemachten Hunde und den Verwünschungen des Pflegers zu entkommen …

Echauffiert und tief gekränkt berichten beide, die Dame und der Hund, daheim von den Ereignissen. Tschutora muß tagelang weiterkläffen und erleidet augenblicklich einen Tobsuchtsanfall, sobald im Bad jemand den Wasserhahn aufdreht.

Mit der Zeit kommt es zu behutsamen Anspielungen, wird vorläufig ganz allgemein der Gedanke erörtert, daß man vielleicht doch Maßnahmen ergreifen müßte. Ein Entschluß ist noch nicht zur Reife gelangt, doch vom Herrn kommt gelegentlich der nicht ganz ernst gemeinte Vorschlag, Tschutora bei nächtlicher Dunkelheit wieder in den Zoo zurückzuschmuggeln.

Das ist der Stand der Dinge, als eines Tages zum Glück Besuch auf der Bildfläche erscheint: Eine rotblonde, nicht mehr ganz junge Dame konstatiert, daß der Hund neurotisch sei und von Komplexen und Hemmungen geplagt werde. Die kundige Expertin hat sich von einem der Hügel, die das Christinenviertel umgeben, herunterbemüht; dort ist sie in der zweiten Etage eines Mietshauses von Berufs wegen mit der Erforschung des menschlichen Seelenlebens befaßt, kurz: Sie ist Psychoanalytikerin. Sie wird als vorgebliche Freundin eingeschleust – die Methode hat sich offenbar bewährt –, um die Psychoanalyse im Christinenviertel unter die Leute zu bringen. Tschutora und der Herr begegnen ihr mit einhelligem Mißtrauen, denn wie man weiß, bleiben von den Bazillenträgern dieser ansteckenden Seuche weder Freund noch Feind verschont, sie tragen die gefährlichen Keime, aus denen dann Komplexe werden, selbst in die besten Familien. Kaum ist die Analytikerin in die fremde Wohnung eingetreten, da verändern sich unter dem Einfluß ihrer Anwesenheit bereits

Sinn und Funktion von Gegenständen, Worten und Gesten. Es muß auch harmlosere Gemüter als die von Tschutora und dem Herrn mißtrauisch machen, mit anzusehen, wie sie den Schilderungen lauscht, wie sie eine Kreatur anschaut, wie sie mit geschürzten Lippen an der Wand einen Punkt anstarrt, indes ihr Dame oder Herr bedrückt über Tschutoras Mißstimmung berichtet, wie sie nickt, beiläufig hüstelt, dann in aller Freundlichkeit geduldig ihre Antwort formuliert und dabei den Anschein erweckt, als könne sie gar nichts überraschen, als sei sie auf genau diese Klagen vorbereitet gewesen, als kenne sie die Ursachen und wisse auch schon, wie das Übel zu behandeln wäre, könne die Lösung aber noch nicht preisgeben, bis sie nicht ausdrücklich darum gebeten werde.

»Er kläfft also?« erkundigt sie sich honigsüß und nickt mit ernster Miene. Sie will damit wohl sagen: »Ja, ja, natürlich kläfft er, genau das habe ich erwartet.« Nach einer kurzen Pause wendet sie sich an die Dame: »Hast du dich gelegentlich in seiner Gegenwart ausgezogen?« Die Angesprochene kramt verlegen in ihrem Gedächtnis, doch da mischt sich der Herr ein und berichtet, daß er sich öfter ausgezogen hat, wenn Tschutora im Zimmer war.

»Na also«, stellt die Analytikerin zufrieden fest. »Hat er Sie dann … im Schlafrock gesehen? Mehrfach? Als er noch ganz klein war? Eventuell erst ein paar Wochen alt?«

All das fragt sie leise und mit großem Ernst. Offenbar ist jedes Detail wichtig; sie will auch wissen, ob Tschutora nicht vielleicht im Bad war, als die Dame oder der Herr gebadet hat? »Nicht? ... Überlegen Sie nur!« Dame und Herr beginnen nachzudenken, wechseln verlegene Blicke und senken dann verschämt die Köpfe. Das wäre schon möglich, entgegnet hastig der Herr, wieder anstelle der Dame, und keinesfalls auszuschließen, die Wohnung sei klein, und der Hund schleiche in den Zimmern herum, möglich, daß er gelegentlich unbemerkt auch ins Badezimmer gekommen sei, wenn einer von beiden ein Bad nahm. Doch warum sie das frage?

»Oh, eigentlich nicht so wichtig«, antwortet die Expertin liebenswürdig und mit verständnisvollem Lächeln. »Im Schlafrock also ... der Kleine hat Sie im Schlafrock gesehen?« möchte sie dann ganz nebenbei noch wissen.

Im Schlafrock? ... Der Herr grübelt.

»Besser gesagt in Unterhosen«, sagt er dann schuldbewußt. Um es genauer zu sagen, das Tier hatte öfter die Möglichkeit, seinen Herrn in Unterhosen zu sehen, als ganz Kleiner und auch später, morgens und abends, beim Anziehen und beim Ausziehen. Ja, ja, natürlich habe er ihn in Unterhosen gesehen. »Aber hat das etwas zu bedeuten? ...«

Oh, sie hätte nur gern gewußt ... Sie schweigen.

»In Unterwäsche, sagen Sie?« nimmt die Psychoanalytikerin das Gespräch wieder auf, nickt ihm ermutigend zu und fragt dann vertraulich: »Und warum betonen Sie die Unterhosen so? Sie hätten es ja auch umschreiben können. Nun, es tut nichts. Eine leicht exhibitionistische Neigung ...«

Nun redet sie schon unumwundener, überzeugter. Lächelt von Zeit zu Zeit. Als Theres hereinkommt, um zu fragen, ob zum Abendessen auch Zwetschgenkompott gemacht werden soll, wechselt der Gast diskret das Thema, um anzudeuten, daß sie sich nicht in die heiklen Familienverhältnisse ihrer Gastgeber einzumischen gedenkt. Errötet und dünn kauert sie auf ihrem Stuhl, redet mit sehr leiser, bewußt tiefer Stimme, sieht sie mit durchdringender Gutmütigkeit an, stimmt ständig zu und hat etwas Ermutigendes im Ton, schließlich weiß sie ja alles – weiß sogar, warum es am Abend Zwetschgenkompott geben soll, und auch, was passieren wird, wenn nicht sämtliche Hausbewohner einschließlich Theres und Tschutora rechtzeitig zur Analyse antreten. Die leise, dunkle Stimme, die leicht vorgebeugte Haltung, das unnachahmlich gütige Lächeln, der nachsichtige Blick – das alles ist eine einzige Ermutigung. »Sprechen Sie es aus«, sagen ihre Augen, ihre Stimme, ihre Haltung, »nur nichts verdrängen, ja, sagen Sie es heraus! Zwetschgen, nicht wahr? ... Eben, warum denn nicht? ... Zwetschgen ... Nur heraus damit ...

Nur weil Zwetschgen eine so besondere Form haben? ... Es macht nichts, sprechen Sie es aus.«

So etwas kann bei dem, der das nicht gewohnt ist, beklemmend wirken, vor allem auch bei Tschutora. Der Herr hört sich die gütigen, von so viel Verständnis zeugenden Worte des Gastes mit nur mühsam verhohlener Ungeduld an. Es sei nicht ganz auszuschließen, äußert die Analytikerin so gönnerhaft, wie eben Experten bis zum Überdruß verbreitete Selbstverständlichkeiten ihres Faches explizieren, es sei tatsächlich nicht auszuschließen, daß Tschutora unter einem leichten Ödipuskomplex leide. Bei Hunden käme der häufiger vor, überwiegend mit Fixierung auf ihre Herren, da diese ja gleichsam als Väter fungierten, wie bei den Primitiven der Onkel; aber das sei ja allgemein bekannt und völlig selbstverständlich; und wenn der Herr den Fehler begehe – vermutlich nicht ganz ohne Grund –, sich vor dem jungen Hund allzu spärlich bekleidet zu zeigen, so entwickle sich bei dem Tier ein Ödipuskomplex. Nur symbolisch, wie sich von selbst versteht. In Anbetracht der Tatsache, daß der Ödipuskomplex am Anfang jeder menschlichen Kultur stehe, sei es ja auch nur noch eine Frage der Zeit, wann sich der Hund auf zwei Beine stelle und zu reden beginne, um sich bald darauf in analytische Behandlung zu begeben.

Das wäre sozusagen nur die eigentlich scherzhaft und beiläufig gemeinte Einleitungsbemerkung. Natürlich ist ihr die Ursache von Tschutoras nervösem und seltsamem Benehmen alles andere als mysteriös. Er wird von unerfüllten, durch seine Erziehung unterdrückten Wünschen gequält. Es ist nicht auszuschließen, daß er auch unter einem Kastrationskomplex leidet – bei dieser Diagnose strahlen ihre Augen –, weil ihm, wie so vielen Hunden, der Schwanz kupiert worden sei. Ach, ihm wurde der Schwanz gar nicht kupiert? ... Schade. Fast alle Hunde haben nämlich einen Kastrationskomplex. Aber welche Wünsche sind nun eigentlich durch die Erziehung verdrängt worden? ... Darauf eine schlüssige Antwort zu geben fällt ihr nicht schwer. In erster Linie sind es natürlich die Sexualtriebe. Ob die Dame und der Herr denn noch nicht beobachtet hätten, daß der Hund ständig schnüffelt und jeden Artgenossen, der ihm begegnet, sofort beriechen und beschnuppern müsse? Und auffälligerweise handele es sich meist nicht um einen freundschaftlichen Stirnkuß, wenn sich die Hunde begrüßen. Schon in frühester Jugend, etwa im Alter von zwei Wochen, würden die Tierchen vom Geschlechtstrieb geplagt; ganz klar, daß den Hund jetzt, mit acht Monaten, überhaupt nichts anderes mehr interessiere.

»Stimmt das, Tschutora?« fragt ihn der Herr dezent und vertraulich. »Soll ich dich, weil du mit deinen acht Monaten von der Rammelwut befallen bist, jetzt für vier Jahre zur Charakteranalyse geben?«

Die kundige Dame lächelt wohlwollend und fährt fort mit ihrer Belehrung. Vermutlich sei bei dem Tier auch die »libidinöse Zuwendung« verdrängt worden, also das Bedürfnis, Liebe und Zuneigung offen zum Ausdruck zu bringen. Auf die Frage, wie das zu verstehen sei, doziert sie geduldig, aber achselzuckend weiter, daß ein Hund seinen Herrn aus Liebe mit seiner Ausscheidung beglücken möchte, weil dies das einzige ist, über das er frei verfügen kann. Wenn man ihn maßregele und ihm nicht erlaube, dieses Zeichen seiner Zuneigung, diese »Spende« – wie die Seelenärztin sich auszudrücken beliebt – wo auch immer zu deponieren, etwa im Bett oder auf einem Lehnstuhl, so hinterlasse dieses mangelnde Verständnis in der Psyche des Hundes seine Spuren. Es sei aber auch nicht auszuschließen, daß die Verdrängung schon tiefer gehe und Tschutora der aus Schamhaftigkeit verdrängte »Flatus« quälte und reizte. Wenn vielleicht jemand täglich ein halbes Stündchen mit dem Tier sprechen würde, so ließe sich vielleicht ... Gern wäre ja auch sie dazu bereit, wenn ihre Patienten sie nicht schon so beanspruchen würden; doch könne sie eine Dame empfehlen, die vor einiger Zeit nach gründlicher Behandlung als geheilt entlassen wurde und jetzt schon selbst mit schönem Erfolg analysiere. Sie hüstelt kurz und trocken, gönnt ihnen ihr ermutigendes Lächeln und einen Blick, der viel Verständnis verrät. Damit wäre ja alles soweit in Ordnung. Allerdings habe der Herr in letzter Zeit ein wenig an Gewicht zugelegt, was – das wolle sie auf keinen Fall unerwähnt lassen – natürlich überhaupt nichts mit Veranlagung, Vererbung, mangelhafter Drüsentätigkeit, zu üppigem Essen bei wenig Bewegung, unmäßigem Alkoholgenuß und der allgemeinen Neigung zur Trägheit zu tun, sondern eine ganz andere Ursache habe; korpulente Menschen seien unglücklich, sie wappneten sich mit ihrem Fettpanzer gegen die Welt. Zum Glück gebe es heute Möglichkeiten gegen Fettsucht, eigentlich keine große Sache, ein paar Jahre Psychoanalyse könnten in den meisten Fällen Abhilfe schaffen. Damit verabschiedet sie sich und geht.

Sie kommt und geht und läßt die Dame und den Herrn jedesmal ziemlich ratlos und verstört zurück. Was kann man da machen? Nicht viel mehr als gar nichts. Kaum ist eine gegangen, klingelt die nächste; und es sind ihrer viele. Sie alle haben sich vor einigen Jahren miserabel gefühlt, vertrauten sich dann der Psychoanalyse an und wissen heute zweifelsfrei, warum es ihnen noch immer nicht besser geht. Sie alle haben dieses gütige, verständnisvolle Lächeln parat, wenn jemand ein Wort ausspricht wie »Lerche« oder »Fels« oder »Tischbein« oder »Rührei«, denn sie wissen – und die anderen wissen es natürlich nicht! –, auch das Tischbein ist ein Sexualsymbol. Ihre leidenden Ehemänner, die sich der Analyse verweigern, treiben sie mit sanfter Ausdauer und mit der verständnisvollen und selbstlosen Opferbereitschaft von Krankenpflegerinnen ebenfalls dieser modernen Wissenschaft in die Arme. Eine erfährt es von der anderen, denn diese menschheitsbeglükkende Behandlungsmethode ist ansteckend. Allesamt aber sind sie gütig, geduldig und weise; dennoch, Tschutora mag sie nicht, kann sie nicht riechen, knurrend geht er ihnen aus dem Weg, zeigt ihnen die Zähne. Und sein Herr kann ihm das nicht einmal übelnehmen, nein, insgeheim stachelt er ihn noch auf, mit seiner Meinung über die Analytikerinnen nicht hinterm Berg zu halten und seine Abneigung gegen sie keineswegs zu verdrängen.

Nach solchen Visiten stürzt die Dame verunsichert und eifrig zum lateinischen Wörterbuch, schlägt bei »e« und bei »f« nach und wundert sich stets über das, was sie dort entdeckt. Außer Tschutora, dem man sein laut geäußertes Mißfallen zugesteht, darf natürlich keiner irgendwelche Zweifel äußern und aufmucken, denn sie, die Analytikerinnen, wissen sofort, was das bedeutet. Es ist nämlich ein untrügliches Zeichen für den Wunsch des Betreffenden, sich einer Analyse zu unterziehen, den er sich allerdings nicht zu erfüllen wagt... Ach, die Analytikerinnen wissen alles, vorwärts und rückwärts, das Zukünftige wie das Vergangene! Und sie kommen und gehen und klingeln, von Haus zu Haus, von Stadtteil zu Stadtteil, sie gehen zur Analyse, und sie empfangen zur Analyse, sie berichten einander jeden Morgen, was es bedeutet, wenn man seine Schlüssel zu Hause liegen läßt, und auch wie oft, warum und mit wem.

Gelegentlich nimmt der Herr Tschutora beiseite, weil er sich nicht mehr traut, mit anderen darüber zu reden, und leise, damit die Dame sie nicht hört, fragt er ihn aus: »Kannst du das verstehen?« ... »Hör mal zu, manchmal ist auch mir so sonderbar ... Es passiert mir, daß ich auf der Straße gehe oder mit der Trambahn fahre, und plötzlich ist da ein Weibsbild von, sagen wir, siebzehn Jahren, dieser etwas hellere Negertyp, du weißt schon ... Und dann überkommen mich so eigenartige, krankhafte Gedanken ... Ich habe in dieser Situation beispielsweise nicht den Wunsch, mich mit der jungen Frau bei einem Verein für Psychoanalyse anzumelden und in ihrer Gesellschaft Freuds Studie über da Vinci ins Englische zu übersetzen ... Nein, eigentlich möchte ich sie nur ansprechen, ein bißchen mit ihr flirten, wie man das eben gern mit Frauen tut ... Und dann wünsche ich mir, daß ich ihr vielleicht einen Vorschlag machen könnte, etwa, mit ihr in ein Hotel zu gehen oder so. Krankhaft, nicht? Aber meist verdränge ich solche Wünsche, weil ich Angst habe, von der Frau erpreßt oder krank zu werden, mich in sie zu verlieben, kurz, ich fürchte mich ... Aha! ... Komisch, nicht? Und in der Tat, danach bin ich immer ein paar Tage schlecht gelaunt und brumme, bis ich das Ganze vergessen habe ... Aber was soll ich machen? Vielleicht ein paar Jahre lang mit irgendeinem wildfremden Menschen darüber reden? Weißt du, manchmal kommt mir die Sache irgendwie verdächtig vor, mir ist, als hätten diese Leute etwas erfunden, was schon von allem Anfang an das A und O des gesunden Menschenverstands, also das ABC des Lebens gewesen ist. Was sie wissen, ist kaum mehr, als daß Lesen und Schreiben Voraussetzung für die Arbeit des Schriftstellers sind … Wo aber fängt denn über dieses Handwerkliche hinaus das Eigentliche an, die Komposition, die schöpferische Gestaltung? Was meinst du? Aber bitte erwähne ihnen gegenüber kein Wort. Sie wirken ja, und das ist das einzig Positive daran, so ausgeglichen und zufrieden … Ja, und was die Unterwäsche angeht, in der ich mich vor dir gezeigt habe, sag, habe ich in Unterhosen wirklich einen so tiefen Eindruck auf dich gemacht?«

Er sagt das sehr leise und beugt sich dabei ganz nah an Tschutoras borstiges Ohr, flüstert es ihm; als er fertig ist, legt er den Finger bedeutsam an die Lippen – Tschutora gähnt verständnisvoll und ausgiebig, zwinkert ihn an wie ein Mitverschworener. Man kann von diesen Dingen auch gar nicht leise genug reden, denn er gäbe sich ja für alle Zeit der Lächerlichkeit preis, wenn es öffentlich würde, daß er den Ödipuskomplex nicht zwingend für Ursprung und Ursache aller menschlichen Kultur hält. Nein, da zuckt er lieber die Achseln und findet sich damit ab. Auf- und abtretende Priesterinnen der Lehre behandeln ihn ohnehin schon mit schonungsvoller Nachsicht; aufgrund der in letzter Zeit zweimal aufgetretenen eitrigen Mandelentzündung – ein untrügliches Symptom für eine Flucht in die Krankheit und Furcht vor der Analyse – schätzen sie seinen Fall allerdings als ziemlich schwer ein. Er widerspricht der Feststellung nicht, daß auch Tschutoras Fall ein schwieriger ist, denn der flüchtet sich in einen Darmkatarrh, beißt um sich und wird von Ängsten geplagt – er ängstigt sich beispielsweise vor der Kette, an der man ihn festmacht, und haßt den Maulkorb; Auslöser des Darmkatarrhs ist nicht Theres, die ihn maßlos überfüttert, nein, es ist der unterdrückte Sexualtrieb. All diese Umstände sind auf die Dauer ermüdend, doch die Belastbarkeit des menschlichen Gemüts ist schier grenzenlos, und ein halbwegs gesunder Mensch hält ziemlich viel aus, sogar die Psychoanalyse.

So gehen die Tage dahin. Der Frühling hat sich längst verabschiedet. Der Herr ist gelegentlich mißgestimmt, wenn ihm im Bus wieder dieser etwas hellere Negertyp von Mädchen gegenübersitzt, das bei erstbester Gelegenheit anzusprechen er sich aus den bekannten Gründen versagt. Auch Tschutora findet bei den sommerlichen Temperaturen keine Ruhe, auch ihn überkommen merkwürdige Neigungen, besonders anziehend scheint zum Beispiel der alte Bernhardiner aus der Nachbarschaft für ihn zu sein, den er manchmal heimlich besucht und sich dort ungebührlich, um nicht zu sagen höchst unanständig aufführt, doch das greise, schon etwas senile Tier nimmt seine Avancen mit dem gleichen Gleichmut hin wie ein Dickhäuter Flohbisse. Welch peinliche Veranlagung! seufzt die Dame. Doch mein Gott, wenn diese Welt nun einmal rundherum so verwirrend ist, sowohl innen wie außen!

Die sanften, aber bestimmten Diagnosen, die sicheren Meinungsäußerungen der Analysedamen wie auch die unfehlbaren Urteile in all den Wirrnissen kann der Herr nur staunend bewundern. Diese Kompetenz, denkt er anerkennend, auf welch festem Fundament sie doch stehen, wieviel Routine in einer Düsternis, in der sich selbst Schopenhauer nur schwer zurechtfand! *Odium figulinum*, erinnert er sich an den Lieblingsbegriff des großen deutschen Pessimisten, möglicherweise verhilft ihnen das zum derartig erfreulichen selbstbewußten Zusammenhalt. Wohl die zur Zunft gehörende Mißgunst der Töpfer! Jedenfalls packt einen der Neid, wenn jemand auf die Frage, woran ein analysierter Mensch denn zu erkennen sei, mit sanftem Verständnis antwortet, das wisse er nicht, aber den Nichtanalysierten erkenne man mühelos und untrüglich an seiner Angst vor der Analyse … Damit ist doch alles klar.

Also leben sie recht und schlecht fort, Tschutora, die Dame und der Herr, mit ihren Ängsten, Hemmungen und Sehnsüchten, aber ohne Psychoanalyse. Ihrem Schwanken und Wanken auf der sumpfigen Plattform des Lebens wollen wir nicht weiter nachgehen. Sind sie doch nur Schattengestalten, getrieben und geformt von finsteren Mächten; am besten überlassen wir es ihnen, auch weiterhin auf ihre Weise mit den spukhaften Visionen von Leben und Tod fertig zu werden, und zwar mit Hilfe ihres demütigen winzigen Selbstbewußtseins, das ihnen für die Zeit des kurzen Erdendaseins als hinlängliche Waffe dient gegen die unbewußt und künstlich hervorgezauberten heidnischen Mächte der Unterwelt. Haß und Leidenschaft, Sehnsucht und Zorn fesseln auch sie, wie alles Leben. Sollen sie doch fertig werden damit, so gut es geht, möge ihnen das Lichtlein der Vernunft auf dem Weg durch die Dunkelheit der Triebe und Leidenschaften leuchten; oder sie fretten sich weiter mit Aspirin und Abführmitteln statt der Charakteranalyse. Vielleicht hat sie nur der Zufall zusammengebracht, hält sie allein das Gesetz der Trägheit beieinander? Vielleicht ist da auch noch eine andere, unauflösbare Bindung zwischen Mensch und Mensch, manchmal auch zwischen Tier und Mensch, deren Ursprung wir nicht kennen. Eigentlich suchen wir auf solche Fragen und Zweifel eine Antwort mit allem, was wir tun, vielleicht auch mit diesen Aufzeichnungen. Und es ist an der Zeit, daß wir uns, nach so vielen feigen Ausflüchten, auf Mannesart der Sache stellen.

Ich mag dich, aber ich krieg dich klein

Da wäre also Tschutora. Er ist vor fast einem Jahr aus dem Zoo gekommen, aus Lumpen und Stroh unter einem alten Diwan hervorgekrochen, um in einem bürgerlichen Haushalt seinen Hundeplatz zu finden. Dort wurde er, wie wir gesehen haben, vertrauensselig aufgenommen. Die Familie hat ihm einen Platz eingeräumt, nicht nur in der Wohnung, sondern auch in ihrem Leben; Speis und Trank wurden mit ihm geteilt, er bekam den bescheidenen Überschuß an Zärtlichkeit, über den sie unter den bereits offenbarten Umständen innerhalb der Lebensform einer bürgerlichen Familie eben noch verfügten – und das will etwas heißen, wenn wir bedenken, wie schnell die bürgerliche Lebensform den naturgegebenen Zärtlichkeitsvorrat aufbraucht, den das Leben den Geschöpfen mit auf den Weg gibt. Und wenn sie den Trieb, Spenden zu verteilen, da und dort auch im Tier erstickt haben, so waren sie doch bestrebt, ihn auf ihre Art mit Wohlwollen und Vertrauen zu entschädigen; sie sprachen mit ihm wie mit sonst kaum jemand, haben ihn in alle Geheimnisse ihres Lebens eingeweiht, ihm uneingeschränkt die kleine und, soweit dies möglich war, auch die große Welt eröffnet. Und weil es ohne Opfer ja kein Zusammenleben gibt, verzichteten sie ihm zuliebe zeitweise sogar auf die für sie so wichtige »Disziplin«. Sie wandelten geduldig mit ihm auf der Generalswiese, deren landschaftliche Reize den Herrn sicher weniger entzückten als Tschutora, sie duldeten, daß er die Möbel der Wohnung nach eigenem Gutdünken nutzte, daß er seine Sympathien und Abneigungen offen zum Ausdruck brachte, gingen, was sonst ganz und gar nicht zu ihren Gewohnheiten gehört, Aufwartungen machen in der Welt, um gegen ihn gerichtete feindselige Gefühle zu mildern, nahmen in Kauf, daß er gegenüber alten, vertrottelten Artgenossen gleichen Geschlechts seinen unzüchtigen Neigungen freien Lauf ließ, ohne Ende wischten und putzten sie hinter ihm her, nahmen ihn in Schutz, wenn Experten, Ärzte und ältere Herren in grünem Loden seine Abstammung anzweifelten. Wenn er spielen wollte und die Uhrzeit es einigermaßen zuließ, spielten sie mit ihm, und es lag nur an ihm, an seiner bäuerlichen Scheu und Schüchternheit, daß sie bei Tisch nicht jeden Bissen mit ihm teilten.

Mehr noch, und das ist wichtiger als alles bisher Gesagte: Sie räumten ihm einen Platz innerhalb ihres Egoismus ein, der uns Menschen nur im äußersten Fall erlaubt, fremde Wesen in unseren Lebensbereich aufzunehmen, was vielleicht gar nichts anderes ist als die Angst vor dem Tod. Auch diese Angst überwanden sie, haben Tschutora akzeptiert trotz aller Enttäuschungen, die ihnen seine Entwicklung bereitete, indem er die Erwartungen, die man in ihn setzte, nicht erfüllte; denn statt zu einem wuscheligen echten Puli wuchs er sich zu einem mürrischen halben Kuvasz, einer unberechenbaren Bestie aus. Sicher, dafür ist eher dieser Zoowärter im Schafspelz als er verantwortlich zu machen; aber hat je einer der Hausgenossen Tschutora seine niedrige und zweifelhafte Abstammung spüren lassen? Nachsicht und Ermutigung sind ihm in seinen Lebenskrisen zuteil geworden, Beistand und Fürsorge, wenn er deren bedurfte; und dafür, daß er wie russische Seelen zu selbstanklägerischen Anwandlungen neigt, wenn er die Landkarte Großungarns mit Sorgfalt in Morgenröcke nagt oder sich mit blutrünstiger Wut über Werke englischer Autoren hermacht, kann wirklich niemand …

Nein, seine Herrschaften prüfen ihr Gewissen und finden keine Gründe, Tschutora gegenüber Schuldbewußtsein an den Tag zu legen. Sie haben ihm seine Jugend nicht durch pedantische Erziehungsprinzipien vergällt oder ihm aus übertriebenem Ehrgeiz etwas zugemutet, das seinem Naturell widersprochen oder ihn gar erniedrigt hätte, niemals mußte er mit einem roten Sonnenschirm in der Pfote auf zwei Beinen laufen. Man hat es ganz ihm überlassen, zu leben und sich in Gottes Namen so zu entwickeln, wie es ihm behagte. Und dann ließ er eines Tages die Maske fallen und zeigte sein wahres Gesicht – aber über diese Geschichte sollten wir doch noch ausführlicher berichten.

Es mag ja angehen, daß er den Briefträger gebissen hat; nein, zu entschuldigen ist es nicht, doch bekanntermaßen wird auch der sanfteste Hund bisweilen von einer übernatürlichen Angst befallen, sein Fell sträubt sich, und in seiner Panik beginnt er wie besessen zu toben. Den Briefträger kannte Tschutora noch gar nicht, als ihn schon in frühester Kindheit stets dieses mit Ekel gemischte Entsetzen und ein Wutanfall überkamen, wenn er die in braunes Packpapier eingeschlagene, mit Kreuzband versehene ausländische Zeitung unter der Nachmittagspost erblickte, die der Briefträger zu gewohnter Stunde durch den Schlitz der Wohnungstür gleiten ließ – einen besonderen Grund dafür gab es nicht, zumindest ist nur schwer zu verstehen, warum dieses harmlose Druckerzeugnis Tag für Tag solche Zornausbrüche bei ihm auslöste. Aber wer mag da schon Ursachenforschung betreiben? Die Leidenschaft nährt sich aus so geheimnisvollen Quellen, daß weder Einsicht noch Kritik sie beeinflussen könnten; als hätten Bosheit und Intrige in einer fernen Stadt diese Gazette nur zu dem Zweck gedruckt und verpackt, ihn zu reizen, so sehr und eindeutig empfand er sie als persönliche Herausforderung und eine Art Racheakt; sonst hätte er nicht jeden Nachmittag mit solcher Leidenschaft Jagd auf sie gemacht. Stets lauerte er und registrierte das leise Geräusch, mit dem der Briefträger die Nachmittagspost einwarf; im ersten günstigen Augenblick entwischte er in die Diele, und bald darauf waren nur noch Papierfetzen übrig vom braun verpackten und mit Kreuzband verschnürten Tagblatt ... War das eine Zwangsvorstellung? Tschutora ließ uns darüber im unklaren. Und daß er den Postboten, der offensichtlich Komplize der Attacke war, die man Tag für Tag in der fernen Stadt gegen ihn plante und ausführte, bei erster Gelegenheit in den Knöchel biß, war irgendwie verständlich. Der Briefträger selbst deutete es so und nahm die Sache nicht sonderlich übel. Doch bald darauf kam es zu dieser merkwürdigen Veränderung in Tschutoras Charakter, unverständliche Leidenschaften bemächtigten sich seiner und prägten seine Gemütsverfassung. Vielleicht war dieser Wandel nichts anderes als die Manifestation dessen, was man gemeinhin Charakter nennt. Und Tschutora demonstrierte diesen seinen wahren Charakter, er schockierte damit jeden, der in seiner Umgebung lebte, mit ihm zu tun hatte, und ließ ihn vor Angst erbleichen.

Es wird behauptet, Hunde nähmen den Charakter ihres Herrn an und würden ihm mit der Zeit ähnlich. Diese landläufige Vorstellung müssen wir zurückweisen. Der Hund hat, wie jedes höhere organische Wesen von der Ratte aufwärts, einen ganz individuellen Charakter, den man beeinflussen, aber weder unterdrücken noch wesentlich verändern kann. Es gibt eben gute und böse, zahme und hinterhältige, Faule und Streber auch unter den Hunden. War Tschutora hinterhältig? War er böse? Auf diese Fragen läßt sich nur unter Vorbehalt eine Antwort geben. Vor allem war er ängstlich – unbegründete Ängste verfolgten ihn sein ganzes kurzes Hundeleben lang: Er hat sich nie vor Menschen, vor irgendeinem Lebewesen gefürchtet, dagegen stimmte er einmal bei der Konfrontation mit einem Bettbezug ein unerklärliches, klägliches Wimmern an; auch erfaßte ihn beim Klang einer fremden Stimme, beim Anblick der Zeitung eine geradezu neurotische Angst, sein Zorn und seine Scham kannten dann keine Grenzen. Wenn er im Zimmer der Dame unversehens ein bestimmtes lilagestreiftes Sofakissen erblickte, überfiel ihn pures Entsetzen, er erbleichte förmlich, und der Angstschweiß stand ihm auf der Stirn, er heulte, ergriff die Flucht, als wäre ihm Beelzebub persönlich begegnet, das Phantom der anderen Welt, der Bote des Todes. Mit dem Verstand sind solche rätselhaften Ängste von Hunden nicht zu erklären. Tschutora stürzte sich todesmutig auf hünenhafte Installateure, nicht selten sogar auf gefährliche Bluthunde, aber vor dem lilagestreiften Sofakissen floh er unter erbärmlichem

Angstgeheul. Er hat also den Briefträger gebissen, hinterhältig, leise schleichend wie eine Viper, und sich dann hinter dem Ofen verdrückt, zwei Tage kam er nicht zum Vorschein. Irgendwann kroch er doch hervor, etwas abgemagert, unausgeschlafen, zerzaust, wie der Mörder im Kino, der sich auf Gnade und Barmherzigkeit ergibt. Nach einhelliger Meinung von Hundeexperten war das der Augenblick, zu dem man Tschutora hätte anständig verdreschen müssen.

Doch die Dame schritt ein. Der Hund würde sich an seine Tat vor zwei Tagen nicht mehr erinnern, außerdem sei Schlagen auch sonst keine Lösung! Und wie sähe die Lösung aus? Sie wußte es nicht – und in der Tat, wer will da wissen, was die Lösung ist? Dem Herrn blieb gar nichts anderes übrig, er gab ihnen recht, der Dame und Tschutora – er konnte dies um so leichteren Herzens tun, als der brave Briefträger selbst schon lächelnd von dem Anschlag sprach, und Tollwutgefahr war von Anfang an ausgeschlossen, weil erst kurz zuvor ein literarisch versierter Tierarzt Tschutora geimpft hatte. Ja, vielleicht wäre es wirklich die beste Lösung gewesen, ohne großes Aufsehen über den Vorfall hinwegzugehen und dem Hund zu verzeihen, daß er Schande über die Familie gebracht hat, ihn mit Liebe und Geduld zu zähmen, ihm in Gewissen und Seele zu reden, auch wenn er noch so wenig davon besaß. Gibt es denn überhaupt eine andere Lösung, eine andere Waffe als Geduld und Liebe? Die Gesellschaft behauptet, daß es sie gibt – zum Beispiel die Knute und den Schinder. Doch wenn wir uns schon einmal aus fester Überzeugung zum Lebensprinzip gemacht haben, uns in jeder Beziehung, immer und überall, wo dies möglich ist, gegen die Knute und den Schinder aufzulehnen, denkt der Herr – warum sollten wir diesen Grundsatz gerade im Fall von Tschutora über Bord werfen? Nein, das kommt ja überhaupt nicht in Frage. Doch es muß gehandelt werden – und er entschließt sich, den Hund ab sofort zu dressieren.

Ein eitler, müßiger Vorsatz, ja, besonders jetzt, da wir uns zurückbesinnen, sehen wir, daß dies eine eitle Absicht war! »Ich mag dich, aber ich kriege dich klein!« sagt er also mit Georges Ohnet in freundlichstem Ton, aber fest entschlossen zum abgemagerten Hund. Was für ein hochtrabender Spruch! Als ob so etwas möglich wäre! Jemanden gleichzeitig zu lieben und klein zu kriegen, es sei denn sich selbst … »Que messieurs les assassins commencent!« bemerkt er noch und weist den Hund zurück, sobald der sich ihm nähert, als ob nichts geschehen wäre. Tagelang wehrt er die Annäherungsversuche des Tieres ab, sieht über ihn hinweg, Tschutora ist für ihn Luft, auf seine Begrüßung reagiert er nicht. Das Tier bleibt in zwei Schritt Entfernung vor ihm stehen, steht, starrt ihn an, wedelt ratlos mit dem Schwanz und scheint zu sagen: »Was ist? Kann es so etwas geben? Einfach so, von einem Tag zum andern? Weil ich den Briefträger gebissen habe?« Er fragt es ergriffen, mit unendlichem Ernst. Der Herr kämpft schon gelegentlich mit der Versuchung, ihn heranzuwinken, aber irgendeine bornierte Theorie, die These, daß man mit Strenge etwas erreichen kann, hindert ihn daran. Am Morgen, wenn er aus seinem Zimmer kommt, springt der Hund von seinem Lager auf, von den Lumpen, die er sich hinter den Ofen gezerrt hat, und eilt auf ihn zu. Seine Natur veranlaßt ihn zu jubeln, sich zu freuen, seinen Herrn unbefangen und laut zu begrüßen, doch die Erfahrungen der letzten Zeit, die schmerzhaften und demütigenden Enttäuschungen legen ihm Zurückhaltung auf. Mit stürmischem Schwanzwedeln, aber sonst bewegungslos bleibt er vor dem Ofen stehen, wagt nicht, wie sonst die Vorderpfoten gegen die Knie des Herrn zu stemmen und ihm mit der feuchten, kalten Nase einen Kuß auf die nach Tabak riechenden Finger zu drücken. Er wartet, steht unter äußerster Anspannung. Das kleinste Zeichen, schon ein leichtes Kopfnicken würden Acht und Bann aufheben – doch der Herr registriert keinen Hund in seiner Nähe. So wartet Tschutora noch eine ganze Weile, konzentriert, mit ungläubiger Miene, in unbeholfener Habachtstellung – er wartet, bis der Herr sein Frühstück beendet, die erste Zigarette geraucht und die Zeitungen durchgeblättert hat, erst wenn im Bad die Wasserhähne aufgedreht werden und ihm das Plätschern in der Wanne zu verstehen gibt, daß ihn der Herr jetzt gleich allein lassen und auch heute wie in den vergangenen Tagen ohne ein Zeichen der Versöhnung weggehen wird, beginnt er zu murren und kriecht empört und beleidigt auf sein Lager hinter dem Ofen zurück; er hört den ganzen Tag nicht mehr auf zu knurren und zu kläffen.

Gemeinsame Spaziergänge kommen unter diesen Umständen erst gar nicht in Frage, bei seinen Ausgängen muß Tschutora sich jetzt mit der Gesellschaft von Theres oder der Dame begnügen, was aber ganz und gar nicht das Richtige ist. Manchmal, wenn die Dame und der Herr spätnachts und übersät mit Gerüchen fremder Menschen aus irgendwelchen öffentlichen Veranstaltungen, aus dem Theater oder einem Restaurant heimkehren und Tschutora aus tiefem Schlaf aufschreckt, springt er, die Ächtung vergessend, begeistert den Herrn an, trunken von Schlaf und Freude. Doch wenn dann keine Reaktion erfolgt, weder eine freundliche noch eine abweisende, und der Herr ohne ein Wort ins andere Zimmer weitergeht, besinnt er sich, niedergeschlagen wartet er noch eine Weile, dann dreht er sich um und trottet mit gesenktem Kopf zu seinem Lager zurück. Eines Morgens wacht Tschutoras Herr auf, als der Hund die angelehnte Tür mit der Nase leise aufschiebt und im Halbdunkel auf der Schwelle stehenbleibt; er steht schon eine ganze Weile da, ungelenk, zottelig und völlig regungslos, die Ohren gespitzt, und beobachtet mit seinen glänzenden Augen unerschütterlich den Schlafenden. Er rührt sich auch nicht, als sein Herr das Licht anknipst, sich eine Zigarette dreht und, als nähme er den morgendlichen Besucher gar nicht wahr, in einem Buch zu lesen beginnt. Peinliche zehn Minuten vergehen. Und so leise, wie er gekommen ist, macht er sich auf, wendet den Kopf noch einmal um und geht dann langsam, wie er gekommen ist, aus dem Zimmer.

Natürlich schließt er sich in dieser Zeit der Dame an, um so mehr, als er eindeutig und unmißverständlich in sie verliebt ist. In den letzten Wochen nagt er nur noch Gegenstände an, die der Dame zum persönlichen Gebrauch dienen – ihre Hausschuhe, ihre Lederhandtasche, ja sogar die goldene Armbanduhr. Der Herr nimmt die Missetaten des Hundes mit Genugtuung und kaum verhohlener Schadenfreude zur Kenntnis, denn er weiß, daß die Dame den Hund hinter seinem Rükken gegen ihn aufhetzt – ohne ausgesprochene Absicht, einfach nur, um nicht ganz aus der Übung zu kommen, und aus Gewohnheit, damit sie ja keine Gelegenheit versäumt, vor der Welt gegen den Herrn für einen anderen Partei zu ergreifen; was ganz natürlich und verständlich zwischen Menschen ist, die geschriebenen und ungeschriebenen Gesetzen zufolge gezwungen sind, zusammenzuleben. Der Hund hält sich also an die Dame, die ihm in langen Reden Trost spendet und ihn sogar heimlich gegen den hartherzigen Herrn aufwiegelt. Sie äußert mehrmals, daß sich durch Tschutoras stummes, unbeholfenes Flehen selbst Steine erweichen lassen würden, und nur Literaten, die bekanntermaßen bar aller menschlichen Gefühlsregungen sind, brächten es übers Herz, sich so kalt, nachtragend und anhaltend feindselig zu gebärden wie Tschutoras Herr. Man kann sich gut vorstellen, daß da auch der Hund Oberwasser bekommt. Und dank der Belehrungen und Ermunterungen werden im Verhalten des Hundes die stummen Bitten um Vergebung und dezente Vorhaltungen bald durch Anzeichen offener Empörung abgelöst, und es kommt die Zeit, da Tschutora nicht mehr von seinem Lager aufspringt, wenn er seines Herrn ansichtig wird, da er nicht mehr in stiller Demut und voll schuldbewußter Selbstanklage der vergebenden Geste harrt, vielmehr überhaupt nichts mehr erwartet, sondern sich völlig an die Dame hält, sich seinen Herrn ganz aus dem Herzen reißt und, wenn er ihm begegnet, zu fluchen und zu knurren anfängt; es fehlt nur noch, daß er ausspuckt, bevor er sich in seine Trutzburg hinter dem Ofen zurückzieht. So weit sind wir jetzt. Wer je einen Hund besessen hat, weiß, daß damit das Ende gekommen ist – nicht allein das Ende diesen Berichts, nein, das Ende eines auch nur halbwegs erträglichen Verhältnisses zwischen Hund und Mensch.

Der Hund, der seinen Herrn verleugnet – wer ihn dazu auch ermuntert oder was immer er seitens seines Herrn an Unrecht erfahren hat –, mag eine charakterliche, eine psychologische Besonderheit, kann ein Romanheld sein, aber als Hund ist er sicher das allerletzte und verdient, daß er selbst als Kadaver noch von der Erde ausgespien wird, daß ihm sogar der Eingang ins Hunde-Elysium versagt bleibt, wo von den Lebenden das Andenken an die Hunde hochgehalten wird. Das ist jedenfalls die Meinung des Herrn, nachdem er sich davon überzeugen mußte, daß der Hund mit ihm gebrochen hat. Betroffen, dann empört und fast angewidert äußert er den Wunsch, den untreuen Köter so bald wie möglich aus dem Haus zu schaffen, er habe jetzt ohnehin eine längere Reise vor. Und er weist die Hausgenossen nachdrücklich und mit allen Konsequenzen darauf hin, daß er bei seiner Rückkehr den Hund nicht mehr in der Wohnung anzutreffen wünscht. Zu dieser Verbannung kommt es nach all den bitteren Erfahrungen von Wochen und Monaten, aber es wäre nicht fair, zu unterschlagen, daß der Herr trotz der tiefen Verletzung und aller Empörung nur widerstrebend, gekränkt und ziemlich bedrückt zu dieser Entscheidung gekommen ist. Die Beziehung zwischen Herrn und Hund ist in offene Feindschaft und gegenseitige Ablehnung umgeschlagen – tagelang sehen sie sich kaum. Wenn sie aufeinandertreffen, dauert diese Begegnung gerade nur so lang, bis Tschutora sich unter bösartigem Murren an ihm vorbei hinter dem Ofen verkrochen hat; sie haben schon lange keine Worte mehr füreinander.

Wie ist es dazu gekommen? Was für ein rätselhaftes Phänomen ist doch der Charakter? Das gibt es also, denkt der Herr verblüfft und schmerzlich enttäuscht. Man kann es kaum fassen, aber so etwas gibt es ... Eine Lehre daraus zu ziehen wäre noch zu früh, er betrachtet den Hund zuweilen mit einer Mischung aus Haß und Betroffenheit: als wäre nicht er selbst es gewesen, der das Tierchen in der Manteltasche als preiswertes Symbol der Liebe mitgebracht hat, und als hätte nicht er ihn in die kleine und in die große Welt eingeführt – sollten denn alle Zärtlichkeit, Mühsal und Freundschaft, die er für ihn aufgewendet hat, ganz aus dem Gedächtnis dieser gemeinen, fast schon vatermordenden Kreatur verschwunden sein, keinerlei Spuren hinterlassen haben? Kopfschüttelnd muß er die Frage bejahen, und er beschließt, sich in Zukunft mit dieser Art von Vierbeinern nicht mehr abzugeben.

Doch bevor Tschutora das Haus verläßt, wo er sich der Nachsicht und des Mitgefühls der Gesellschaft unwürdig erwiesen hat, beißt er zum Abschied noch der Reihe nach seine Hausgenossen, Theres, dann die Dame und zum Schluß auch den Herrn. Ehe er ins Nichts verschwindet, das sein Hundeschicksal ist, verabschiedet er sich auf diese Weise, denn so ist er, das ist seine Art. Darüber soll in gebotener Eile noch berichtet werden, denn die Erinnerung daran ist peinlich und erniedrigend, und wir wenden uns dann am besten schnell und degoutiert wieder von ihm ab. Schließlich geht diese simple und langweilige Idylle als ein richtiges kleines Drama zu Ende – jede Idylle, die nicht eine Künstlerphantasie, sondern die Wirklichkeit schafft, ist platt und langweilig, wie wir sehen werden, ein Drama mit Blut und gebrochenen Gliedern, mit sehr lauten, von Leidenschaft erstickten Worten, mit Nahkampf, Waffen und Duell, also mit all den beschämenden, derben Requisiten des blinden Affekts.

Es beginnt damit, daß Theres eines Tages mit einem Arm in der Schlinge beim Frühstück erscheint, bleich, verweint und stumm, wie einfache Menschen sind, die nicht über Schmerzen reden. Der Hund hat sie am Morgen gebissen, heimtückisch, als sie ihn bürstete und mit Flohpulver bestäuben wollte; denn, ehrlich gesagt, Tschutora hat Flöhe.

Seit einem Jahr wurde dem Hund allmorgendlich diese Pflegeprozedur freiwillig durch das Mädchen zuteil; schwer zu sagen, welche verdrängten Liebkosungs- und Verzärtelungstriebe Theres auf diese Weise abreagierte, wenn sie Tschutora in aller Frühe so sorgfältig striegelte – für welche verschämten heimlichen Wünsche sie Erfüllung suchte und bei dieser quirligen Kreatur fand, die es allerdings nur widerwillig duldete, wenn man sich so unmittelbar um sie kümmerte; irgendwie betrachtete Tschutora seinen Körper samt Flöhen und mit all seinen Unzulänglichkeiten als Privatsache. Ein Jahr lang hat er es dennoch geduldet, allerdings unter angedeutetem Murren, daß Theres ihm mit einer schäbigen Kleiderbürste sein strubbeliges Fell in Form brachte, die verfilzten Strähnen löste und dabei endlose leise Ermahnungen, Erziehungs- und Aufklärungsreden an ihn richtete, die letzten Endes alle gutgemeint waren und von Zuneigung und Zärtlichkeit sprachen ...

Eines Morgens duldet er sie dann nicht mehr; und wieder greift er hinterhältig an, stumm, ohne warnenden Kläffer; wie aus heiterem Himmel, Theres hält ihn auf dem Schoß, schnappt er plötzlich nach ihrer Hand, beißt wild in den Ansatz der Finger, so daß diese gefühllos, die ganze Hand und der Unterarm geschwollen sind; der Hund muß einen Knorpel am Gelenk verletzt haben, denn Theres weint laut vor Schmerzen, was sonst gar nicht ihre Art ist ... Während der Herr die Bißwunde des Mädchens mit Jod säubert – wobei sie die Tatsache, daß Tschutora sie gebissen hat, mehr als die Wunde schmerzt –, wird nun auch kurz und endgültig über Tschutoras weiteres Schicksal entschieden. Aus welchem Grund ein Hund aggressiv wird und zubeißt, das sollen die Seelenforscher enträtseln – einstweilen genügt es, daß der Hund sich als bissig erwiesen hat und schleunigst aus dem Haus muß, möglichst noch am Abend dieses Tages. So nimmt der Herr den Telephonhörer ab, um bei verschiedenen Bekannten zu eruieren, ob jemand Platz und die Möglichkeit hat, das Tier zu nehmen, am besten auf dem Land, einem Gut, in das Tschutora verbannt und wo er einem gleichgültigen, rauheren Schicksal überlassen werden soll.

Die Reaktionen sind zögerlich. Jene, die den Hund kennen, wehren ab, die ihn nicht kennen, erkundigen sich nach seiner Rasse; schließlich muß er dann doch den Vorschlag der Dame akzeptieren, die unerschütterlich, auch jetzt noch, für den Hund Partei ergreift, sie erbietet sich, ihn in den nächsten Tagen in ihre frühere Heimat mitzunehmen, die jetzt jenseits der Landesgrenze liegt, wo sich ganz sicher eine barmherzige Seele finden wird, die sich des verstoßenen, heimatlosen Tieres annimmt. »Ins Ausland also?« überlegt der Herr. »Ja, ja, möglichst weit fort!« Er beginnt eifrig und mit angestachelter Hast zu packen, denn er hat jetzt endlich genug von alldem, von bissigen Hunden, von nicht eingehaltenen Abmachungen, von dieser ganzen unseligen Idylle. »Möglichst weit weg, ins Ausland!« wiederholt er laut, und nachdem er seinen Wünschen auf diese Weise Ausdruck verliehen hat, begibt er sich in sein Zimmer zu den Koffern und Bücherstapeln und schließt sich ein, Tschutora würdigt er nicht einmal mehr tadelnder Worte.

»Schade«, sinnt er drinnen verstimmt, »irgendwo ist ein Fehler passiert. Aber daran ist jetzt nichts mehr zu ändern. Vielleicht, wenn ich ihn damals an dem Morgen, als er in der Tür stand, angesprochen hätte.« … Schlechtgelaunt verscheucht er die Erinnerung an Tschutora, bemüht sich, andere Gedanken zu fassen. Aber das ist schwer, die Enttäuschung läßt ihn nicht zur Ruhe kommen, man muß sich der Wirklichkeit stellen, und die Wirklichkeit sieht so aus, daß er bei seinem Bemühen, das Vertrauen einer Kreatur zu gewinnen, kläglich gescheitert ist. Mißmutig macht er sich an die Arbeit. Doch diese Erkenntnis läßt ihn nicht los, beunruhigt ihn. »Es geht nicht anders«, denkt er, »nur mit Vergebung und mit Geduld. Nein, anders funktioniert es nicht, bei keinem … Seltsam.«

Der Dame scheint ähnliches durch den Kopf zu gehen, bei der mittäglichen Mahlzeit sitzen sie sich stumm gegenüber, der Übeltäter kauert unsichtbar hinter dem Ofen. Theres trägt blaß und mit Leidensmiene das Essen auf; für die Küche wird man eine Aushilfe einstellen müssen, denn die Bißwunden des Opfers heilen schlecht. Der schlimmste Groll des Herrn aber hat sich verflüchtigt. »Ein Rebell«, sagt er nach dem Essen vertraulich zur Dame. »Das gibt es. Er kann nichts dafür. Natürlich muß er aus der Gesellschaft entfernt werden, wie es auch unser Freund mit den harten Konsonanten so passend zum Ausdruck gebracht hat.

Aber am Wesentlichen ändert das nichts, nämlich daran, daß der Geist der Rebellion in ihm steckt. Und was weiß er schon davon? Erinnerst du dich an Josua? Nicht an den biblischen, an den anderen, den Tapezierer, der jetzt im Zuchthaus sitzt? Seine ideologische Bildung war sehr bescheiden, von Theorien hatte er keine Ahnung – er trug einfach den Geist der Rebellion in sich, das gibt es, und wohin er sich auch begibt, die Luft um ihn wird sofort unruhig, und die Menschen befällt eine Erregung, in seiner Nähe haben sich auch vernünftige, nüchterne Theoretiker auf unsinnige Aktionen eingelassen, zahme, unbedarfte Arbeitstiere sich besonnen, sind aufsässig geworden, als ob Josua es ihnen erklärt hätte... dabei hat er überhaupt nichts erklärt. Hat einfach nur gelebt und mit jedem Atemzug Rebellion verströmt... und dann beging er dieses sinnlose Attentat, jetzt liegt er in Ketten bis zum Ende seiner Tage. Aber selbst im Zuchthaus geht von ihm noch Aufruhr aus, durchdringt die Mauern – und ich bin überzeugt, da ist keine Kraft, die das unterdrücken kann. Ja, so etwas gibt es.« Dann schweigen sie. Ihnen ist sonderbar zumute.

Vielleicht liegt der Grund in dieser Unsicherheit, die es ihnen nicht erlaubt, Tschutora allein für die von ihm begangenen Sünden verantwortlich zu machen. Sie veranlaßt die Dame auch dazu, am Abend, als sie heimkommen, hinter dem Rükken des Herrn gütlich die Hand nach dem Hund auszustrecken, um ihn zu streicheln, ihm ein Zeichen zu geben, daß sie trotz allem und im Gegensatz zu gewissen kalten, unbarmherzigen Literaten mit ihm fühlt. Der Herr ist noch nicht ganz an der Schwelle seines Zimmers, als ihn ein Schmerzensschrei zusammenfahren läßt. Der Aufschrei ist ehrlich und trotz des Schmerzes dezent und beherrscht, fast verschämt. Tschutora hat nach der ihm zutraulich hingestreckten Friedenshand der Dame geschnappt.

Der Herr säubert und verbindet die Wunde, sie ist tief und gründlich wie alles, was Tschutora vollbringt. Seine Vorderzähne haben die Hand der Dame fast durchgebissen, die Wunde blutet, der Hund scheint einen Nervenstrang erwischt zu haben, denn die Dame kann ihren Weinkrampf, den sie unmittelbar nach dem Biß bekommen hat und der dann mit kurzen Unterbrechungen bis zum Morgen andauert, einfach nicht unterdrükken. Sie haben die Wunde verbunden, sind beide sehr blaß und schweigsam. Der Herr geht in die Diele hinaus, holt seinen Spazierstock hervor und tritt vor den Ofen. »Verreck, du Biest!« sagt er ruhig, aber entschlossen. In dem Augenblick ist er tatsächlich ruhig und entschlossen, nur spürt er ein eigenartiges Zittern in der Hand. Die Dame stürzt ins andere Zimmer hinüber, wirft sich aufs Sofa und hält sich die Ohren zu, das Drama nähert sich seinem Höhepunkt, Theres wacht auf, viele andere im Haus vermutlich auch, denn Tschutora antwortet, auf die Drohung des Herrn bellt er schon minutenlang mit Schaum vor der Schnauze, aus voller Brust und mit blutrünstiger Wut.

»Was für eine Kraft in dem Tier steckt«, denkt der Herr selbst in diesem kritischen Augenblick voll ehrfürchtigen Staunens, wie wir es auch Naturerscheinungen nur sehr selten zollen. »Welche Schönheit!« sinnt er verwirrt und erregt. In dem Moment beginnt er, die Japaner zu verstehen, die bei Demütigungen und großer Schmach Harakiri begehen – vermutlich eine einfachere und bequemere Form der Rache als der Angriff. Dergleichen Gedanken schwirren ihm durch den Kopf, doch er begeht kein Harakiri, weil er kein Japaner ist, sondern streckt nur seinen Arm nach dem Hund aus und denkt in diesem Augenblick und auch im nächsten an gar nichts mehr. Tschutora schnappt natürlich sofort wieder zu und beißt ihm die Hand durch. Er muß eine Ader erwischt haben, denn das Blut spritzt nur so durch seine Finger, auf den ersten Biß folgt gleich ein zweiter, der dem Handgelenk gilt und einen fast unerträglichen Schmerz auslöst, was in den nächsten, auf jeden Fall für ihn schmachvollen und demütigenden Minuten die Erregung des Herrn fast bis zur Bewußtlosigkeit steigert. Mit blutender Hand greift er nach dem Hund, der noch einige Male zuschnappt, ihm in die Hand und in den Arm beißt, blind und zu allem entschlossen packt er ihn, hebt ihn hoch, wirft den Spazierstock weg und schlägt dem Tier mit aller Kraft die Faust in die Zähne. So, ohne Stock, mit bloßen Händen empfindet er den Kampf als irgendwie ebenbürtiger – denn jetzt wird es Ernst mit der Abrechnung, Aug um Auge, Mann gegen Mann, mit aller Verantwortung, endgültig. In dieser Sekunde hört auch der Hund auf zu bellen; er zappelt in der Luft, beißt um sich, das Blut spritzt in alle Richtungen, auf die buttergelbe Wand, stumm und keuchend kämpfen sie mit äußerster Entschlossenheit, bis zur Erschöpfung. Der Herr hat Tschutora mit seinen Fausthieben schon ein paar Zähne ausgeschlagen, seine Schnauze ist blutüberströmt, blind und völlig außer sich pakken sie zu, wo sie sich zu fassen kriegen. Er scheint entschlossen zu sein, das Tier nicht lebend loszulassen. Doch dann kommt er für einen Augenblick zur Besinnung, und es schießt ihm durch den Kopf, so hat der Held Toldi mit bloßen Händen gegen das Wolfsjunge gekämpft, und in dieser Rolle ist ihm nicht wohl. Den halbtoten Hund, dem er mehrere Zähne, vielleicht auch den Kiefer zertrümmert hat, noch fest im Griff, geht er in sein Zimmer hinüber, dreht mit der Linken umständlich den Schlüssel um, er hat keine Lust, jetzt irgendeinem anderen Lebewesen zu begegnen, wie einen Gegenstand läßt er den Hund vor seinen Schreibtisch fallen, setzt sich und legt seinen zerfleischten, fast gelähmten Arm auf die Tischplatte. Die Hand ist ganz ohne Gefühl. Verwirrt denkt er daran, daß es ratsam wäre, die Wunden erst einmal mit Jod zu säubern; aber eine heftige Übelkeit überkommt ihn, er fühlt sich elend und schwach, kann sich kaum rühren, so sitzen sie sich gegenüber, stundenlang, stumm und regungslos. Am verletzten Arm ist der Blutfluß gestoppt, der Wundschmerz geht langsam in ein taubes Lähmungsgefühl über, und auch Tschutora beginnt vorsichtig, seine blutigen Lefzen zu lecken. Sie rühren sich nicht von der Stelle, sitzen sich von Angesicht zu Angesicht gegenüber, der Herr kämpft immer noch mit seiner Übelkeit.

Irgendwo in der Wohnung wird eine Tür zugeschlagen. Dann tritt Stille ein. Jemand geht leise an der verschlossenen Tür vorüber, klopft aber nicht an. Wie lange sie so verharren inmitten der halbgepackten Koffer, die in einem bürgerlichen Haushalt stets an Auflösung und Vergänglichkeit erinnern? Hinter dem Fenster dämmert es bereits, als der Herr sich entschließt, etwas zu tun, seine Übelkeit unterdrückt und sich im Halbdunkel zum Hund hinunterbeugt, um ihn sich zum Abschied noch einmal anzusehen. Das Tier liegt noch immer dort, wo er es vor Stunden hingeworfen hat – hier gibt es keinen Sieger und keinen Besiegten, der Hund kauert zusammengerollt, sein geschundener Kopf ruht auf den Vorderpfoten, er blickt mit gespielter Gleichgültigkeit hoch. Aber diese Teilnahmslosigkeit und Erschöpfung sind vorgetäuscht; der Herr betrachtet noch eine Weile die blutige Schnauze des Tieres, dann läßt er sich betroffen in seinen Sessel zurückfallen: In diesem Augenblick des Abschieds sieht er etwas, womit er nicht gerechnet hat.

Der Hund weint.

Epilog und Lehre

Er weint mit wenig Tränen, nur ein paar Tropfen sammeln sich in den Winkeln seiner dunkelblau leuchtenden Augen, die beim Tier von der gleichen Drüsentätigkeit ausgelöst werden wie beim Menschen; es ist eher nur sein regungsloser Körper, der nervös ist, das unentwegte Zittern zeugt von Erregung, dieser eigentümlichen und der des Menschen verwandten Erregung, die auch ihn erfüllt. Er weint lautlos, ohne Klagen, es ist nichts Theatralisches in seinem Weinen, er will seinen Schmerz mit niemandem teilen. Der Herr streckt seine Hand nach einer Zigarette aus und stellt staunend fest, daß die Hand noch immer zittert. Er steht auf, tritt ans Fenster, die Bäume werfen schon feuchte, grüne Schatten in das dumpfe Licht, über der Generalswiese hebt sich der Nebel. Lange betrachtet er dieses Bild. Tastet sich durch das noch dunkle Zimmer, am Spiegel vorbei, sieht seine blutunterlaufenen Augen, er bewegt sich schwer, spürt sein Herz.

Dann setzt er sich an seinen Platz, dem Hund gegenüber.

»Heul nicht«, sagt er zu ihm. Und als das Tier sich nicht rührt: »Heul nicht, du Kreatur!« wiederholt er. Seine Zunge ist schwer. »Soll ich sagen, daß es mir leid tut? Vielleicht tut es mir gar nicht leid. Nehmen wir Abschied voneinander. Am Abend gehen wir beide hinaus in die Welt, denn die Idylle ist zu Ende. Alles Gute, auch für dich. Irgendwas ist zwischen uns geschehen, für das wir noch keinen Namen haben. Vielleicht passen wir nicht zueinander. Vielleicht hast du es besser draußen in der Welt, bei der Herde, bis dir nicht irgendein Rind einen Tritt versetzt. Aber das interessiert mich gar nicht mehr, weil ich dich nicht mag. Du weißt, daß ich dich gern haben wollte, vielleicht habe ich da einen Fehler gemacht, so etwas kann man nicht wollen. Wahrscheinlich verstehe ich auch nichts von Hunden, wir haben uns nicht verstanden, verschiedene Sprachen gesprochen. Tut mir leid. Gut, ich habe mich geirrt, und wie es in solchen Situationen üblich ist, sage ich: Geh hinaus in die Welt, auch ich gehe, vielleicht für längere Zeit, man weiß ja nie. Aber wenn ich zurückkomme, will ich dich hier nicht mehr sehen. Zwischen uns ist es aus – wann geht so etwas in die Brüche? Du weißt es auch nicht? Daß du mich gebissen hast, war ehrlich, und ich bin dir nicht böse drum; doch daß du weinst, das erniedrigt mich; laß es, bitte. Vielleicht war mein Fehler, daß ich mich nicht genug als dein Herr aufgeführt habe, wie das die Fachbücher vorschreiben; vielleicht geht es unter Lebewesen wirklich nicht anders als mit festen Regeln, mit Peitsche, mit Schinder. Wenn es so ist, will ich nichts damit zu tun haben. Ich verstehe nichts von der Welt. Geh und lebe, wie du magst, und rebelliere, wie es dir gefällt. Mich hast du gelehrt, daß ich zu ungeschickt bin, auch im Umgang mit minderwertigen Wesen, wie du es bist; vielleicht braucht man viel mehr Geduld, Güte und Demut zum Leben, als mir zu Gebote stehen. Du bist zwar nur ein Hund: Sonderbar, aber auch mit dir bin ich gescheitert ... Ich verspreche dir, daß du lange keinen Nachfolger haben wirst, falls dich das tröstet. Ja, du warst etwas Besonderes, wie jedes Leben, dazu ein Charakter, eine Persönlichkeit, wenn du so willst ... Also dann, geh, in Gottes Namen!«

Er hebt seine lädierte Hand an und steht auf. Der Hund erhebt sich ebenfalls, geht auf die Tür zu, schaut nicht links und nicht rechts, gibt auch keine Antwort, gleichmütig, müde und ohne Pathos, als wäre sein Auftrag unter den Menschen erledigt, alles gesagt und nichts mehr zu erwidern, als hätte er jetzt sowohl die kleine wie die große Welt gesehen und sich auf seine Weise ein Urteil gebildet: humpelnd schleicht er hinaus und wendet sich nicht mehr um.

*

... In diesem ein wenig überhitzten Augenblick wollen wir Tschutora verlassen. Nach all den Komplikationen, den vergnüglichen und traurigen Wechselfällen wird auch ihn ein ganz triviales Hundeschicksal ereilen; aber das ist dann schon ganz allein Sache dieses unbedeutenden Lebens, und es wäre geradezu unschicklich, den Leser noch weiter mit derlei drittrangigen Privatangelegenheiten zu behelligen.

Alles ist ohnehin nur noch Erinnerung, das Vergessen von Jahren hat sich darübergebreitet, und Tschutora ist im Gedächtnis der Hinterbliebenen längst dem Schattenreich anheimgefallen. Gelegentlich wird noch der einen oder anderen seiner Bewegungen oder einer ihm eigenen Charaktereigenschaft gedacht – nachsichtig und mit pietätvoller Mißbilligung. Er war schon ein berüchtigter verdammter Kerl, der Verblichene; in der Christinenstadt leben noch ältere Menschen, die sich an ihn erinnern.

Im Haus hat seit einiger Zeit ein neuer Hund Tschutoras Platz eingenommen, Leine und Maulkorb von dem Abgetretenen geerbt; er wird King Jimmy gerufen, ist schneeweiß, empfindsam und zahm, stammt von der Urrasse des Haushundes, vom Finnischen Spitz, ab, läuft mit Vorliebe auf zwei Beinen, hat eine ganze Reihe vornehmer Namen in den Papieren, ist gehorsam und gutmütig, geht gern an der Leine, nach Wunsch auch über ein Seil, sogar mit rotem Sonnenschirm in der

Pfote; eine feinsinnige und elegante Erscheinung, im allgemeinen präsentiert er sich als die Sanftmut in Person. Es würde schwerfallen, ihn nicht zu mögen.

Der Herr wundert sich selbst gelegentlich darüber, daß er ihn eigentlich nicht liebt. Und warum er, wenn er an Tschutora denkt, einen leichten Schlag verspürt, auch Sehnsucht und ein wenig Schmerz; trotz der Narben und der Spuren, die er und alle Mitbewohner als Andenken an das Tier auf ihren Händen tragen.

Er hegt den leisen Verdacht, daß ihm die trübe Erinnerung an Tschutora trotz der Bisse teurer ist als alle Tugenden des sanftmütigen, reizenden King Jimmy. Denn so wie er im Laufe des Lebens nach und nach seine Erfahrungen macht, stolpert, strauchelt und um den Preis von Enttäuschungen lernt, beginnt er zu verstehen, daß wir im allgemeinen nicht das Schöne, das Gute und die Tugendhaftigkeit lieben, sondern all das, was unterdrückt, nicht vollkommen, was gereizt ist und zähnefletschend streitet, alles, was nicht Sitte und Einverständnis bedeutet, sondern Makel und Protest.

Ja, das ist eine ziemlich bescheidene Lehre, lieber Leser, aber ausweichen kann man ihr nicht, weder in der Kunst noch im Leben. Und einen Hundebiß ist sie allemal wert.

Nachwort

Im Kampf bis aufs Blut ist der Roman zu seinem Ende gekommen – geweint hat nicht nur Tschutora.

Betroffen wird sich der Leser dem Epilog zuwenden, um zu erfahren, wie Herrn und Hund nach dem denkwürdigen Finale Abschied und Trennung berührt haben und was aus allen geworden ist.

Eigentlich kann man davon ausgehen, daß dem Lesen dieses Nachworts die Lektüre des Romans vorausgegangen ist; dennoch soll das Versprechen des aufgewühlten und schwer lädierten »Herrn« noch einmal in Erinnerung gerufen werden, das er dem übel zugerichteten Tschutora zum Abschied gegeben hat, nämlich »daß du lange keinen Nachfolger haben wirst, falls dich das tröstet ... Ja, du warst etwas Besonderes, wie jedes Leben, dazu ein Charakter, eine Persönlichkeit ...«

Zum Trost des Lesers sei gesagt, daß der »Herr« sich an dieses Versprechen gehalten hat, denn es dauerte wirklich, bis der in Márais Epilog erwähnte King Jimmy in der Familie Einzug gehalten hat.

Längst hatte sich das »Vergessen von Jahren« über die Ereignisse gelegt, heißt es, Tschutoras und seines bemerkenswerten Charakters ward nur noch »nachsichtig und mit pietätvoller Mißbilligung« gedacht. Jimmy, der schneeweiße Spitz mit Stammbaum, hat Leine und Halsband seines Vorgängers geerbt, er ist eine außerordentlich »elegante Erscheinung«, gibt sich lieb, sanft und gehorsam, so daß sich der »Herr« gelegentlich verwundert fragt, warum er ihn nicht lieben kann.

Trotz der Narben und der durchaus zwiespältigen Gefühle hegt er selbst »den leisen Verdacht, daß ihm die trübe Erinnerung an Tschutora teurer ist als alle Tugenden des [...] reizenden King Jimmy«.

Der Roman findet so auf versöhnliche Weise seinen Abschluß – und sicher hat sich auch Tschutoras Hundeschicksal inzwischen friedlich erfüllt –, keineswegs am Ende aber war damit das bewegte Leben des »Herrn« und Hundehalters, in dem unschwer der Autor selbst zu erkennen ist:

In mehreren Tagebucheintragungen aus dem Jahr 1944 hat der »Herr« des Romans sich dann im Hinblick auf seine Gefühle für Jimmy, den »sanften Liebling«, auf sympathische Weise selbst Lügen gestraft: »Wenige Lebewesen sind mir in den vergangenen elf Jahren so ans Herz gewachsen wie dieses weiße Hündchen ...« Und als auch dieses Hundeleben sich dem Ende nähert: »Er ist auf eine so kluge, vornehme Art krank! Hat sein Leben gelebt [...] nimmt die Krankheit an und auch den Tod [...] stumm und allein trägt er sein Schicksal ...« An anderer Stelle: »Am letzten Abend in Leányfalu ließ ich den Tierarzt kommen und bat ihn, er möge meinen Hund Jimmy töten [...] das Wanderleben hätte er nicht mehr durchgehalten. Mit Strychnin hat man ihn ausgelöscht, nach zwei Minuten war er tot. Er hatte ein nobles Wesen, und nobel ist er auch gestorben: hat sich hingestreckt in künstlerischer Pose, wie die Pawlowa oder Nijinsky am Ende eines Tanzes. Im Garten habe ich ihn begraben.« Zitiert sei dies zum Trost der Hundefreunde.

Ein Hund mit Charakter, 1930 verfaßt, ist der erste der für Márai so typischen Memoirenromane und ebenso autobiographisch geprägt wie *Die jungen Rebellen*, in denen das Alter ego des Autors als pubertierender Jüngling und aufbegehrender Abiturient im Mittelpunkt des Geschehens steht, und auch der Roman *Doch blieb er ein Fremder*, für den Márais bewegte Wanderjahre, seine Aufenthalte in Berlin und Paris den Stoff lieferten.

Doch kann die Geschichte des charaktervollen Hundes Tschutora geradezu als Musterbeispiel einer solchen Romankonzeption gelten, bei der Erlebtes und Selbsterfahrenes aus einem bestimmten Lebensabschnitt des Autors als Fundus dient, den Stoff liefert, den er mit den ihm eigenen gestalterischen und sprachlichen Mitteln und auf so nachdenkliche wie selbstironische Weise ins Szene setzt und zu Literatur werden läßt.

Dieses auch in späteren Werken oft praktizierte Schema ergab sich nicht zufällig und läßt schon gar nicht auf einen Mangel an künstlerischer Phantasie und Einfallsreichtum schließen, sondern war für Márai Programm. Schon zu Beginn seiner Autorenlaufbahn und noch unentschieden, ob er sich als Journalist oder als Schriftsteller verwirklichen werde, hat Márai sich – es ging um die Indiskretion in der Literatur – aufschlußreich über seine Absichten geäußert:

»Mich, der ich Journalist bin«, schreibt er, »bewegt schon seit langem der Plan, mit meinen journalistischen Mitteln ein Buch zu schreiben über meine Geburtsstadt, meine Kindheit, über meine ersten Erlebnisse, und im Zuge dieses Vorhabens in meiner Kindheit Fehler aufzuspüren, durch die mein Leben beeinträchtigt und in eine bestimmte Richtung gelenkt wurde … – sofern es solche Fehler überhaupt gab –, das ist sicher keine neue literarische Idee, aber der arme Mann kocht eben mit Wasser, und bei wem es zu mehr nicht reicht, der soll sich, sofern er dieses Bedürfnis hat, damit zufriedengeben, ein Buch über das zu schreiben, was er erlebt, gesehen und erfahren hat …«

Daran hat sich Márai über weite Strecken seines literarischen Schaffens gehalten, auch dann, als er schon längst nicht mehr »mit Wasser kochte« und sich endgültig für die Literatur entschieden hatte: Unaufhörlich schöpfte er aus Selbsterlebtem.

Mit »Cave canem!«, der Warnung »Achtung! Bissiger Hund!«, die römische Bürger auf die Schwelle ihres Hauses schrieben, beginnt Márai den Roman. Er verfolgt damit ebensowenig die Absicht abzuschrekken, wie er mit dem provozierenden Hinweis »Achtung, werter Leser! Hier folgt eine Hundegeschichte« hundefreundliches und hundefeindliches Publikum auseinanderdividieren will, um sich ausschließlich an Liebhaber von Tiergeschichten zu wenden. Gemeint ist hier wie dort das Gegenteil!

Um doch irgendeiner Absicht auf die Spur zu kommen, belauschen wir den Autor beim vorgeblichen Ringen und Abwägen des Für und Wider einer Hunde- und Menschengeschichte:

»Nein, nur über die Idylle von Hund und Mensch zu referieren, das ist in der Tat eine wenig aufregende Sache... Aber wenn er [der Leser] sein Augenmerk ganz auf den Hund richtet, erfährt er vielleicht auch etwas über den Menschen. Und die Propheten werden dann schon erklären, was das Kleinbürgerliche daran ist, daß in einem historischen Augenblick, in dem der Mensch ein Hundeschicksal hat, jemand hoffen kann, über den Hund etwas von der augenblicklichen Lage der Menschen in der Welt zu erfahren.«

Die Tschutora-Geschichte ist kein Hunderoman oder doch viel mehr als das. Sie zeigt das Verhältnis Mensch–Tier unter einem ganz neuen Aspekt. Und wo sich bei der Entdeckung und Betrachtung der kleinen und der großen Welt die ursprüngliche Neugier des jungen Hundes und der nüchterne Intellekt des »Herrn« kreuzen, da ergeben sich ungewohnte Beurteilungskriterien und sowohl für den »Herrn« des Romans wie für die Leser eine neue, aufregende und kritische Sicht der Welt.

Márai hat den Roman nicht Tschutora zuliebe geschrieben, auch wenn sich scheinbar alles um den Hund dreht. Der kläfft, schnappt, verdreckt und zerbeißt auch nicht um seiner selbst willen, sondern dient dem Autor als willkommener Vorwand, ebenfalls in die Handlung einzutreten, damit sie beide gemeinsam das Revier durchmessen können, das für den »Herrn« nur seine enge, gewohnte Umgebung, für Tschutora aber die große Welt bedeutet. Allzuviel Handlung ist nicht erforderlich, um dem Leser Atmosphäre, Stimmung und viele Reflexionen des Autors zu vermitteln, ihm den Grundgedanken dieses Buches nahezubringen, daß Ordnung und Disziplin die Freiheit beschneiden oder ausschließen, Harmonie zerstören können.

Es fällt nicht schwer, hinter Tschutora, der mit Zähnen und Klauen seine Freiheit verteidigt, gelegentlich Allüren hat und allmählich sogar ein Standesbewußtsein entwickelt, den Autor selbst zu vermuten. Doch hieße es, Márai gründlich mißzuverstehen, wenn wir in Tschutora eine Art Alibiwesen sehen würden, das der Autor an seiner Statt unter dem Deckmantel des Vierbeiners auf die Welt reagieren läßt. Nein, sie sinnen und grübeln gemeinsam über die Menschen, über Gott und die Welt – der »Herr«, indem er sich gewissermaßen hinunterneigt zum instinktiveren Wesen des Hundes, und Tschutora, der sich auf die Hinterbeine stellt und bestrebt ist, dem intellektuellen Niveau des »Herrn« nahezukommen. Diese gemeinsame dritte Betrachtungsebene macht den Reiz, den Charme des Romans aus.

Hund und Herr entwickeln ein beinahe menschliches Verhältnis zueinander; und der Leser erfährt dabei nicht nur mancherlei über die eigentlich für die Freiheit geschaffene »Seele« des Hundes, sondern mehr noch über den »Herrn« und seine Zeit.

Ein Hund mit Charakter ist also auch ein selbstkritisches Buch – durch die Sinne des Hundes lernen wir auf ironische, amüsante, oft auch ehrlich ernsthafte Weise verborgene Charakterseiten des »Herrn« kennen: zotteln hinter Tschutora her durch Küche, Wohn- und Schlafräume bis ins Bad, dürfen ihm sogar ins Allerheiligste, die Werkstatt des Schriftstellers, folgen, lernen Arbeitstag und Arbeitsweise des »Herrn« ebenso kennen wie die Leidenschaften und Lebensgewohnheiten der Herrschaft, das subtile Verhältnis der Dame zum Herrn, den sozialen Stand der Dienstmagd, die übrigen Bewohner des Hauses, die Gassen ringsum, also eine Welt, die nicht nur für Tschutora voller Wunder und Rätsel steckt.

Was das Erlebte und Selbsterfahrene angeht, den authentischen Ort der Handlung, so hat sich Márai in seinem Erinnerungsbuch *Land, Land* über die in Trümmern liegende Mikostraße und ihre Bewohner später noch einmal aufschlußreich geäußert:

»Das Souterrain unseres Hauses ist stehengeblieben, und die Kellerwerkstatt von Herrn Kovács, dem bibelfesten Tischler, zur Mikostraße hin blieb unversehrt. Er und die Seinen waren im Chaos der Belagerung verschollen und kamen nie mehr zum Vorschein. Vielleicht leben sie nur noch in dem amüsanten Büchlein, das ich in meinen leichtsinnigen jungen Jahren über die Mikostraße und die Christinenstadt, über meinen bissigen Puli Tschutora sowie die Sonderlinge und Verrückten verfaßte, die in diesen zerbombten Häusern – in dem Familienmythos, der jetzt in Trümmern lag – hier unten existierten. Es war meine Welt, und es war mein Mythos, also habe ich darüber geschrieben. Proust schrieb über den französischen Hochadel und die großbürgerlichen Snobs. Ich über Herrn Kovács ...« – Nicht nur über Kovács alias Telkes, sondern mit gehöriger Ironie, aber nicht ohne Respekt auch über andere Mitbewohner. Manche aber hat er vergessen, aus Rücksicht oder Feigheit ausgelassen, was offensichtlich ratsam war; denn an anderer Stelle seiner Erinnerungen berichtet Márai, daß ihn sein berühmter Nachbar, der Schriftsteller Dezső Kosztolányi, nach der Lektüre des soeben erschienenen Romans geraten habe, für eine Weile in die Provinz zu verschwinden, denn im Christinenviertel werde über das Buch geredet, und man wisse natürlich, wer all die vier- und zweibeinigen »Figuren« seien. So sei es keinesfalls auszuschließen, daß ihm »einer der Romanhelden eines Tages aus dem Hinterhalt eine spitze Feile in den Rücken rammt«.

Ein anderes Aperçu:

Im Tagebuch des Jahres 1943 notiert Márai voll Entrüstung, daß man ihm ein Exemplar der tschechischen Ausgabe von *Csutora* zugeschickt habe. Lesen und überprüfen könne er die Übersetzung nicht, doch vom Schutzumschlag schaue ihm ein Monster entgegen, das seinen Tschutora zeigen solle, und zwar so, wie er in der vom Text inspirierten Phantasie des Zeichners aussieht: als Kreuzung eines entarteten Drahthaarfoxterriers mit einer Klosettbürste. »Aber Csutora war ein Puli, und ich hatte mich bemüht, sowohl sein Äußeres wie sein Wesen getreulich zu beschreiben. – Was wird aus alldem, was wir schreiben, in den Händen der Übersetzer, in der Vorstellung anderer? Welch fürchterliches Mißverständnis jedes Wort, mit dem der Mensch sich an den Menschen wendet!«

Was bleibt dem bemühten Übersetzer der deutschen Ausgabe (und einstigen Puli-Besitzer) angesichts solcher Übersetzerschelte des gestrengen Autors anderes übrig, als dem Leser genau zu beschreiben, wie der echte Puli auszusehen hat?

Aus dem einstigen Treibhund der noch in asiatischen Weiten nomadisierenden Ungarn wurde im Karpatenbecken der treueste Helfer von Rinder- und Schweinehirten in der Pußta. Später wird der Puli als Haus- und Hofbewacher, gelegentlich auch als städtischer Modehund gehalten. Der meist ganz schwarze, seltener weiße Hund ist nur mittelgroß, hat zur Verfilzung neigendes, dichtes und langes, zottiges Haar, das auch Kopf, Ohren und Läufe bedeckt. Der Puli ist lebhaft, wachsam, sehr gelehrig und anhänglich. Er ist der Stolz jedes Ungarn, beinahe ein »Nationalhund«.

Tschutora war in seinem Äußeren und nach den Rassekriterien der Fanatiker sicher kein echter Puli. Das hat aber den »Herrn« nicht gehindert, auf ihn und seinen unbändigen Freiheitsdrang stolz zu sein – auch wenn sie nicht füreinander bestimmt waren.

Ernö Zeltner

SERIE PIPER

Sándor Márai

Die jungen Rebellen

Roman. Aus dem Ungarischen von Ernö Zeltner. 278 Seiten. Serie Piper

Das rebellische Aufbegehren einer Clique von vier Heranwachsenden, die sich dem Erwachsenwerden verweigern, verschränkt mit der melancholischen Stimmung einer Epoche des Umbruchs – das ist das Thema von Sándor Márais frühem, autobiographisch geprägtem Roman aus dem Jahr 1929. Während ihre Väter an der Front sind, ziehen sich die jungen Männer in ihre eigene Welt zurück, bis Mißtrauen, Eifersucht, Fatalismus und Resignation sie unwiederbringlich ins Leben hinaustreiben.

»Márai zeichnet dieses Porträt in einer wunderbaren Mischung aus grausigem Realismus der Kriegs- und Poesie der Traumbilder. Ineinander geschoben und durch Bilder von skurrilen Nebenfiguren ergänzt, treffen sie genau jene Gefühlswirren, denen sich die Rebellen über kurze Zeit hingeben.«

Neue Luzerner Zeitung

05/1549/01/L

Sándor Márai

Land, Land

Erinnerungen. Aus dem Ungarischen von Hans Skirecki. Herausgegeben von Siegfried Heinrichs. 318 Seiten. Serie Piper

Im fernen Exil hat Sándor Márai aufgeschrieben, was er zuletzt in seiner Heimat Ungarn erlebte – von der deutschen Besetzung Ungarns 1944 bis zu seiner Abreise ins lebenslängliche Exil 1948. Das bewegende Zeugnis eines bedeutenden europäischen Literaten. – »Ein Tatsachenbericht aus einem besetzten Land, Abrechnung mit einer menschenmordenden Ideologie, philosophische Selbstverständigung und bewahrende Grabkammer all der Freunde, die in den nächsten Monaten von der Geschichte ausgelöscht werden: das Ganze eine Art Reiseführer durch ein Inferno, in dem sich das Unglück in immer engeren Kreisen um die Kriegsüberlebenden zusammenzieht.«

Frankfurter Allgemeine Zeitung

05/1383/01/R

Sándor Márai

Die Glut

Roman. Aus dem Ungarischen und mit einem Nachwort von Christina Viragh. 224 Seiten. Serie Piper

Darauf hat Henrik über vierzig Jahre gewartet: Sein Jugendfreund Konrád kündigt sich an. Nun kann die Frage beantwortet werden, die Henrik seit Jahrzehnten auf dem Herzen brennt: Welche Rolle spielte damals Krisztina, Henriks junge und schöne Frau? Warum verschwand Konrád nach jenem denkwürdigen Jagdausflug Hals über Kopf? Eine einzige Nacht haben die beiden Männer, um den Fragen nach Leidenschaft und Treue, Wahrheit und Lüge auf den Grund zu gehen.

»Sándor Márai hat einen grandiosen, einen quälenden Gespensterroman geschrieben, einen Totengesang der Überlebenden, denen die Wahrheit zum Fegefeuer geworden ist. Die Glut hat ihnen das Leben zur Asche ausgebrannt.«
Thomas Wirtz in der Frankfurter Allgemeinen Zeitung

05/1382/01/L

Sándor Márai

Das Vermächtnis der Eszter

Roman. Aus dem Ungarischen von Christina Viragh. 165 Seiten. Serie Piper

Vor zwanzig Jahren hat der Hochstapler Lajos, Eszters große und einzige Liebe, nicht nur sie, sondern auch ihre übrige Familie mit Charme und List bezaubert. Eszter hat es ihm nicht verziehen, daß er ihre Schwester Vilma geheiratet hat. Nun kehrt er zurück, um die tragischen Ereignisse von damals zu klären und die offenen Rechnungen zu begleichen. Bei dieser Gelegenheit kommen drei Briefe zum Vorschein, die für Eszter gedacht waren, die sie aber nie erhalten hatte …

»Mit großem Geschick, in einer aufs Wesentliche verknappten und suggestiv aufgeladenen Sprache, verknüpft Márai die Fäden einer desaströsen Liebes- und Lebensgeschichte, die in einem existentiellen Kampf gipfelt, den die Frage bestimmt: Wird Lajos wieder siegen und seinen letzten großen Betrug erfolgreich abschließen?«
Süddeutsche Zeitung

05/1381/01/R

SERIE PIPER

SERIE PIPER

Radek Knapp

Franio

Erzählungen. 160 Seiten. Serie Piper

Bloß fünfzig Kilometer soll es von Warschau entfernt liegen, doch scheint das kleine Kaff Anin hundert Jahre hinter der Zeit zu sein – sogar die wenigen Züge, die hier halten, werden noch mit Dampf betrieben. Dort leben Franio, der Analphabet und wunderbare Erzähler von Lügengeschichten, der junge melancholische Konditor Julius, außerdem Weiberhelden und Weltverbesserer, die alle dem Leben in Anin einen unverwechselbaren Rhythmus geben. Humorvolle Geschichten voller verrückter Details, überraschender Wendungen und viel Wärme.

»Radek Knapp grundiert seine Erzählungen mit diesem flüsterleisen Humor, der seine Wirkung nicht aus der Fallhöhe bezieht, sondern aus dem Wissen um das Bodenlose.«
Frankfurter Rundschau

05/1097/01/L

Leonie Ossowski

Der Löwe im Zinnparadies

Eine Wiederbegegnung. 103 Seiten. Serie Piper

Maria besucht nach vierzig Jahren zum ersten Mal das Schloß ihrer Kindheit in dem kleinen, ehemals deutschen Dorf in Polen. Der kleine Janusz schenkt Maria den kostbarsten Schatz aus ihrer eigenen Kindheit: den Löwen aus dem Zinnparadies, einer Zinnfigurensammlung, die sie, als die Familie fliehen mußte, im Dachboden versteckte. Als sie fünfzehn Jahre später noch einmal zu dem Schloß reist, begegnet sie nicht nur den vertrauten Menschen von damals, sondern auch Janusz' kleiner Tochter, die die restlichen Figuren des Zinnparadieses wie einen Schatz hütet. Eine liebenswürdige Geschichte über die Versöhnung mit der eigenen Vergangenheit.

05/1512/01/R

SERIE PIPER

Nicolaas Matsier

Selbstporträt mit Eltern

Roman. Aus dem Niederlänidschen von Marianne Holberg. 315 Seiten. Serie Piper

Das Elternhaus mit dem schönen Garten in Den Haag soll nach dem Tod der Mutter verkauft werden. Während Hendrik und seine beiden Geschwister das alte Haus räumen, erwachen Erinnerungen an die Kindheit und Jugend wieder zum Leben, beginnen die Dinge, die sie wegwerfen oder behalten, zu erzählen: von jenen späten vierziger und fünfziger Jahren, als Mütter »Nur-Hausfrauen« waren, als Jungen sich gegenseitig aufklärten, weil zu Hause über Sexualität nicht gesprochen wurde. Doch dann stößt Hendrik auf eine Tasche mit Medikamenten, und in diesem Augenblick wird er mit einer alten »Kindertrauer« konfrontiert, die ihn nicht mehr losläßt.

»Schön, daß sich noch einmal jemand die Mühe macht, sich – mit allem Reichtum an Resonanzen – an die kleinen Rituale des Alltags von gestern oder vorgestern zu erinnern.«
Der Spiegel

05/1547/01/L

Bernice Rubens

Ich, Dreyfus

Roman. Aus dem Englischen von Gabriele Haefs. 319 Seiten. Serie Piper

Ein aufsehenerregender Prozeß erschüttert ganz England. Der geachtete Schuldirektor Sir Alfred Dreyfus soll einen seiner Schüler brutal ermordet haben. Verurteilt zu einer lebenslangen Haftstrafe, ist allein seine Familie von seiner Unschuld überzeugt. Bei ihren Nachforschungen stößt die engagierte Anwältin Rebecca Morris auf ein Geheimnis, zu dem nur ein einziger den Schlüssel zu haben scheint: der Verurteilte selbst. Ist Dreyfus das Opfer einer Verschwörung oder doch ein skrupelloser Mörder?

»Bernice Rubens zeichnet ein fesselndes Bild, spannend, anrührend, emotional.«
Hamburger Abendblatt

05/1548/01/R